Report from the Interior PAUL AUSTER

Translated by Motoyuki Shibata Shinchosha

内面からの報告書

ポール・オースター

柴田元幸 訳

目次

内面からの報告書

内面からの報告書

Report from the Interior

はじめは、何もかもが生きていた。どんな小さなものにも脈打つ心臓があって、雲にさえ名前がついていた。ハサミは歩けたし、電話機とティーポットはいとこ同士、目と眼鏡は兄弟だった。時計の文字盤は人の顔であり、ボウルの中のエンドウ豆一粒一粒が違う性格を有し、君の両親の自動車前面に嵌《は》まったグリルは歯がたくさんあってニタニタ笑う口だった。ペンはどれも飛行船だった。コインは空飛ぶ円盤。木の枝は腕。石は考えることができたし、神はあらゆるところにいた。

月にいる人間が実際の人間だと信じることにためらう余地はなかった。夜空から君を見下ろしている顔が見え、それは疑いの余地なく人の顔だった。その人に体がないことも問題にならなかった。君にとってはそれでも人だったのであり、ここに何か矛盾があるかもしれないなどという思いは一度たりとも頭に浮かばなかった。同時に、牛が月を跳び越えられるというのも完璧に信じられる話だった。お皿がスプーンと一緒に逃げることができるというのも（いずれもマザーグース『ヘイ・ディドル・ディドル』から）。

君のもっとも初期の思考。小さな男の子として、どのように自分の中に棲んだか、その残滓《ざんし》。思い出せるのはその一部でしかない。孤立した断片、つかのまの認識の閃きが、ランダムに、予期せず湧き上がってくる――大人の日々のいま・ここにある何かの匂い、何かに触った感触、光が何かに降り注ぐさまに刺激されて。少なくとも自分では思い出せるつもり、覚えている気でいるが、もしかしたら全然、思い出しているのではないのかもしれない。もしかしたら、いまやほとんど失われた遠い時間に自分が考えたと思うことをあとになって思い出したのを思い出しているだけかもしれない。

二〇一二年一月三日、君が最新作を書きはじめた次の日からきっかり一年後。すでに書き終えた冬の日誌。自分の体について書く。自分の肉体が経験したいろんな災難や快楽を列挙する。それはいい。だが、思い出せることを元に、子供のころの心の中を探索するとなれば、間違いなくもっと困難な作業だろう。ひょっとしたら不可能だろうか。それでも君は、やってみたい気持ちに駆られる。自分がたぐい稀な、例外的な考察対象だと思うからではなく、まさしくそうは思わないから、自分自身を単に一人の人間、誰でもありうる人間と思うからこそ。

記憶が全面的に偽りではないことを証してくれる唯一の証拠。それは、自分がいまも時おり、昔の考え方に舞い戻るという事実だ。いろんなことの名残りが、とっくに六十代に突入してもなお残っている。幼いころの万物有命観《アニミズム》は、心から完全に駆逐されてはいない。毎年夏になれば、芝生に仰向けに寝転がって漂う雲を見上げ、それらが顔に、鳥や獣に、州や国や架空の王国に変わるのを眺める。車のグリルを見ればいまだに歯のことを考えるし、コルク栓抜きはいまでも踊るバレリーナだ。外見はすっかり変わっていても、君はまだかつての君なのだ――たとえもう同じ人物ではなくても。

この計画をどういう方向へ持っていくかを考えて、十二歳の境界は越えないことに君は決めた。十二歳を過ぎればもはや子供ではなく、思春期が迫ってきていて、成人期もすでに脳内でちらつきはじめている。君はもう、生きるということが新しいものへの絶えざる飛び込みだった、あの小さな人間とは違う存在に変容していた。毎日何かを、時にはいくつかのことを、いや多くのことを初めて経験していた人間ではもはやなかった。そしてこの、無知から、無知以下の何ものかへの緩慢な移行、いま君の関心を惹くのはそれだ。小さき人よ、君は何者だったのだ？　どうやって君は、考える力を持つ人間になったのか？　考える力があるなら、その考えは君をいかなる場へ導いていったか？　古い物語を掘り起こそう。あちこちかき回して、手当たり次第に探し出し、その欠片《かけら》を陽にかざしてじっくり眺めてみるのだ。そうしてみよう。やってみよう。

世界はもちろん平らだった。地球は球体なんだよ、太陽系と呼ばれる空間の中でほかの八つの惑星と一緒に太陽の周りを回っている惑星なんだよと説明されるたび、その年上の男の子が言っていることが君には摑めなかった。地球が丸いのなら、赤道より下にいる人間はみんな落ちてしまうはずじゃないか。逆さまの格好で生活する、なんてできるわけがない。年上の子は重力の概念を君に説明しようとしたが、それもやはり君が把握できるものではなかった。何百万もの人々が真っ逆さまに、すべてを喰らい尽くす無限の夜の闇を落下していくさまを君は思い浮かべた。もし地球がほんとに丸いんなら、と君は胸の内で言った。そしたら安全な場所なんて、北極しかないじゃないか。

大好きだった漫画映画に明らかに影響されて、北極《ノース・ポール》からは柱《ポール》が一本突き出ているのだと君は思っていた。床屋の前でぐるぐる回っている縞模様みたいな柱が。

一方、星は不可解だった。空に開《あ》いた穴ではないし、蠟燭でも電灯でもなく、君が知っている何ものにも似ていない。頭上の黒い空の広大さ、君とそれら小さな発光体とのあいだに広がる空間の巨大さ。それはどんな理解も寄せつけなかった。夜空に漂う、優しくて美しいものたち。それらがそこにあるのは、単にそこにあるからであって、ほかに理由はない。神の手の為せる業、そのとおり、でも神はいったい何を考えていたのか？

そのころの君の環境は次のとおり。世紀なかばのアメリカ、母親と父親、三輪車に自転車に手押し車、ラジオと白黒テレビ、マニュアルシフトの自動車、狭いアパートメント二軒を経て郊外の一軒家、はじめは病弱でのちには普通の男の子らしい健康、公立学校、こつこつ働く中流階級の家庭、人口一万五千でプロテスタントとカトリックとユダヤ人から成り一握りの黒人以外は全員白人で仏教徒もヒンドゥー教徒もムスリムもいない町、妹一人といとこ八人、漫画本、ルーティー・カズーティー（人気テレビ番組の主人公の人形）とピンキー・リー（人気テレビ番組のホスト）、「ママがサンタにキッスした」、キャンベルのスープとワンダーブレッドと缶詰のグリンピース、改造車（ホットロッド）と一箱二十三セントの煙草、大きな世界の中の小さな世界。でも大きな世界はまだ見えていなかったから、小さな世界はそのころ君にとって全世界だった。

三叉熊手《ピッチフォーク》を手にした怒れる農夫《ファーマー》グレーが、トウモロコシ畑を駆け抜けフィリックス・ザ・キャットを追いかけていく。どちらも喋れはしないが、絶え間なく響く快活でハイスピードの音楽が彼らの動きを伴奏するなか、両者がはてしない戦いをまたもくり広げるのを見て君は彼らが本物だと確信する。この雑に描かれた白黒の絵姿が、自分と同じく生きていることを君は確信する。彼らは毎日午後、『ジュニア・フロリックス』というテレビ番組に登場する。フレッド・セールズという名の、君にはフレッドおじさん《アンクル・フレッド》として知られている銀髪の男が番組のホストを、この驚異の国の門番を務めている。アニメーションの製作ということについて、君は何ひとつわかっていないし、ただの絵がどうやって動くようになるのか、その過程などまったく想像もつかない。だから君は、きっとどこかに別宇宙のようなものがあって、そこではファーマー・グレーやフィリックス・ザ・キャットのようなキャラクターが存在できるにちがいないと考える――テレビ画面上を動くペンの引っかき傷としてではなく、ちゃんと肉体を持つ、三次元の、人間の大人と同じくらい大きい生き物として。論理的に考えて、彼らは大きくなくてはならない。テレビに出てくる人はつねに画面上の像より大きいからだ。そして、これもやはり論理的に考えて、彼らは別宇宙に属していなければならない。君が生きている宇宙には、残念ながら漫画のキャラクターたちが住んではいないからだ。

君が五歳だったある日君の母が、君と友人ビリーをニューアークの、『ジュニア・フロリックス』が放送されるスタジオに連れていってくれると宣言する。アンクル・フレッドが生で見られるのよ、あんたも番組の中に入るのよ、と母は言う。そう聞かされて君はわくわくする。ものすごくわくわくする。でももっとわくわくするのは、とうとう、何か月もあれこれ考えあぐねた末に、ファーマー・グレーとフィリックス・ザ・キャットがこの目で見られることだ。彼らが本当はどういう姿をしているのかがついに見られるのだ。頭の中で君は、巨大な舞台、フットボール場くらいある舞台で物語がくり広げられるのを見る。プンプン怒った年寄り農夫と知恵の回る黒猫とが、例によって叙事詩のごとき小競《こぜ》りあいを演じ、たがいに追跡しあう。ところが待ちに待ったその日、君がそうやって考えたようなことはいっさい起こらない。スタジオは小さく、アンクル・フレッドは顔に化粧をしていて、君はショーの合い間のおやつにとミントを一袋もらってビリーやほかの子供たちと一緒に観客席に座る。舞台があるべき場を君は見下ろすが、そこはスタジオのコンクリートの床にすぎず、一台のテレビが置いてある。べつに特別なテレビですらなく、君の家にあるテレビより大きくも小さくもない。農夫も猫もどこにも見あたらない。番組にようこそ、とみんなを歓迎してから、アンクル・フレッドは最初の漫画を紹介する。テレビの画面が点いて、ファーマー・グレーとフィリックス・ザ・キャットがいつもと同じように跳ねまわる――相変わらず箱の中に閉じ込められたまま、相変わらず小さいまま。君はすっかり混乱してしまう。僕はいかなる誤りを犯したのか？　どこで間違えたのか？　現実は想像とまったく相反《あいはん》していて、何だかたちの悪い悪戯を仕掛けられた気がしてならない。心底がっかりして、君はろくろくショーを見る気にもなれない。番組が終わって、ビリーと母親と一緒に歩いて車まで戻っていく途中、君は腹立ちまぎれにミントを投げ捨てる。

草と木、虫と鳥、小動物。それらの見えない体が、周りの藪の中でガサゴソ動きまわる音。君が五歳半のとき、家族はユニオンの町の狭苦しい庭付きアパートメントを出て、サウスオレンジのアーヴィング・アベニューに建つ古い白い家に移り住んだ。大きな家ではないが、とにかく君の両親が初めて住む一軒家であり、当然君にとっても初めての一軒家ということになる。室内はさほど広くないものの、家の裏手の庭は君には広大に思えた。実際それは、二つの庭だった。一つ目は家のすぐ裏の小さな草深い一画で、君の母親が作った三日月型の花壇に縁どられていた。そして花壇のすぐ向こうには白い木造のガレージがあって、これを境として裏庭全体が二分され、ガレージの向こうに第二の裏庭があった。裏の裏庭。表の裏庭より、もっと野性的でもっと広い。この人目につかぬ領域で、君は新しい王国の動植物をこの上なく熱心に探求する。ここに唯一見られる人間の痕跡は、君の父親が作った菜園だけだ。それはおおむねトマト園で、一九五二年に一家で越してきて間もなく父が植えたものであり、その後の人生二十六年半にわたって君の父は毎年夏になるとトマトの栽培に励んだ。誰も見たことがないほど赤い、丸々したニュージャージー・トマトが八月になると籠一杯に収穫され、あまりにたくさんあるので悪くなってしまう前に知り合いに分けて回らないといけなかった。裏の裏庭の、ガレージの一面に沿ってのびている君の父親の菜園。父親の領分、でもそれも君の世界だった。君は十二になるまでそこで暮らした。

　コマドリ、フィンチ、アオカケス、ムクドリモドキ、アカフウキンチョウ、カラス、スズメ、ミソサザイ、カージナル、クロムクドリモドキ、そして時たまのルリツグミ。鳥は君にとって星と同じくらい不思議な存在であり、鳥たちの真の家は空だから、鳥と星は同じ一族に属しているように君には思えた。空を飛べるという不可解な力は言うに及ばず、派手な色、地味な色が無数にあることも観察と研究に値したし、何より君の興味を惹いたのは彼らが発する声だった。鳥の種類ごとに喋る言語も異なり、調子のよい歌だったりがさつで耳障りな叫びだったりする。君は早いうちから、あれはたがいに話をしているのだ、あの音はみんなそれぞれの鳥言語のれっきとした単語なのだと確信した。肌の色もさまざまな人間たちが、無数の言語を喋る。それと同じで、空を飛び時おり君の裏の裏庭で芝生の上をぴょんぴょんはねる生き物たちも、コマドリは仲間のコマドリと、君にとっての英語と同じくらい彼らにとっては了解可能な、独自のボキャブラリーと文法を備えた言語で意志を交わしているのだ。

夏――草の葉の真ん中に裂け目を入れて、笛のように吹く。夜にホタルを捕まえて、光る魔法の壜を手に歩き回る。秋――カエデの木から落ちた莢《さや》を鼻につっ込む。地面に落ちたドングリを拾って精一杯遠く、藪の奥深く見えないところまで投げる。ドングリはリスが飛びつく御馳走であり、リスは君が一番感嘆している動物だったから――あのスピード！　樫の木の枝から枝へ移る、死をも恐れぬ跳躍！――彼らが地面に穴を掘りドングリを埋めるのを君はじっくり観察した。冬は食べ物が乏しくなるから貯めておくのよと君の母親は言ったが、実のところリスが冬にドングリを掘り出すのを君は一度も見たことがなかった。あれはただひたすら掘るのが楽しいから掘ってるんだ、掘りたくて仕方なくて止《や》めようにも止められないんだ、という結論に君は達した。

五歳か六歳、ひょっとしたら七歳まで、人間《ヒューマン・ビーイング》という単語は人豆《ヒューマン・ビーン》と発音するのだと君は思っていた。あんな小さな、ありふれた植物によって人類を表わすなんて不可解だとも思ったが、この誤解の筋が通るよう考えの方をねじ曲げ、豆は小さいからこそ意味深いのだ、人はみな母親の子宮の中で豆ほどの小ささで出発するのだから、ゆえに豆こそ生命それ自体のもっとも真の、もっとも力強いシンボルなのだと君は決めたのだった。

あらゆるところにいて、すべての上に君臨している神とは、善や愛の力ではなく恐れの力だった。神とは罪悪感である。天にまします頭脳警察の司令官、君の頭の中に侵入して君の思考を傍聴できる全能にして不可視の存在。君が頭の中で発しているだけの言葉も神には聞こえるし、沈黙だって言葉に翻訳することができる。神はいつも見張っていて、いつも耳を澄ましている。だから君はつねに精一杯正しくふるまわないといけない。さもないと恐ろしい罰を浴びせられるだろう。口にしがたい拷問にかけられ、真っ暗な地下牢に幽閉され、死ぬまでパンと水だけで生かされる。学校に上がるころにはもう、いかなる反乱行為も鎮圧されてしまうことを君は学んでいた。友人たちが狡《こう》猾《かつ》さと機知でもって規則を笑い物にするのを君は眺めた。先生の目を盗んでさらに新しい、いっそう巧妙な騒乱を彼らは生じさせ、一度たりとも罰せられなかった。ところが君は、誘惑に屈してそういう悪ふざけに仲間入りするたび、いつもかならず捕まって罰を受けた。一度の例外もなく。悲しいかな、悪戯の才能が君には欠けていたのだ。怒れる神が君をせせら笑う姿を想像するたび、自分はいい子にしているしかないのだと君は思い知った。さもないと……

六歳。ある土曜の朝、自分の部屋に立った君は、たったいま服も着て靴紐も結び終え（もう君は一人前、何でも自分でできる男の子だ）、さあ下に降りていって一日を始めるぞと張りきっていた。そして、早春の朝の光を浴びながら立っていると、幸福感に、何ものにも束縛されぬ恍惚感に君は浸され、次の瞬間胸の内で君は言っている、六歳であることほど素晴らしいことなんてない、どんな年齢より断然六歳の方がいいんだ、と。そう考えたということを、現在の君は、三秒前に考えたことと同じくらいはっきり覚えている。あの朝から五十九年経ったいまも、それは君の中で煌々《こうこう》と光を放っていて、くっきりした輪郭は少しもぼやけておらず、これまで貯えてきた数千、数百万、数千万の記憶のどれにも劣らず明るく光っている。いったい何が、これほどの圧倒的な思いをもたらしたのか？　答えは知る由もないが、おそらくは自意識の発生ということと関係があるのではないかと君は思っている。六歳前後に、子供の身に起きる、内なる声が目覚める瞬間。ある思いを思考し、その思いをいま自分は思考しているのだと自分に告げる能力の誕生。人生はその時点で新しい次元に入る。その瞬間を境に、人は己の物語を自らに向かって語る力を獲得し、死ぬまで途切れなく続く物語を語り出すのだ。その朝まで、君はただいるだけだった。その朝、自分がいるということを君は知った。生きているということについて考えられるようになり、ひとたびそれができるようになると、自分が存在しているという事実を十分味わえるようになった——生きていることがどれだけ素晴らしいか、自分に向かって語れるようになったのだ。

一九五三年。まだ六歳。この超越的な啓示が訪れた数日か数週間後、君の内なる発達におけるもうひとつの転回点が訪れる。場所はニュージャージーのどこかの映画館。それまでにも映画館には何度か行っていたが、観たのはいつも子供向けのアニメーションで（『ピノキオ』『シンデレラ』が思い浮かぶ）、本当の人間が出てくる映画はテレビでしか観たことがなく、その大半は三〇、四〇年代に作られた低予算の西部劇だった。ホパロング・キャシディ、ギャビー・ヘイズ、バスター・クラブ、アル・「ファジー」・セントジョン、どれも古めかしい不細工な撃ち合い物で、ヒーローは白い帽子をかぶっていて悪者は黒い口ひげを生やしている。君はすべてをとことん楽しみ、その現実性を熱く信じた。やがて、六歳の年のある日、誰かが君を、夜に上映される映画に連れていってくれた。当然それは君の両親だったのだろうが、彼らがそこにいた記憶はない。土曜の昼上映でもなくディズニーのアニメでもない、年代物の白黒西部劇でもない大人向けの新作カラー映画を観るのはこれが初体験だった。混んでいる映画館のだだっ広さ、明かりが消えて闇の中で座っていることの薄気味悪さ、期待と不安の入りまじった気分を君は覚えている。あたかも自分がそこにいると同時にそこにいないような、もはや自分の体の中にいないような、夢の中で自分が自分から消えていくのにも似た感触。映画はH・G・ウェルズの小説を原作とする『宇宙戦争』で、特殊効果が画期的な新作として当時はもてはやされ、これまでのどの映画よりも精巧で、迫真性に富み、進化しているという評判だった。そういったことを君が学んだのは最近であり、一九五三年にはむろんそんなことは知らない。君はただの、火星人の大部隊が地球を侵略するのを見ている六歳の子供だった。ものすごく大きなスクリーンが目の前一杯に広がり、カラーもいままでに見たことがないほどあざやかで、その輝き、鮮明さ、強烈さに目が痛くなるほどだった。石のように丸い金属製の宇宙船が夜空から降りてきて、それら飛行機械の蓋が一つまたひとつ開いて、中から火星人が一人、ゆっくりと出てくる。異様に背の高い、昆虫みたいな姿で、腕は棒のようで指は不気味に長い。火星人は一人の地球人に視線を据え、そのグロテスクな、丸く膨らんだ目をじっと向けて、次の瞬間、パッと閃光が飛び出す。数秒後、地球人はいなくなっている。抹殺され、非物質化され、地面に映る影と化してしまったのであり、やがてその影も消える。あたかもその人物などはじめからいなかったかのように、そんな人が生きたことなんかなかったかのように。奇妙にも、怖かったという記憶はいっさいない。釘付けにされた、というのがおそらく君の身に起きていたことを一番よく捉える言葉だろう。圧倒的な畏怖の念。その光景に催眠術をかけられて、いわば麻痺した恍惚とも言うべき状態に君は引き込まれていた。そして、やがて恐ろしいことが起きた。無力な武器で火星人たちを殺そうとした兵士たちの死と消滅よりも、もっとはるかに恐ろしいことが。ひょっとするとこれら軍人たちが、侵略者は敵意をもってやって来たのだと決めつけるのは間違いだったのではないか。ひょっとすると火星人たちはただ、攻撃されたらどんな生き物だってそうするように自分を護ろうとしているだけではないか。事実はどうあれ、君としては疑わしきは罰せずという気でいた。未知のものを怖がる気持ちを、人間たちがあっという間に暴力に変えてしまったのは間違っているように君には思われた。そこへ、平和を訴える人物が現われる。主演男優の恋人か妻である若く美しい女性の父親で、牧師だったか司祭だったか、とにかく神に仕える人物である。落着いた、耳を和ませる声でこの人物は人々に語りかけ、優しさと友好の念をもって異星人に接するよう、神の愛を心に抱いて彼らの許へ行くよう説く。率先してやってみせようと、勇敢なる牧師＝父親は片手で聖書を掲げ、もう一方の手で十字架を掲げて宇宙船をめざして歩き出し、火星人に向かって、怖がることはありません、私たち地球の人間は宇宙に住むすべての人たちと仲よく生きたいのですと伝える。あふれる思いに口は震え、目は信仰の力に輝き、それから、船まであと一メートルというあたりまで来て蓋が開き、棒のような火星人が現われて、牧師＝父親がさらに一歩前へ出る間もなくパッと閃光が発せられ、聖なる言葉の使者は影に変えられ、そしてじきに影でさえなくなり、まったくの無と化す。神は、全能の存在は、何の力もなかったのだ。悪を前にして、神は最高に無力な人間と同じくらい無力であり、彼を信じる者たちは破滅するほかない運命にある。これがその夜『宇宙戦争』を観て君が得た教訓だった。その衝撃から、君はいまだ完全に立ち直っていない。

他人を許せ、つねに他人を許せ、だが自分は決して許すな。プリーズ、サンキューを言うこと。テーブルに肱《ひじ》をつかないこと。自慢しないこと。絶対に人の陰口を言わないこと。洗濯物は忘れずに洗濯袋に入れること。部屋を出るときは明かりを消すこと。人と話すときは相手の目をしっかり見よ。親に口答えするな。手を洗うには石鹼を使い爪の下もちゃんとこするように。絶対に嘘をつくな、絶対に盗むな、絶対に妹をぶつな。握手するときは相手の手をしっかり握れ。五時までには帰ってくること。寝る前には歯を磨くこと。そして何より忘れぬように――梯子の下を歩くな、黒猫に近よるな、絶対に歩道のひびに足を触れるな（いずれも欧米では縁起が悪いとされている行ない）。

君は恵まれない人々のことを心配した。踏みにじられた人、貧しい人のことを。政治や経済の仕組みを理解するには幼すぎたし、資本主義の力がほとんど何も持たない人をどれほど押しつぶすものかも把握できなかったけれど、顔を上げて周りを見回せば、この世界が不公平であること、ほかの人よりもっと苦しんでいる人々がいることはすぐわかったし、平等という言葉はあくまで相対的なものにすぎないことも理解できた。おそらくそれは、小さいころから、ニューアークやジャージーシティの黒人スラム街を見知っていたからだろう。毎週金曜の晩、父親が間借り人たちから家賃を集めて回るのについて行く。中流階級の少年が、貧しい人たち、絶望的に貧しい人たちの住居に入って、貧困の状態を目で見、匂いも嗅ぐ機会などなかなかあるものではない。疲れた女たちとその子供たち。男の姿が見えることはめったになかった。君の父の間借り人である黒人たちは君にはいつもとても親切にしてくれたから、どうしてこんなにいい人たちがこんなに何もない暮らしをしないといけないんだろう、僕よりずっと何もない暮らしをしないといけないんだろう、と子供心に不思議に思ったものだ。君は心地よい郊外の家にいて、この人たちは家具も壊れた、あるいは家具なんか全然ない寒々しい部屋にいる。君にとってこれは、少なくともこの時点では人種の問題ではなかった。父親の間借り人である黒人たちと一緒にいても居心地悪さは感じなかったし、彼らの肌が黒かろうと白かろうと気にならなかった。すべては金の問題だった。金が十分ないという問題、君と同じような家に住めるだけの金を稼げる職についていないという問題だった。やがてもう少し大きくなってアメリカの歴史を、たまたまアメリカの歴史において公民権運動が開花した時期に学ぶようになると、六歳、七歳のときに目撃したことも君はずっと深く理解できるようになる。だが当時はまだ意識もおぼろに目覚めはじめたばかりで、何も本当に理解してはいなかった。人生はある人間に対しては優しくある人間に対しては残酷だった。君の心はそれゆえに痛んだ。

それからまた、インドの飢えた子供たちがいた。こちらはもう少し抽象的であり、距離も遠く馴《な》染《じ》みも薄くて把握しづらかったが、それでもなお、君の想像力に強くはたらきかけた。食べるものもろくにない、半分裸の、フルートのように細い手足の子供たちが、靴もなく、襤褸《ぼろ》を着て、混みあった大都会をさまよってパンのかけらを乞うている。君の母親がそういう子たちのことを話すたび、目に浮かぶのはそんな光景だった。話が出る場所はいつも決まって夕飯の食卓だった。これは一九五〇年代のアメリカの母親がみんな使った手口だったのだ。栄養不足で困窮したインドの子供たちを四六時中引き合いに出して、自分の子供が己を恥じて食事をきれいに食べるよう仕向ける。インドの子供を家に招いて、晩ご飯を一緒に食べられたらどんなにいいだろう、と君は何度思ったことか。君は小さいころ好き嫌いの多い子供だった。三歳半か四歳くらいまで君を苦しめた、消化器系統の欠陥が原因だったにちがいない。我慢できない、見るだけで気分が悪くなる食べ物がいくつもあった。出されたものを全部食べられなかったたびに、インドの男の子たち女の子たちのことを君は考え、激しい罪悪感に苛まれた。

本を読んでもらった記憶はないし、字の読み方を学んだことも思い出せない。せいぜい、本の中の気に入ったキャラクターのことを母親に話した覚えがある程度だ。ということはやはり母親が読んでくれたのだろうが、自分が両手で本を持っていた記憶はないし、母の隣に座るか寝そべるかしている君に母が挿絵を指差しながら物語の言葉を読んで聞かせてくれた記憶もない。母の声が君には聞こえてこないし、母の体を自分の体の隣に感じることもできない。けれども、じっくり腰を据えて、目を閉じ、なかばトランス状態に入っていけば、いくつかのおとぎ話が君に与えた衝撃を何とか呼び起こすことができる。とりわけ「ヘンゼルとグレーテル」は怖かったが、「ルンペルシュティルツキン」と「ラプンツェル」もそうだったし、ダンボ、クマのプーさん、ピーウィーなる名の小さなダルメシアン犬をめぐる映画を見た記憶もぼんやりよみがえってくる。けれど一番惹かれた、いまでもほぼ空《そら》で覚えている物語は――ということは何十回も読んでもらったにちがいない――『ピーターラビット』だ。老いたミセス・ラビットを母とする、わがままで悪戯っ子のピーターがマグレガーさんの野菜畑で厄介事を引き起こす。いま『ピーターラビット』の本をぱらぱらめくってみると、一枚一枚の絵の細部に至るまで、ほとんどすべての言葉までとことん見慣れたものに思えることに君は驚かずにいられない。特に、二ページ目に出てくる、ミセス・ラビットのぞっとさせられる言葉――「さあ　おまえたち、野はらか　森のみちであそんでおいで。でも、おひゃくしょうのマグレガーさんとこの　はたけにだけは　いっちゃいけませんよ。おまえたちの　おとうさんは、あそこで　じこにあって、マグレガーのおくさんに　にくのパイにされてしまったんです」。この物語が君に訴えかけたのも無理はない。舞台はのどかで可愛らしく見えても、ピーターはお気楽な午後のお遊びに出かけたのではない。マグレガーさんの畑に忍び込むことによって、大胆にも自らの命を危険にさらし、愚かにも死の危険を招いているのだ。いまこの本の中身をじっくり見ていると、自分がピーターの命のことをどれほど本気で心配したかが想像できる――そして彼が逃げおおせてどれほど本気で喜んだにちがいないかも。記憶とは言えない記憶。でもそれはいまも君の中で生きつづけている。二十四年前に君の娘が生まれたとき、彼女に贈られたプレゼントのひとつが、このビアトリクス・ポターの本の挿絵が二つ描かれた陶磁器のカップだった。幼年期、小児期の数々の危険をカップはどうにか生き延び、ここ十五年は、君がこのカップを使って朝のお茶を飲んできた。六十五歳の誕生日まであと一か月となったいま、君は毎朝、子供向けのカップ、ピーターラビット・カップでお茶を飲む。家にあるほかのどのカップよりこれがいいのは、大きさがぴったりだからだ、と君は思う。マグより小さく、伝統的なティーカップより大きく、縁の部分が好ましくカーブしていて唇が気持ちよく当たり、お茶がこぼれたりもせずスムーズに喉へ落ちていく。実用的なカップ、基本的なカップというわけだ。だが同時に、それを飾っている絵には無関心だと言ったら嘘になるだろう。ピーターラビットと一緒に、意識的な記憶が何も残っていないほど幼い日からの友だちと一緒に一日を始めるのが君は嬉しいのだ。手が滑ってカップが落ちて割れてしまう朝を日々恐れて君は生きている。

思春期のある時点で、君は母親に、あなたは三つか四つのころからアルファベットが読めたのよと言われた。この断言を信じていいかどうか君にはわからない。母親は君の小さいころの能力を話すたびに誇張する癖があったし、一年生になったとき君が中級のリーディンググループに入れられたことから見ても、母が考えていたほど早熟だったとは思えない。ディックがはしるよ。ジェーンがはしるよ。君は六歳で、そのころの一番生々しい記憶の中では、ほかの子供たちから離れた机に座っている。教室の奥の、ひとつだけぽつんと置かれた机に、授業中何か悪さをして（黙っているべきときに誰かと喋っていたのか、悪戯をしたはいいが例によってへまをやって罰を受けていたのか）一時的にそこに追放されていたのである。一人座って、一九二〇年代に印刷されたにちがいない本を（挿絵の男の子たちが膝丈《ニッカーズ》ズボンをはいている）ぱらぱらめくっていると、担任の先生が寄ってくる。優しい若い女の先生で、そばかすのある太い腕、名前はミス・ドーシーだったかドーシか、あるいはミセス・ドーシーかドーシか、とにかく彼女が片手でそっと優しく君の肩に触れたので君ははじめハッと驚くが、でもそれはとてもいい気持ちで、それから先生は身を乗り出して君の耳元に唇を寄せ、あなたが上達して嬉しいわ、ぐんぐんよくなってきたわよ、だからあなたを上級のリーディンググループに移すことにしたのよ、と君に囁《ささや》いたのだ。ということはとにかく進歩はしていたにちがいない。学期はじめに遭遇していた困難も、いまや過去のものとなったのだ。とはいえ、読み書きを学びつつあったこの時期からの、もうひとつだけいまもはっきり失わずにいる記憶を呼び起こすとき、君はただ当惑して首を振るしかない。この一件が上級グループに昇格となる前に起きたのか、そのあとだったのかはわからないが、医者に行っていたせいで学校に少し遅刻したことは確かに覚えている。一時間目の授業はすでに始まっていて、君はいつもの、マルコム・フランクリンの隣の席にそっと滑り込んだ。図体の大きな、異様に肩幅の広いこの不細工な少年は、ベンジャミン・フランクリンの子孫ということで通っていて、この事実（もしくは非‐事実）に君はいつも感じ入ったものだ。ミスかミセスかのドーシー＝ドーシ先生が黒板の前に立っていて、wの活字体をみんなに教えていた。生徒一人ひとりが鉛筆を手に机の上にかがみ込み、先生のすることを懸命に真似てwをいくつも書いていた。と、君がふと左を向いて、ベンジャミン・フランクリンの末裔《まつえい》がこの課題をどうこなしているか見てみると、愉快なことに君のクラスメートは、w一つごとに切って書く（wwww）のではなく全部くっつけて書いていた（wwww）。この引き延ばされた文字が何とも大胆かつ興味深く見えて君はすっかり惹かれてしまい、本当のwが四筆で終わることはちゃんと承知していたものの、マルコムのやり方の方がいいのだと即刻決めて、正しくやるのをやめて友の手本に従い、課題を故意にサボタージュした。こうして君は、いくら上達したように見えても、自分が根はまだとびっきりの阿呆であることを反証の余地なく証明したのである。

六歳になる前だったか、なった後だったか――年代記は曖昧になってしまった――アルファベットにはさらにもう二文字、君だけに知られている秘密の二文字があるのだと信じた時期があった。裏返しのL――J。逆さまのA――∀。

幼稚園から六年生まで通った学校でよかったのは、宿題がいっさいなかったことだ。地元の教育委員会を運営していた人たちは、児童の成長をリベラルで人間的なアプローチで捉えアメリカの教育を変えたジョン・デューイの信奉者だったので、君もデューイの叡智《えいち》の恩恵を受けたのである。終業のベルが鳴った瞬間、自由に駆けまわることを許され、友だちと遊ぶも自由、家に帰って本を読むも自由、何もしないのも自由だった。君の少年時代を損なわず、不要で無意味な宿題で君を押しつぶしもせず、子供が受け入れられることには限りがあるのであってあとは放っておくしかないことを賢明にもわかってくれた見知らぬ紳士たちに君は心から感謝している。学ぶべきことはすべて学校の中で学べるということを彼らは証明した。君も君のクラスメートたちも、このシステムの下で立派に初等教育を受けたのだから。まあ教師がみな創造的だったとは言いかねるが、それでも全員有能ではあり、読み・書き・算術の三基本を消しがたく叩き込んでくれた。翻って、教育方法が混乱と不安に陥った時代に育った君の子供二人を思うとき、彼らが毎晩、骨の折れる、耐えがたく単調な宿題をやらされたことを君は思い出す。課題を終えるにはしばしば親の助けも必要であり、来る年も来る年も、彼らの背が力なく丸まり、重い瞼が閉じてくるのを見ていると、君は彼らのことが可哀想でならなかった。若き生の、かくも多くの時間が、破綻した理念に奉仕すべくむざむざ浪費されていると思うと、何とも悲しかった。

家に本はほとんどなかった。両親が受けた正規教育は高校で終わっていて、二人とも読書には興味がなかった。けれど住んでいた町にはまっとうな図書館があって、君はそこに足繁く通い、週に二、三、四冊と借り出し、八歳になるころには小説を読む習慣がついていた。その大半は凡庸な、五〇年代前半に子供向けに書かれ出版された物語だった。たとえばハーディ・ボーイズの膨大なシリーズ。その作者が当時君にとっての隣町メープルウッドに住んでいたことを君はあとで知った。一番好きだったのはスポーツをめぐる小説で、とりわけクレア・ビー作のチップ・ヒルトン・シリーズ——ヒーローの高校生チップとその友ビギー・コーエンがくり広げる、手に汗握る接戦の末に彼らがかならず勝利する物語の数々。試合はつねに、最後の一秒でのタッチダウン・パス、終了のブザーとともに決められたハーフコート・ショット、十一回裏のサヨナラホームラン等々で終わるのだった。『フライング・スパイクス』なる、盛りを過ぎた元大リーガーがもうひと花咲かせようとマイナーリーグで最後の挑戦を試みる胸躍る小説も覚えている。一番好きなスポーツに関するノンフィクションもたくさんあった。『わが野球人生最良の日』、ベーブ・ルース、ルー・ゲーリッグ、ジャッキー・ロビンソン、若きウィリー・メイズについての本。伝記も小説とほぼ同じくらい楽しく、とりわけ遠い過去に生きた人々の物語を熱心に読んだ。エイブラハム・リンカーン、ジャンヌ・ダルク、ルイ・パストゥール、そしてあのマルチタレントの、君のかつてのクラスメートの先祖だったかもしれぬしそうでなかったかもしれぬベンジャミン・フランクリン。〈ランドマーク・ブックス〉は小学校の図書館にずらりと揃っていたのでよく覚えているが、それ以上に惹きつけられたのはボブズ゠メリル社から出ているハードカバーのシリーズだった。硬い紙の表紙は背表紙も含めオレンジ色、本文にはくっきり黒い影絵ふうのイラストが盛り込まれた膨大な伝記コレクションを、さすがに百は越えなかったかもしれないが何十と読んだことは間違いない。また、君の母方の祖母がプレゼントしてくれた一冊は、じきに君のもっとも大切な所有物のひとつとなった。『勇気ある人々』と題された分厚い本で（著者はストロングなる人物、一九五五年ハートブック社刊）、勇猛にして高潔なる故人の小伝が五十以上集められていた。ゴリアテを打ち負かしたダビデ、女王エステル、橋を守ったホラティウス、アンドロクレスとライオン、ウィリアム・テル、ジョン・スミスとポカホンタス、サー・ウォルター・ローリー、ネイサン・ヘイル、サカジャウィア、シモン・ボリバル、フローレンス・ナイチンゲール、ハリエット・タブマン、スーザン・B・アンソニー、ブッカー・T・ワシントン、エマ・ラザルス。八歳の誕生日には、同じ大好きなお祖母ちゃんが今度はロバート・ルイス・スティーヴンソンの作品集を贈ってくれた。『さらわれたデービッド』や『宝島』の文章は八歳にはまだ難しすぎたが（たとえば fatigue〔疲労《ファティーグ》〕という言葉に活字で初めて出会い、頭の中で「ファタギュー」と発音したことを君は覚えている）、『ジキル博士とハイド氏』は比較的短かったので大半はチンプンカンプンだったものの頑張って読みとおした。一方『子供の詩の園』はずっと簡単で、君はすっかり魅入られた。それら小さな子供の視点から語った詩を書いたときスティーヴンソンが大人だったことが君にはわかったから、彼が一人称を巧みに、雄弁に用い、子供になりきって一冊語りとおす見事さに感じ入った。そしていまの君はふっと理解する。あのとき君は、文学を創る営みの隠れた歯車を、人が自分以外の心の中に跳び込むことを可能にする神秘のプロセスを、初めて垣間見たのだと。次の年、君は生まれて初めて詩を書いた。何しろ読んだことのある詩人はスティーヴンソン一人だったから、彼からじかに霊感を受けていたことは確かだ。それは何とも冴えない、乾いた鼻汁のごとき、「春が来たよ《スプリング・イズ・ヒア》／うれしいな《ギヴ・ア・チア》！」で始まる代物だった。有難いことに残りは忘れてしまったが、史上最悪の詩であった——疑いなくいまだにそうである——にもかかわらずそれを作ったときに体を貫いていった幸福感はいまも覚えている。季節はまさに早春、グローヴ・パークの地面によみがえったばかりの芝生の上を一人で歩きながら、顔にあたる陽の暖かさを感じて君は歓喜に包まれ、その高揚を言葉で、韻を踏んで書かれた言葉で表現したいという欲求に襲われたのである。生まれた韻はあいにく何とも貧弱だったが、構いはしない。そのときに大事だったのはその衝動であり、知恵を絞ったその営みだったのだから。紙の上で鉛筆を少しずつ動かし、愚にも付かぬ詩句をひねり出していくなか、自分という人間の感覚が強まり、自分はこの世界に属しているんだという思いも深まっていった。その同じ春、生まれて初めて、君は自分のお金で本を買った。もう何週間か、何か月か前から目はつけていたが、その巨大な書物を抱えて帰るのに必要な現金（3ドル95、という数字がいま思い浮かぶ）を貯めるのに時間がかかったのだ。モダンライブラリー版、エドガー・アラン・ポー全詩・小説集。ポーもやはり君には難しかった。九歳の脳が把握するにはその文章はあまりに華美で複雑だった。が、たとえ読んでいる内容の一部しか理解はできなくても、頭の中に広がる言葉の響きに君は魅了された。その言語の厚み、装飾過多の長いセンテンスに染みわたる異国風の陰影に惹かれた。一年と経たぬうちに困難の大半は解消され、十歳になるころにはすでに、次の重要な発見が生じていた——シャーロック・ホームズ。一人で過ごす時間の大切な仲間、ホームズとワトソン。ドクター常識居士《ダル・コモンセンス》と、ミスター天才変人《エクセントリック・マスターマインド》。彼らが関わる無数の事件の展開も興味津々だったが、読んでいて何より楽しかったのは、二人の会話だった。たがいに正反対である二つの感受性の、この上なく刺激的なやりとり。特に、あるひとつの会話は君を仰天させた。実際それは、世界についてそのときまで教わってきたことすべてを根底から覆《くつがえ》すものだったから、その啓示は以後何年も君を不安にし、君を挑発しつづけることになる。こういう会話だ。実際的なる科学の人ワトソンが、太陽系についてホームズに講釈する。君自身小さいころ理解するのに苦労した、あの太陽系である。地球をはじめとする一連の惑星は太陽の周りを精緻に秩序正しく回っているのだとワトソンは説く。すると、不遜にして予測不能なる唯我独尊《ゆいがどくそん》の人ホームズは、すぐさまワトソンに、そういうたぐいのことを学ぶ気はないね、そんな知識はまったく時間の無駄であって僕はいま言われたことを忘れるために全力を尽くすよ、と言ってのけるのだ。その一節を読んだとき、君はたぶん十歳の四年生だったか、ひょっとしたら十一歳の五年生だったか。それまで君は、知識の追求という営みを誰かが――特にホームズのような世紀最大級の知性の持ち主と言われるような人が――否定的に語るのを聞いたことがなかった。なのにホームズはここで、そんなことはどうでもいいと友に言っている。君の世界では、そんなことはどうでもよくないことになっていた。人間の知識のあらゆる領域に人は興味を持つべきであって、字の書き方のみならず算数も、理科同様音楽も学ばねばならないということになっていた。なのに君が敬愛してやまぬホームズは、いや、物事には大事なこととそうでないことがあるのであって大事でないことは切り捨てて忘れてしまうべきだ、それらは頭の中を何でもないこととの無用なかけらで塞《ふさ》いでしまうだけなのだから、と言っているのだ。数年後、科学や数学への興味を失ってきたとき、君はホームズの言葉を思い出し、自分の無関心を擁護する手段にそれを利用した。乱暴な論と言うほかないが、にもかかわらず君はそれを主張してはばからなかった。おそらくはこれも、虚構というものが人の心を毒しうることの更なる証しなのだろう。

君の住む地域最大の有名人はトマス・エジソンだった。君が生まれたとき、エジソンが亡くなってまだ十六年しか経っていなかった。彼の研究所は君の住むサウスオレンジのすぐ隣のウェストオレンジにあって、発明家の死後は博物館に、全国的な名所になっていて、君も小さいころ遠足で何度か訪れてはメンロー・パークの魔法使いにしかるべく敬意を表した。白熱電球、蓄音機、映画をはじめ数々の発明を行なったエジソンは、君にとって最大級の重要人物であり、史上最高の科学者だった。研究所内をひととおり見学したのち、来館者はブラック・マリアと名付けられた別館に案内される。世界初の映画撮影所だった、その大きなタール紙貼りのバラックで、君はクラスメートたちとともに、史上初の物語映画『大列車強盗』の映写を見学した。天才の一番奥なる領域に、聖なる神殿に足を踏み入れた思いだった。当時の君の一番お気に入りの思考者ということで言えばシャーロック・ホームズであり、何ものも恐れず一点の嘘もないその知性の鑑《かがみ》は系統的で合理的な推論の驚異を君に明かしてくれたが、とはいえホームズは単なる想像の産物であり、言葉の中にしか存在しない架空の人物である。これに対しエジソンは現実の、肉体を備えた人間であり、しかも彼の一連の発明品は君が住んでいるところのすぐそば、ほとんど叫べば聞こえるくらい近くで作られたのである。君はエジソンと特別なつながりを感じた。エジソンに対して尋常ならざる敬意を、ほぼ全面的な崇拝の念を抱いた。十歳になるまでに少なくとも二冊のエジソン伝を読んだし（まずランドマーク・ブック、それから影絵イラストの入ったオレンジ色の本）、エジソンをめぐる映画もテレビで二度観ていたし――『若い科学者』（ミッキー・ルーニー主演）、『人間エヂソン』（スペンサー・トレイシー主演）――君もエジソンも誕生日が二月初旬であること、そしてそれ以上に君がエジソンのちょうど百年後（の一週間前）に生まれたことになぜか大きな意味があると（いまの君には馬鹿げていると思えるが）考えたのである。だが何よりも嬉しく、何より重要で、君とエジソンとの結びつきをこの上なく深い絆にしてくれたのは、君の髪を切ってくれる人物がかつてエジソンのかかりつけの床屋だったという発見だった。床屋は名をロッコという、小柄の、もはやそれほど若くない男で、シートン・ホール大学キャンパスのすぐ向こう、君の家からほんの数ブロックのところで櫛とハサミを操っていた。これは五〇年代なかばから後半のことで、角刈り、クルーカットの時代、白いバックスキンと白い靴下とサドルシューズ、ケッズのスニーカーとごわごわの、おそろしくごわごわのジーンズの時代であり、君も当時の男の子ほぼ全員と同じに髪を短くしていたから、床屋には頻繁に、平均して月二回は通うことになった。つまり少年期のあいだずっと、二週間に一度はロッコの店の椅子に座って、鏡のすぐ左に掛かったエジソンの肖像画の大きな複製を見ていたのである。額縁の右下隅にはメモ用紙が差してあって、わが友ロッコへ　天才は1%の霊感と99%の発汗なり——トマス・A・エジソンと手書きされていた。ロッコこそ君をエジソンとじかに結びつけてくれる環《リンク》だった。かつて発明家の頭に触れた両手が、いまは君の頭に触れているのであり、ひょっとしたらエジソンの頭の中にあった思いがロッコの指に入り込んで、その指がいま君に触れているのだから、それらの思いの一部がいま君の頭の中に染み込みつつあると思ってもいいのではないか？　もちろんそんなこと、本気で考えたりはしない。が、そう考えるふりをするのは楽しかったし、ロッコの店の椅子に座るたび、君はこの魔法の思考転移ゲームを楽しんだ。あたかも君が——何も発明しない運命であり、将来も機械的なことにはおよそ何の才能も示しはしない君こそが——エジソンの精神の正統なる継承者であるかのように。やがて、君を愕然とさせたことに、ある日君の父親が、何気ない口調で、高校を卒業してからエジソンの研究所で働いたことがあると告げた。一九二九年、父にとって初めてのフルタイムの仕事だったという。メンロー・パークの巨匠の下で働く大勢の若者の一人、それだけの話である。おそらく父は、君の気持ちを傷つけまいとして話の後半は語らなかったのだろう。いずれにせよ、エジソンが君の家族の歴史の一部であった——つまりいまや君の歴史の一部でもある——という事実は、あっさりロッコの指に代わって、偉人との最重要リンクの地位を占めるに至った。君は父親のことが心底誇らしかった。これこそ父がいままで自らについて打ちあけてくれた最重要情報であり、君はそれを飽きることなく友人たちに伝えつづけた。僕の父さんはエジソンの研究所で働いてたんだぜ。いまや君は、よそよそしく打ちとけない人だと思っていた自分の父を、もうまったくの謎とは考えず、やっぱり父さんだって血の通った人間なんだ、世界をよりよくする大事な仕事にちゃんと貢献したんだと考えるようになった。父は君が十四歳になったとき初めて、物語の後半を語った。エジソンの研究所での父の仕事は、数日しか続かなかったことを君は知った。君の父が無能だったからではなく、父がユダヤ人であることをエジソンが知ったからである。メンロー・パークの聖域にはいかなるユダヤ人も入ることを許されなかった。エジソンは君の父を執務室に呼びつけ、その場で解雇した。君の偶像は狂信的な、憎悪に満ちたユダヤ人嫌いであることが判明したのである。よく知られたこの事実は、君が読んだどのエジソン伝でも触れられていなかった。

とはいえ、生きている英雄の方が君にとってははるかに大きな意味を持っていた。エジソン、リンカーン、あるいは石ころ一個で巨人ゴリアテを退治した若き羊飼いダビデといった崇高な人物であっても、しょせんはもう死んでいる。幼い男の子がみなそうであるように、君は父親が英雄になってほしかった。だが当時の君の英雄観はごく狭かったから、父に神殿内の座を与えることは不可能だった。君の心の中で、ヒロイズムとは戦いにおける勇気のことであり、戦争のただなかで人がどうふるまうかの問題だった。君の父は戦争に、君が生まれる一年半前に終わった第二次世界大戦に行かなかったから、はじめから対象外だったのである。友人たちの父親の大半は何らかの形で兵士として戦争に参加していたので、君が属している小さな集団が戦争ごっこに携わるべく郊外住宅の裏庭に集い、ヨーロッパでナチスを相手に、もしくは太平洋のどこかの島で日本軍を相手に戦うふりをするとき、友人たちはしばしば、戦闘をより真に迫ったものにすべく、父親からもらったさまざまな軍事用品(ヘルメット、水筒、金属のカップ、弾薬帯、双眼鏡)を持ってきた。だが君はいつも手ぶらで行くしかなかった。やがて君は、父親は電信の仕事に従事していたのであり、この仕事は政府により戦争遂行に必須とみなされたため父が兵役を免除されたことを知ったが、この理由はいつも君にはいささか薄弱に感じられた。そもそも君の父親はほかの父たちよりも年上で、アメリカが参戦したときにはもう三十歳だったから、どのみち徴兵されなかった可能性もある。だが君が友人たちと戦争ごっこをしたのは五歳から七歳にかけてであり、父の戦時中の状況を理解するにはとうてい幼すぎた。やがて君は父に、なぜ戦争ごっこに貸してくれる道具がないのか訊ねるように、うるさく問いただすようにすらなった。そして父も父で、戦争に行かなかったことを君に認める気になれなかったから（そのことを恥じていたのか、それとも単に君ががっかりすると思ったのか）、君の望みを叶えようと――そしておそらく、君の目に自分が立派に、英雄に見えるようにと――ある策を弄したが、結局これが裏目に出た。真実を話せば君ががっかりすると父は思ったわけだが、それと同じくらい君を失望させることになったのである。ある夜、君が寝かしつけられてから父は君の部屋にこっそり入ってきた。君が眠っていると父は思ったのだろうが、君はまだ眠っておらず、目もまだ開いていて、君は何も言わずに父が君の机の上に二、三の物を置いてから忍び足で部屋を出ていくのを見守った。朝になって、それが使い古された軍隊用品であることを君は見てとった。いまでもはっきり目に浮かぶのはそのうちのひとつ、厚地の緑のカンバス地にくるまれたブリキの水筒だけだ。朝食の席で父は、戦争中使っていた品が出てきたんだと君に言ったが、そんな言葉に君はだまされなかった。君は心の奥で知っていた。それらの品が父の持ち物であったことなど一度もなく、昨日の午後にそこらへんの軍隊余剰品店で買ってきたのだということを。君は何も言わず、贈り物を喜んでいるふりをしたが、そんな嘘をつく父のことを内心憎んだ。何十年も経ったいま、君が感じるのは同情の念だけだ。

一方、君が五歳の夏に通ったデイキャンプにレニーという指導員がいて、まだ二十三、四程度の若者で、担当した男の子たちみんなに好かれていた。体は華奢《きゃしゃ》、剽軽《ひょうきん》で心優しく、厳しい規律に強く反対していたが、このレニーが一兵士として朝鮮戦争に行って最近ニュージャージーに帰ってきたばかりだった。その遠い場所でいま戦争が行なわれていることは君も知っていたが、細かいことは何もわからなかったし、思い出せるかぎりレニーも戦闘の体験についてはいっさい語らなかった。教えてくれたのは君の母親だった。当時母はまだ二十七歳、レニーとほぼ同世代であり、ある日の午後君を迎えに来て、君が荷物をまとめているあいだレニーと二人でお喋りをしていた。そして帰り道の車の中で、母がひどく動揺しているのが君にもわかった。こんなに平静を失った母を見るのは初めてだった（だからこそ何十年も経ったいまでも記憶に焼きついているのだろう）。凍傷のことを、朝鮮半島の冬の耐え難い寒さとアメリカ兵たちが着用させられたお粗末なブーツのことを母は語りはじめた。粗悪な作りのブーツは歩兵たちの足をまったく護れず、彼らは凍傷に見舞われ、足先は黒ずみ、しばしば切断にまで至った。レニーはね、と母親は言った。気の毒にレニーはね、さんざんそういう目に遭ってきたのよ。そうやって母に説明されると、レニーの手も寒さにやられたのだということを君は悟った。一連の指の第一関節が何かおかしいこと、普通の大人の指より硬くて皺が多いことを君はすでに目にとめていたのだ。何か生まれつきの欠陥かと思っていたが、それが戦争のせいであることをそのとき君は理解した。元々レニーのことは大好きだったけれど、これで彼は君にとって、偉大な人物の地位に昇格したのだった。

父親が君にとって英雄ではなく、決して英雄になれないとしても、だからといって英雄をよそで探すことまであきらめたわけではなかった。バスター・クラブを始めとする映画のカウボーイはいち早いモデルとして、丹念に吟味し見習うべき男性的な行動規範を教えてくれた。寡黙で、自分からは決して面倒を起こさないが、面倒が向こうからやって来たら大胆かつ巧妙に対応する男。物静かな、控えめな威厳とともに正義を支え、善と悪の闘いにおいて自らの命を危険にさらすことも辞さぬ男。もちろん女性だって英雄的にふるまうし、時には男よりもっと大きな勇気を示すこともあるが、女性は君の手本にはならなかった。それは単に君が男の子であって女の子ではなかったから、男の大人に成長するのが君の運命だったからだ。七歳になったころには、カウボーイはスポーツ選手に――主として野球とフットボールの選手に――代わっていた。いまから考えると、球技に秀でることで人生をどう生きるかが学べると当時の自分が思ったことには戸惑うほかないが、とにかくそれが事実だった。いまや君は熱心なスポーツ狂で、スポーツがまさしく生活の核となっていたから、五万、六万の観衆でひしめくスタジアムで一流選手たちがここ一番という瞬間にすさまじいプレッシャーの下で実力を発揮するのを見て、彼らこそ君の世界の紛うかたなき英雄だと決めたのだった。砲火の下の勇気から、決定的瞬間の技術への移行。厳しいカバーをくぐり抜けて弾丸パスを通す力、ヒットエンドランのサインを受けてライトに二塁打を放つ力。倫理的偉大さはいまや肉体の武勇に取って代わられた。もしくは肉体的能力が倫理的偉大さを帯びるに至ったと言うべきか。いずれにせよ、少年時代中期ずっと、そうした崇拝の念を君は育みつづけた。八歳になる前に、早くも初めてのファンレターを、当時トッププレーヤーだったクリーヴランド・ブラウンズのクォーターバック、オットー・グレアムに宛てて書き、ニュージャージーでもうじき開かれる君の八歳の誕生パーティに彼を招待した。君を永遠に驚愕させたことに、グレアムは返事をよこした。クリーヴランド・ブラウンズの公式便箋に短いメッセージをタイプして送ってきたのである。言うまでもなく、その日は先約があるからと言って誘い自体は断っていたが、その丁寧な返事で君の失望も和らげられた。もちろん可能性は薄いとわかっていたが、心のどこかで君は、本当に来てくれるかもしれないと思っていたのであり、彼がやって来た場面を頭の中で何度も思い描いていたのである。そしてその数か月後、今度は地元の高校フットボール・チームの主将でクォーターバックのボビー・Sに、あなたは素晴らしい選手だと思いますという旨の手紙を君は書いた。何しろまだほんの子供だったから、きっと綴りの間違いや馬鹿げた誤用に満ちた噴飯ものの手紙だったにちがいないが、かくも年少のファンがいると知ってきっと心を動かされたのだろう、ボビー・Sはわざわざ返事をくれて、もうフットボールのシーズンは終わったからとバスケットボールの試合に招待してくれて（彼は秋にフットボール、冬にバスケット、春に野球をプレーする三競技スーパースターだったのだ）、ウォームアップ中にフロアに降りてきて声を掛けるよう君に指示し、言われたとおり君が訪ねていくとボビー・Sはベンチに君の場所を空けてくれて、君はそこでチームのメンバーたちと一緒に試合を観戦したのだった。ボビー・Sは当時十七歳か十八歳、思春期の若者にすぎないが、君から見れば大の大人であり、巨人と言ってよく、それはチームのほかの選手たちも同じだった。一九二〇年代に建てられたその古い高校体育館で、君は幸福の霞《かすみ》に包まれてゲームを観戦し、周りの観衆が立てる音に動揺しかつ鼓舞《こぶ》され、タイムアウトとともにフロアに跳ね出てきたチアリーダーたちの美しさに圧倒され、こうしたことすべてを可能にしてくれたボビー・Sを精一杯応援したが、試合そのものについては何も覚えていない。ショットひとつ、リバウンドひとつ、スティールされたパスひとつ。覚えているのはただ、自分がそこにいて、高校チームと一緒に夢見心地でベンチに座り、チップ・ヒルトンの小説の中に紛れ込んだような気でいたことだけである。

君の両親の友人ロイ・Bは、伝説的なマイナーリーグ・チームでかつてはニューヨーク・ヤンキースの傘下にあったニューアーク・ベアーズの三塁手をその昔務めていた。守備でエラーするたびにそう叫ぶものだから「ウップス」（しまった）と渾名されたロイ・Bは、自身は大リーグには達しなかったものの多くの未来のスターを味方に、あるいは敵にしてプレーした経歴の持ち主だった。早口で元気一杯、ずんぐりと消火栓みたいな体格の、22号線沿いで紳士用衣料品のディスカウント・ストアを経営しているウップスは誰にでも好かれる人柄で、かつての野球仲間たちの多くといまもつき合いがあった。妻のドリーとのあいだには子供が三人いたが、全員女の子で誰も野球に興味を示さず、君がプレーヤーとしてもファンとしても野球をとても大切に思っていることを知っていたから、ウップスは君を一種、代理の息子もしくは甥として――とにかく男の子として――目をかけてくれて、あれこれ体験談を聞かせてくれた。一九五六年春のある平日の夜、君がもうベッドに入るかという時間に電話が鳴って、驚くなかれ相手はフィル・リズート、唯一無二の「スクーター」、一九四一年からまさにこの月引退するまでヤンキースのショートを守った人物である。君がポールかい、ウップスの小さな友だちかい、と彼は訊いた。すごい内野手だそうじゃないか、ちょっと一言と思って電話したんだ、頑張れよって言おうと思ってさ、とあのよく知られた陽気な声でフィルは言った。君はすっかり不意を衝かれてどう言ったらいいかわからず、度肝を抜かれ舌が固まってしまったせいで何を聞かれてもええとかいいえとか言うのが精一杯だったが、本物の英雄と口を利くのはこれが生まれて初めてであり、会話はせいぜい二、三分しか続かなかったものの、この突然の電話を君は名誉に感じ、偉大な人物と触れあったことで自分も高められた思いがした。その一、二週間後、一枚の葉書が届いた。表はウップスの経営する衣料品店の店内のカラー写真で、蛍光灯のぎらつく光の下で男物のスーツの掛かったラックが何列も続いている。中に肉体の入っていない幽霊のごときスーツたち、失踪者たちの一群。そして裏には、手書きで「ポール様　早く大人になれよ。カージナルスはいいサードを求めてるから。それじゃ――スタン・ミュージアル」とあった。フィル・リズートだって引退したとはいえ一流プレーヤー、十分すごかったのに、ミュージアルといえば不朽の名選手である。生涯打率三割三分、テッド・ウィリアムズのナショナルリーグ版、いまもばりばりの現役。スタン・ザ・マン、低く屈んだ構えから稲妻の速さでスイングする左打ちスラッガー。そんな彼が、ある日の午後昔の友人に声をかけにウップスの店にふらりと入っていくところを君は想像した。つねに気の回るウップスは、自分が目をかけている子供に何か書いてくれないかとミュージアルに頼む。小僧に一言書いてやってくれよ。そしていまその一言が君の手の中にあり、君はあたかも神が手をのばしてきて君の額に触れたかのような気分だった。けれども、心優しきウップスの親切な行為はこれで終わりはしなかった。少なくともまだもうひとつ、これまでの贈り物すべてをしのぐ、優しさの最後の発露が待っていたのである。ホワイティ・フォードに会いたいか？　とウップスはある日君に訊いた。まだ一九五六年は終わっていなかったが、もうそのころは十月もなかばで、ワールドシリーズ終了後間もない時期だった。もちろん会いたい、と君は答えた。ホワイティ・フォードといえばシリーズ覇者ヤンキースのエース、史上最高の勝率を誇る、その最高のシーズンを終えたばかりの小柄な左投げ名投手である。まともな頭の持ち主なら、ホワイティ・フォードに会いたくないなんてありえない。というわけでお膳立てがなされた。来週某日の午後、君がもう学校から帰っているはずの三時半から四時のあいだにウップスとホワイティが君の家に立ち寄る。どんなことになるのか見当もつかなかったが、二人が長居してくれればと君は思った。ウップスとホワイティが君と一緒に居間でくつろぎ、何時間も野球談義に花を咲かせ、そのさなかにホワイティは、ピッチングの極意をめぐるこの上なく微妙な、深く隠された秘密を明かしてくれる。君を見て彼は君の魂までも見抜き、まだ若いとはいえ君が禁断の知識を託すに値する相手だと悟るからだ。約束の日、君は学校から家に飛んで帰り（学校は家のすぐ近所にあった）、待った。待ったのは一時間半くらいだったにちがいないが、あたかも一週間のように感じられ、一階の部屋から部屋を君はせかせかと歩きまわった。母親も父親も仕事に出かけているし、五歳の妹はどこへ行ったやら、君はそのアーヴィング・アベニューの小さな下見板張りの家でただ一人、募る思いを抱えて、至高の出会いをめぐり次第に不安も高まってきて、ウップスとホワイティは本当に来るんだろうか、忘れてしまったか何かやむを得ない事情が生じたかしたんじゃないだろうか、ひょっとして自動車事故で死んでしまったのか、などと考え、もうホワイティ・フォードがこの家に入ってくることはないのではと絶望しかけたところで、玄関のベルが鳴った。ドアを開けると、表の階段に、一七〇センチのウップスと一八〇センチのヤンキースの投手が立っていた。ウップスはにこにこ満面の笑みを浮かべ、それから名投手がほんの一瞬、だが温かく握手してくれる。お入りください、と君は二人を誘うが、ウップスかホワイティかが（どちらだったかは思い出せない）、実はほかに用事があってもう遅れてるんだ、一言挨拶だけしようと思って寄ったんだよと言った。君は精一杯失望を隠しつつ、ホワイティ・フォードが君の家に足を踏み入れることはないのであり、いかなる奥義も今日自分に伝授されはしないのだと理解した。君たち三人はそこでしばし立ち話をした。せいぜい四分ばかりだったが、本来なら君としてもそれで満足しただろう。それで充分だったにちがいない――もしも君が、君の家の表階段に立っているホワイティ・フォードは本物のホワイティ・フォードではないんじゃないかと疑いはじめなかったら。たしかに背丈は合っているし、クィーンズ訛りも正しいが、顔の何かが、君がこれまで見てきた写真とは違って見えたのだ。何となくハンサムさが足りないし、丸いはずの頬の丸みも足りないし、髪はホワイティと同じく金髪だけれどきっちり角刈りになっている。これまで見たどの写真でも、ホワイティはもっと長い髪を撫でつけて軽めのリーゼントに仕立てていた。もしかしたらウップスは、ホワイティがやっぱり行かないと言い出したものだから、君をがっかりさせまいと思って代わりにこのまずまずの複製を引っぱり出してきたんじゃないだろうか。疑念を鎮めようと、君はホワイティだか非ホワイティだかに、今シーズンの成績について質問してみた。十九勝六敗、と彼は言った——正解。防御率二・四七——これも正解。だがそれでも君は、九歳の生意気な子供に足をすくわれぬよう非ホワイティ・フォードが予習してきたのではないかという思いを振り払えない。別れの握手をしようと彼が右腕をつき出したとき、自分がホワイティ・フォードの手を握っているのか誰か他人の手を握っているのか君にはわからなかった。そしていまでもわからない。生まれて初めて、ある体験が君を、絶対的曖昧の領域に導いていったのである。ひとつの問いが発せられ、その答えが見つからなかったのだ。

退屈というものの、黙想、夢想の源としての力を見過ごしてはならない。幼いころの、何百何千時間にも及んだ、一人きりで何の刺激もなく手持ち無沙汰に過ごした時間。小さなトラックや自動車で遊ぼうにもどうも気力が出なかったり気が散っていたり、ミニチュアのカウボーイとインディアンを出してきて緑と赤のプラスチックのフィギュアを部屋の床に並べ架空の攻撃や急襲を展開させるのも億劫《おっくう》だし、リンカーン・ログやエレクター・セットで何かを組み立てるのも面倒だし（そもそもその手の玩具は好きではなかった——機械や工作はとにかく苦手だったから）、絵を描こうという気にもなれず（絵もやはり情けないほど下手で、描いてもほとんど楽しくなかった）、わざわざクレヨンを出してきて馬鹿馬鹿しいぬりえ本をまた一ページ埋める気にもなれないし、雨が降っているか寒すぎるかで外へも出られず、むっつりふさぎ込んで、本を読むにはまだ幼すぎるし、誰かに電話するにも幼すぎるし、友だちか遊び仲間がいてくれたらと焦がれ、たいていは窓辺に座って雨がガラスを伝って流れるのを眺めながら、馬がいたらいいのに、できれば凝ったウェスタン風サドルのついたパロミノ馬が、それが無理なら犬でもいい、すごく賢くて訓練すれば人間の言葉のニュアンスもすべて学べて困っている子供たちを救う危険な旅に君が乗り出すときも一緒について来る犬がいたらいいのに、などと君は夢想し、違う人生を夢見ていないときは一連の永遠の問い、いまもまだ自問しつづけ答えが見つかったためしのない問い――この世界はどうやって生まれ我々はなぜ存在するのか、死んだら人はどこへ行くのか――に思いをめぐらせ、この世界全体が実はガラスの壜に入っていてどこかの巨人の家の食料品棚にほかの数十の壜＝世界と一緒に並んで置かれているんじゃないか、などとひどく幼い身で考えてみたり、あるいは、アダムとイヴが世界最初の人間なんだったら人類はみんな親戚なんじゃないか、ともっといっそう目がくらむ話だが論理的には否定しようもない説を頭の中で唱えてみたりする。鬱陶しい退屈、空白と沈黙に浸された長く孤独な時間、周りの世界が丸半日回転するのをやめてしまう午前午後。けれどそうした不毛な地こそ、君が遊んだ大半の庭より結果的にはるかに大事だった。なぜなら君は一人でいるすべをそこで学んだのであり、一人でいるときにのみ人は心を自由にさまよわせることができるのだから。

時おり、見たところ何の理由もなく、突然自分という存在の流れを見失うことがあった。それはあたかも、君の体の中に棲む人間が偽物に変わってしまったような、もっと厳密に言えば誰でもない存在に変わってしまったような感覚であり、自分というものが体から滴《したた》り出ていくのを感じながら君は呆然と解離状態で歩きまわり、いまが昨日なのか明日なのかもわからず、目の前の世界が現実なのか誰か他人の想像の産物なのかも定かでなかった。こうしたことが子供のころたびたび起きたので、君はこうした精神的遁走《とんそう》状態に名前を与えるまでに至っていた。放心《デイズ》だ、と君は胸の内で言ったものだった。僕は放心してるんだ《アイム・イン・ア・デイズ》。そうした夢のような幕間《まくあい》はあくまで一時的なものであり、三、四分以上続くことはめったになかったが、自分がぽっかりくり抜かれたような奇妙な感覚はその後何時間も消えなかった。快い感情ではなかったが、さりとて怯えたり動転したりもしなかったし、君から見るかぎり特定可能な原因は何もなかった。たとえば疲労とか体を酷使したとかいったこともなく、発作の始まりや終わりにも何らパターンはなく、一人でいても他人と一緒でも起きるときには起きた。目を開けたまま眠りに落ちたかのような不気味な感覚だが、同時に全面的に目覚めていることも自覚していて、自分がどこにいるかも意識していたのに、なぜか君は全然そこにいなくて、自分の外を漂い、重さも実質もない亡霊になっていた。肉と骨で出来た誰も棲んでいない殻、人物ならざる人物。「放心」は子供時代を通してずっと続き、思春期に入ってからもしばらくは一、二か月に一度くらい——時にはもう少し頻繁に、時にはもう少し低い頻度で——訪れ、さらにはいまも、これほど年を取ったいまでも、四年か五年ごとにその感覚が戻ってきては、ほんの十五秒、二十秒程度持続する。自分が自分の意識から消えてしまうというこの性癖を、君は完全に卒業してはいないのだ。神秘的で、説明不能な、あのころの君の欠かせぬ一部分でありいまでも時おり一部分となる何か。あたかも別の次元に横滑りするかのように、時間と空間が新しく配列し直されたかのように、君はうつろな、無関心な目で自分の生を眺める。それとも君は、自分がいなくなったときに何が起きるかを学び、自分の死を予習しているのか。

君の家族の話も入れないといけない。君の母親、父親、妹を、特に両親の悲惨な結婚生活に焦点を据えて。君の目的はあくまで、君の若き精神のありようをたどり、君を抽出して眺め、君の少年時代の内的地理を探ることだが、君は決して孤立して生きていたわけではない。君は家族の、奇妙な家族の一員だったのであり、疑いなくその奇妙さが、かつての君であった子供と大いに関係している。ひょっとしたらすべてはそこから来ていると言ってもいいかもしれない。といってもべつに、語るべき恐ろしい物語が、暴力や虐待の劇的な話があるわけではない。あるのは、ずっと途切れぬ底流のように続く悲しみであり、君は生来悲しみがちな子供でもあからさまに辛い思いで生きている子供でもなかったから、それを精一杯無視しようと努めた。けれども、ある程度大きくなって、自分の状況をほかの子たちのそれと比較できるようになると、自分の家族が壊れた家族であることを君は理解した。両親は自分たちが何をやっているのかわかっていないのであり、たいていの夫婦が子供のために築こうとする砦《とりで》はこの家にあってはいまにも倒れそうな掘っ建て小屋でしかない。ゆえに君は、自分が世界の脅威に直接さらされていると感じた。自分は何にも護られず、無防備なのだと感じ、だから生き延びるためには強くなってどうにか一人でやっていくすべを考えないといけないと思った。この二人は夫婦でいる謂《いわ》れなんて全然ないのだと君は悟った。君が六つのときに母親が外で働き出してからというもの、二人はろくに顔も合わせず、話すこともほとんどないみたいで、たがいへの寒々しい無関心の中で共存していた。罵倒、けんか、どなり合い、一目でわかる敵意等々があったわけではない。ただ単に、どちらも情熱を欠いていて、偶然同室させられた囚人二名が厳めしい沈黙を保ちつつ刑期を務めているような有様だったのだ。もちろん君は二人のどちらも愛していたし、二人のあいだがもっと上手く行けばいいと強く願ったが、年月が過ぎていくにつれてだんだん望みを失っていった。二人とも大半の時間は出かけていて、夜まで長時間働き、家はいつも空っぽのように思えた。一家揃っての夕食はめったになく、四人が一緒になる機会もごくわずかで、君が七歳か八歳になったあとは、君と妹の食事も大半は家政婦の女性が世話してくれた。キャサリンという名の黒人で、君が五つのときに登場し、その後長年、君の人生の一部であり続け、君の両親が離婚し母親が再婚したあとも母親の下でそのまま働き、一九七九年に君の父親が死んだのちももうだいぶ耄碌《もうろく》していたけれど依然君と手紙をやりとりする仲だった。けれどキャサリンはとうてい母親的な人物とは言えなかった。メリーランドの田舎の出の変わり者、数度の結婚歴と数度の離婚歴、ゲラゲラよく笑う冗談好きで、こっそり隠れて酒を飲み、煙草（クール）の灰を自分の手のひらで受ける。そんな人間だったから、母親代わりというより友だちみたいなものだった。そういうわけで、君と妹は二人きりでいることが多かった。いつも心配している、ひ弱な君の妹――約束の時間に母親が帰ってくるのを窓辺に立って待ち、車が予定時刻ぴったりに道路から入ってこないようなことがあれば、取り乱し、泣き出し、お母さんは死んだんだと信じて疑わず、何分かが過ぎていくなかで涙は激しいすすり泣きと突然の癇癪《かんしゃく》へと膨らんでいき、君は、まだ八、九、十歳の君は、妹を落着かせよう、慰めようと懸命に頑張るものの、足しになったためしはまずなかった。哀れ君の妹は、二十代前半に至ってとうとう完全に壊れてしまい、狂気へと墜《お》ちていく旅が何年も続き、現在は医者と向精神薬に支えられて何とか崩れずに済んでいる。妹の方が、君よりはるかに、君たち奇妙な家族の犠牲となったのだ。母親がひどく不幸だったことがいまの君にはわかるし、父も不器用ながら母を愛していた――父が人を愛せる限りにおいて――こともわかる。だがとにかく、二人はやり損なった。子供のころ自分がその悲惨な事態の一部だったという事実が、君の目を内面に向けさせたこと、君を人生の大半部屋で一人座って過ごしてきた人間にしたことはまず間違いあるまい。

誰もが君と同じように考えるわけではないことを理解するにはしばらく時間がかかった。いつも怒っていて、やたらと争いたがる、君が嫌な目に遭えばいいと本気で思っている男の子がこの世にはいるのであり、こっちが真実を伝えても単に主義として人の話を信じない人間がいるのだ。君は他人を信用する、心を開いた子供で、まずは他人をなるべくよく思うことから始め、多くの場合相手もそういう態度で応えてくれて、少年時代を通して数多い温かな友情を得た。だからこそ、時おりそれとは違う、意地の悪い、君や君の友人たちが拠《よ》って立つ公平さのルールを拒む、軋轢《あつれき》や対立を軋轢や対立であるがゆえに好む子に出会ったときは本当に辛かった。これは道義的ふるまいの話である。単なる礼儀作法や上品な挙動の社会的効用などにとどまらない、もっと根本的な話であり、すべての礎《いしずえ》となる、それがなければすべてが崩れてしまう道徳的基盤の話である。君にとって、本当のことを言ったのに疑われることほど、嘘などついていないのに嘘つき呼ばわりされることほど不当なことはなかった。そうなってしまえば、自分の正しさを証明する手立てもなく、君を責める人間の前で己の潔白を擁護するすべもない。そうした道義上の中傷によって引き起こされた悔しさは君の心の奥深くに焼きつき、その後もずっと熱さは引かず、決して消せない火となる。そういうたぐいの悔しさとの初めての遭遇は、君が五歳のとき、英雄レニーがいた夏のあいだに生じた。デイキャンプでの、一人の男の子相手に起きた、ごくささいな諍《いさか》い。あまりに小さい、馬鹿馬鹿しいくらい小さいと言っていい諍いだが、君は当時小さな子供だったのであり、勢い君の生きる世界も小さかった。君がいまもこの出来事を覚えているという事実は、当時の君にはそれが大きく感じられたことの、その衝撃が強大だったことの証しだろう。諍い自体のことを言っているのではない。それ自体はまさしく取るに足らないものだった。肝腎なのは、あとで君が感じた強い憤りであり、本当のことを言ったのに信じてもらえなかったときに君を襲った、裏切られたような思いである。

覚えているかぎり――そして君はよく覚えている――状況はこうだった。君のグループの男の子たちは、サマーキャンプ最後の日に披露するインディアン仮装行列の準備をしていて、全員がやることになっていることのひとつに、行列で使う鳴り物を作るという作業があった。カルメット社のベーキングパウダーの缶をいろんな色で塗って飾り立て、缶の中に乾いた豆や小石を入れて、缶の底に棒を突き通して柄《え》にする。君の記憶ではベーキングパウダーの缶は赤で、インディアンの酋長の堂々たる横顔が表の面を覆っていた。君は絵は苦手だったけれどこつこつ仕事に励み、思ってもいなかった出来映えになった。きっちり綺麗にまとまった美しい飾りが、我ながら誇らしかった。その日男の子たちが作り上げた中で、君の鳴り物は最上級の、ひょっとしたら一番の出来かもしれなかった。が、仕上げまで一人もたどり着かないうちに時間がなくなって、残りは明日の朝ということになった。ところが次の日君は風邪をひいてキャンプを休み、たしかその次の日も休んで、やっと戻ったのはもう最後の日、午前中に仮装行列が行なわれる当日だった。君は自分の傑作を探して回ったがどうしても見つからず、鳴り物の山をかき分けながら、自分がいないあいだに誰かに盗まれたのだということを徐々に理解していった。指導員（レニーではない）が箱から別の鳴り物を引っぱり出し、代わりにこれを使えと君に言った。もちろん君はがっかりした。その代用品はぞんざいで貧弱な出来で、君が作った傑作とは較べ物にならなかったのだ。こんな恥ずかしい代物を君が持っているのを見て、みんなは君が作ったと思うことだろう。そしていよいよ行列に加わるべく君が歩み出ると、マイケルという男の子と君は隣りあわせになった。マイケルは君より一つ年上で、夏のあいだずっと陰険に君をからかっていて、君のことを何も知らぬ阿呆、無能な五歳児として扱っていた。君が醜い鳴り物を掲げてマイケルに見せ、これは僕のじゃないんだ、僕はもっとずっといいのを作ったんだよと説明すると、マイケルは君をあざ笑い、そうだよな、そうだろうともさと言い、違うよ、これはほんとに僕のじゃないんだと抗弁すると、マイケルは君を嘘つき呼ばわりし、それっきり君に背を向けたのだった。おそらくは些細な出来事だろう。でもそのとき君はどれだけ辛かったか、そんなふうに不当に扱われてどれだけ悔しかったか。ただ単に不当に扱われたからだけではない。その不当な扱いを正すことが決してできないとわかっていたからだ。

こうした幼い日に属するもうひとつのエピソードとして、デニスという男の子をめぐる話がある。デニスは君が七つか八つのときによその町へ引っ越していき、それっきり君の人生から姿を消した。当時起きたほかの無数の出来事が記憶から消えてしまったのに、こうして残っているこの話もやはり正義、公正という問題、不正を正そうという問題をめぐるものであることに君は感じ入ってしまう。当時君はたぶん六歳だった。デニスは同じ一年生のクラスにいて、ほどなく君と大の仲よしになった。物静かで、気立てのよい、よく笑うクラスメートだったが、どこか引っ込みがちな、憂い気味なところもあって、あたかも何か秘密の重荷を負っているように見えたが、君はそんな彼の沈着ぶりに感嘆し、まだ幼いのに並外れた威厳と君には見えるものをたたえているデニスを素晴らしいと思った。カトリックの大家族の生まれで、きょうだいも数人というにとどまらないくらい大勢いるみたいだった。一人ひとりに回せる金はないのだろう、みすぼらしいお下がりを着せられていた。シャツもズボンも、兄たちから受け継いだ、体に合っていない服ばかりだった。極貧というわけではないが、一家の暮らしが楽でなかったことは確かである。彼らの住む巨大な家には、じめじめと湿っぽく家具もろくにない部屋が無数にあるように思えた。昼食をご馳走になりに君がそこへ行くたび、食事はデニスの父親が作ってくれた。優しくて人当たりのよいこの父親がどういう職に就いているのか君は知らなかったし、母親の方は姿さえめったに見えなかった。母親は毎日、一階のどこかの部屋に一人こもって過ごし、君が来ている最中たまに姿を現わすときはかならずバスローブにスリッパという格好で、髪は乱れ、ひっきりなしに煙草を喫い、怒りっぽく、目の下に隈が出来ていて、魔女みたいに不気味だと君には思えた。君はまだひどく幼かったから、彼女がどんな問題を抱えているのか——たとえばアルコール依存症なのか、病気なのか、何か精神的、情緒的障害に苦しんでいるのか——まったくわからなかった。でもとにかくデニスには同情し、友がそういう女性を母親として背負い込んでいることを悲しく思ったが、むろんデニス本人はそれについて一言も言わなかった。小さい子供は親に関して不平を言ったりはしない。どんなにひどい親でも、与えられたものをそのまま受け容れ、そこから何とかやっていこうとするのだ。ある土曜日、君とデニスはクラスの男の子の誕生日パーティに招かれた。ということはもうそのころ君は七歳だったか、七歳になろうとしていたのだろう。そういう場合の慣習に従って、君の母親は誕生日の男の子のためのプレゼントを抜かりなく用意してくれていた。明るい色の包み紙で包み、カラフルなリボンで留めた綺麗なパッケージ。君とデニスは一緒に歩いてパーティに出かけたが、意気揚々というわけには行かなかった。君の友はプレゼントを持っていなかったのだ。親が買ってやることを怠ったのである。君が小脇に抱えたプレゼントをデニスがじっと眺めているのを見て、彼がどれだけ惨めな気持ちでいるか、手ぶらでパーティに行くことをどれだけ恥じているかを君は理解した。君たち二人はきっとそのことについて話しあい、デニスが自分の気持ちを——屈辱を、恥ずかしさを——君に打ちあけたにちがいない。が、その会話については一言も思い出せない。思い出すのは、自分が感じた憐れみと同情の念であり、友の辛さを目のあたりにして自分の中にも湧き上がってきた悲嘆の疼《うず》きである。君はこの子を愛し、尊敬していたから、彼が苦しむのを見るのが耐えられなかった。だから、デニスのためと同じくらい自分のために、君は衝動的にプレゼントを彼に渡し、これは君のだよ、家に入ったら誕生日の男の子に君が渡すんだよと言った。でも君はどうするの？　僕がこれをもらったら今度は君があげる物なくなっちゃうじゃないか、とデニスは言った。心配ないよ、と君は答えた。プレゼント、家に置いてきちゃったんだ、持ってくるの忘れたんだって言うから。

ほとんどの場合、君は言うことをよく聞く、行儀のいい子供だった。といって、友相手に突如噴き出たこの利他精神を別とすれば、およそ聖人のような子供ではなかったし、年じゅう人に同情して自分の物を惜しみなく与えていたわけでもない。つねに真実を語ろうと努めもしたが、しでかした悪戯を隠すために時おり嘘もついた。ゲームでずるをしたり友だちの物を盗んだりしなかったのも、善人であろうと頑張ったということではなく、そもそもそういう真似をしたい気が起こらなかったというに尽きる。とはいえたまに、正確に言えばはっきり思い出せるかぎり二度、天邪鬼《あまのじゃく》の衝動が君を捉えたことがあった。物を壊したい、ズタズタにしてしまいたい、わざと滅茶滅茶に、バラバラにしたいという欲求が君を襲い、君は自分の性格とはまったく相容れないこと、自分自身として認識するようになっていた自己とはまるで合わないことをやらかした。一回目は五歳のころに生じた。家にあったラジオを、君は系統的に解体していったのである。一九四〇年代に作られたそのラジオはやたらと大きな代物で、中には真空管やら無数のコードやらが詰まっていた。はじめのうちはあとで元に戻そうと考えていて、この破壊行為を科学の実験と呼んで自分を自覚的にだましていたが、機械のはらわたからさまざまな部品を引き出しつづけているうちに、元に組み立て直すなんて君の科学者能力ではとうてい無理な相談であることが明らかになっていった。それでも君はなおも作業を進め、箱の中に収まったボルトもケーブルもすべて取り外していった。やってはいけないとわかっている、こういう営みは絶対的に禁じられているとわかっているからこそ、まさに君はこの行為を進めていったのである。いったい何に取り憑かれてあの古いフィルコ社製ラジオを攻撃し、内臓を摘出し、機械を無力にし抹殺したのか？　両親に腹を立てていたのか？　君に対して彼らが何らかの悪を為したと感じ、彼らに仕返ししようとしていたのか？　それとも単に、小さな子供に時おり取り憑く、反抗的な臍《へそ》曲がり気分に陥っていただけか？　いまの君には見当もつかないが、とにかく結果としてたっぷり罰を受けたことは覚えている。君があくまで無実を主張し、科学的探求の名の下に犯した罪なのだと訴えるさなかにも罰は下った。もっと訳がわからないのは、木をめぐる一件である。ラジオ騒動の約一年後に起きた出来事だから、六歳ごろということになるだろう。今回も君は一人で、誰か遊び相手がいればいいのに、と拗《す》ねた気持ちでいて、不機嫌で落着かず、家の裏庭をぶらついていた。すると突然、花壇のそばに植わった小さな果物の木を伐り倒したらいいんじゃないかと君は思い立った。それはまだ植えられて間もない、痩せこけた若木で、幹も君の両手で包み込めるくらい細かった。あの木なら大したことない、と君は考え、父親の斧を取りにガレージに入っていった。この斧たるや、西半球最後の生き残りかというくらいの年代物で、長い柄は君の背丈ぐらいあり、刃はものすごく鈍く厚く錆びきっていて、バターの塊に凹みを作れるかどうかも危ぶまれた。しかもその斧は重かった。まあ裏庭に持っていけないほど重くはなかったが、ひとたび木の前に立ってみると頭上まで持ち上げるのに苦労するくらい重かったし、しっかり振り下ろすのはとうてい不可能だった。君としては野球のバットのようなものを想像していたわけだが、とんでもない、バット七本、二十本という感じで、地面と平行に保つにも難儀し、どうにか鈍い刃を木に食い込ませたときには手首や腕がふらふら揺れてしまい、およそ一直線に打ち込むどころではなかった。六回か七回斧を入れたあたりで君はもうくたくたに疲れてしまい、あきらめるしかなかった。何か所かで樹皮を突き破りはして、灰色の膜がめくれ上がって下に隠れたみずみずしい緑色が露出し、さらにその下の薄茶色の木肌が見え隠れしていたが、それだけであり、木を伐るという計画はまったくの失敗に終わった。木に加えた傷もじきに癒えることだろう。ここでも問題は、なぜそんなことをしたのか?ということだ。動機は思い出せないし、単にそうしたいという欲求、そうせねばという思いがあっただけかもしれないが、もしかしたらジョージ・ワシントンと桜の木の逸話がきっかけだったかもしれないと君は疑っている。君の幼年期のアメリカにおける基本的な神話たる、あの不可解な物語。幼いジョージ少年が何の理由もなく木を伐る、ただそうしたいからそうした、いい考えだと思ったからそうした。君も君の木を伐ろうと決めたとき、まったく同じ気持ちだった。あたかもすべての男の子が、幼年期に一度は木を伐ることの純粋な悦びゆえに木を伐るよう運命づけられているがごとくに。とはいえ、むろんジョージ・ワシントンは自身の国の父、君の国の父であり、ゆえに彼は己の悪行を堂々と父親に告白し——お父さん、僕は嘘がつけません——自らが正直な少年であること、立派な美徳と倫理的強さの持ち主であることを証明した。だが君はいかなる国の父でもなく、ゆえに子供のころ時おり嘘をついた。嘘をついたのは、ジョージ・ワシントンと違い、必要とあらば君は嘘が*つけた*からだ。たとえいずれは神から罰を受けるとわかっていても、両親より神様の方がいいやと君は思ったのだ。

気高く荘厳、その道義心非の打ちどころなく、すべてのアメリカ人に敬愛されたワシントンは、独立戦争中ニュージャージーの地でいくつかの重要ないくさを戦った。君のクラスは毎年、モリスタウンにあったワシントン将軍の本拠地に詣《もう》でた。メンロー・パークのエジソンの聖地以上に聖なる神殿である。電球や蓄音機も驚くべき発明品だが、この植民地時代風の白い大邸宅はアメリカそのものの中心、合衆国の栄光が鎮座する場なのだ。そして幼年時代、アメリカに関するものはすべて善だと信じるよう君は教えられた。あなた方が住む楽園に肩を並べられる国などどこにもないのです、と先生たちは言った。ここは自由の地、機会の地であって、幼い男の子みんながいつの日か大統領になることを夢見られる国なのです。その昔、勇気あるピルグリムたちは海を渡ってきて自然のままの荒野から国家を築き上げ、あとに続いた開拓者の群れはアメリカという楽園を大陸全体に、大西洋から太平洋まで、カナダからメキシコまで広げていきました。それもみな、アメリカ人は勤勉で賢い人間であり、地上の誰より創意あふれる民であって、幼い男の子みんながいつの日か裕福で名高い人になることを夢見られるからです。たしかに奴隷制は悪しき慣わしでしたが、リンカーンによって奴隷たちは解放され、その痛ましい過ちも過去のものとなりました。アメリカは完璧なのです。先の戦争にも勝って世界のリーダーとなっています。この国が生んだ唯一の悪人はベネディクト・アーノルド、自国を裏切った売国奴、すべての愛国者からその名を悪《あ》しざまに言われるあの卑劣漢のみです。それ以外の歴史上の人物は一人残らず賢明で善良で公正でした。更なる進歩が日々もたらされ、過去のアメリカも素晴らしかったけれど未来はもっと輝かしい世界を約束しています。自分がどれほど幸運か、忘れてはいけません。アメリカ人であることは、人類が造られて以来最大の企てに参加することなのです。

君の父親が所有する建物に住む貧しい黒人たちについてはもちろん一言もなかったし、朝鮮で兵士たちが履いたブーツについても一言もなかった。けれどその夏が終わったずっとあとになっても、君は相変わらずレニーのことを考えていた。黒ずんだ、切断された足指の像が取り憑いて離れなかった。切られて捨てられた数万の脚、凍傷にかかってぶるぶる震える兵士たちの足先から切断された無数の指の山――焦げた煙草の吸殻が一軒の家ほど高く広い灰皿にあふれている。

その一九五二年の秋、初めての大統領選挙を君は体験した。アイゼンハワー対スティーヴンソン。君の両親は民主党支持であり、したがって君もイリノイの民主党員スティーヴンソンを応援したが、彼を応援することで君は当時惚れ込んでいたぽっちゃりした体に丸顔のパティ・Fと対立することになった。二本のまったく同じお下げ髪の束を、背中の真ん中あたりまで魅惑的に垂らしている女の子の魅惑が、突然幻滅に変わったのである。ある朝、学校の玄関の階段で二人並んで座り、ドアが開いて幼稚園クラスの先生が一日の授業を始めるべく君たちを中に入れてくれるのを待っていると、彼女が共和党支持の歌を口ずさむのを君は聞いた。その喧嘩腰の中傷、激しい個人攻撃に君は愕然とした。スティーヴンソンは愚か者《イズ・ア・ジャーク》、スティーヴンソンは愚か者、頼りになるのはアイゼンハワー《アイゼンハワー・ハズ・モア・パワー》、スティーヴンソンは愚か者！　次期大統領に誰がなるべきか、君と君の憧れの人とで意見が合わないなんて、どうしてそんなことが？　政治とはたちの悪いスポーツであることを君は思い知った。それは野放しの乱闘、憎悪に満ちた果てしない取っ組み合いにほかならない。大統領選などという抽象的で縁遠いものが、君とパティのあいだに不和をもたらしてしまうことに君の胸は痛んだ。ぽっちゃり可愛いパティは、相手側の狂信的支持者なのだ。統一された、調和あるアメリカの神話はどうなったんだ、と君は胸の内で問うた。共通の善に向けて誰もが力を合わせようっていう話は？　誰かを愚か者と呼ぶのは重大な非難だ。この最高に完璧な国に広がっているはずの友好の絆が崩れてしまう。アメリカ人が分裂していることのみならず、そうした分裂がしばしば醜い激情や悪質な誹謗《ひぼう》によって煽られていることが証明されてしまう。当時は冷戦の真っ只中で、「赤狩り」もそのもっとも有害な段階に入っていたが、そうしたことを理解するには君はまだ幼すぎた。幼年期が五〇年代前半を這い進んでいくなか、時代精神の中から君の耳まで達するくらい騒々しい音は、共産主義者たちがアメリカを滅ぼそうとする陰謀を警告する太鼓の響きだけだった。そりゃあどの国にも敵はいるさ、だからこそ戦争も起きるんだ、と君は考えた。けれどアメリカは第二次世界大戦に勝って、地上のほかのどの国よりも優れていることを証明した。なのになぜ共産主義者たちは、アメリカは悪だ、滅ぼすに値する悪い国だなどと考えるのか？　彼らは頭が悪いんだろうか、と君は考えた。それとも、彼らが合衆国に敵意を抱いているのは、世界のほかの場所ではいかに生きるべきかについても人々が違う考えを――非アメリカ的な考えを――持っていることの表われなんだろうか？　そしてもしそうだとしたら、アメリカ人すべてにとって自明であるアメリカの偉大さも、そういうほかの人たちには全然自明ではない、ということにならないだろうか？　そしてもし、僕たちに見えているものがほかの人たちに見えないのだとすれば、僕たちが見ているものが本当にそこにあるとどうしてわかるだろう？

ブーツについては何もなし。だがインディアンについてもやはりほとんど一言もない。彼らがまず先にここにいたこと、ヨーロッパの白人が来るようになる二千年前からこのアメリカと呼ばれる土地に住んでいたことを君は知っていた。なのに先生たちがアメリカの話をすると、インディアンはほとんど出てこなかった。彼らこそ先住民であり、白人より先にここに住み、この地域をかつて治めていた土着の人々なのに。そして二十世紀なかばのアメリカには、彼らをめぐって正反対の見方、たがいにまったく矛盾する二つの見方が広がっていて、にもかかわらず両者は同等のものとして併存し、それぞれが己こそ真実なりと訴えていた。君がテレビで観る白黒の西部劇では、赤い人間たちはいつも決まって容赦なき殺人者、文明の敵として描かれていた。ひたすらサディスト的快楽を貪るために白人の移住者たちを襲って略奪する悪鬼。その一方で、カルメットのベーキングパウダーの缶には――君が五つのとき仮装行列用のガラガラを作ろうと飾り立てたあの缶には――王のごとく堂々たるインディアンの肖像があったし、君も参加した仮装行列にしても、インディアンの狂暴さをめぐるものではまったくなく、彼らの叡智、白人より深い自然理解、宇宙の永遠なる力と彼らが交わす霊的な交流をめぐるものだった。彼らが信仰する大霊《グレート・スピリット》は温かく人を迎えてくれる神だと君には思え、君が想像した執念深い神、恐怖心と恐ろしい罰を通して支配する神とは違っていた。のち、二年生か三年生のときにクラスで劇をやることになって君はウィリアム・ブラッドフォード総督（一六二〇年にアメリカに渡ったピルグリム・ファーザーズの指導者）の役を振られ、気前よきスクワントとマサソイトとの初めての感謝祭を取り仕切る人物を演じた。彼らインディアンが善良で親切な民族であったことを君は知っていたし、もし彼らの気前よさと不断の協力がなく、彼らがふんだんに与えてくれた食べ物と土地に関する的確な助言もなかったら、ピルグリム最初の移住者たちが新世界での一年目の冬を生き延びられはしなかったことも知っていた。かように相対立する証拠があったのだ。悪魔にして天使、狂暴な原始人で高貴な蛮人。同じ現実に対する、二つの相容れぬイメージ。だがこうした混乱の中のどこかに、第三項が存在した――思い出せるかぎりずっと、君の内面世界のもっとも秘密の部分に命を与えつづけてきたフレーズが。野生のインディアン。それは君が悪さをするたび、いつもは大人しい君のふるまいが手に負えぬ無政府状態に転じるたびに君の母親が使った言葉だ。実のところ君の心のどこかに野生《ワイルド》でありたいという欲求があって、その欲求が自分をインディアンとして思い描くことで表現されたのだ。弓と矢を手に広大な松林を半裸で駆け回る少年、雄のパロミノ馬に乗って何日も平原を疾走し仲間の戦士たちとともにバッファローを狩る男の子。野生のインディアン、それは肉感的で解放的で足枷《あしかせ》をはめられていないものすべてを表わしていた。それは白い帽子をかぶったカウボーイ・ヒーローの超自我とは正反対の、肉体的欲望を発散するイドであり、窮屈な靴、目覚まし時計、息苦しく暑苦しい教室から成る抑圧的な世界から遠く隔たった存在だった。もちろん君は一人のインディアンに会ったこともなく、映画や写真でしか見たことがなかったが、それをいえばカフカだって、一人もインディアンを見たことがないまま、一段落だけから成る物語「インディアン願望」を書いたのだ――「インディアンだったら、すぐさま疾駆する馬にまたがり、ななめに空を切り……」ずるずる連なったひとつのセンテンスが、抑制を投げ捨てたい、自らを解き放ちたい、西洋文化の息詰まる因襲から逃れたいという欲望を十全に捉えている。三年生か四年生になったころには、君はすでに以下のことを把握していた。一六二〇年代にここへ来た白人たちは人数もごくわずかで、彼らを囲む一連の部族と和平するほかなかったが、ひとたび数が膨れ上がり、イギリス移民の侵入が本格化し拡大していくとともに状況は逆転して、インディアンたちはじわじわ押し出され、土地を奪われ、虐殺されていった。集団殺戮《ジェノサイド》という言葉は知らなかったが、テレビの古い西部劇でインディアンと白人がたがいに害を加えあっているのを見ても、話はあれだけでは済まないのだということが君にはわかっていた。唯一敬意をもって描かれたインディアンは、ローン・レンジャーの忠実な相棒トントだけだった。ジェイ・シルヴァーヒールズが演じたこの役柄の勇気、知性、そして考え深げな長い沈黙に君は感じ入った。五年生、すなわち十歳、十一歳のころにはもう君は雑誌「マッド」(権威を笑いのめすパロディ精神で一九五〇―七〇年代に絶大な人気があった雑誌)の熱烈な読者になっていたが、ある号に載っていた、いまやすっかり有名になっているパロディにおいて、悪を征伐する覆面の勇者とその忠実な同志は、敵意むき出しのインディアン戦士の一団と対峙している。ローン・レンジャーは友の方を向き、「なあトント、どうやら僕ら包囲されたみたいだな」と言う。するとインディアンたるトントは、「どういう意味です、僕らって?」と応じる。君にはそのジョークがわかった。とびっきりの、ものすごく笑えるジョークだと思った――つきつめて考えれば全然ジョークなんかじゃないという、まさしくその理由ゆえに。

『アンネの日記』。インド独立。ヘンリー・フォード没。トール・ヘイエルダール、筏《いかだ》でペルーからポリネシアまでを一〇一日で旅する。アーサー・ミラー『みんなわが子』。テネシー・ウィリアムズ『欲望という名の電車』。死海文書発見される。合衆国西部の砂漠の上空でアメリカ製ジェット機が音速を超える。トルーマン、ジョージ・C・マーシャルを国務長官に任命しマーシャル・プランが始動。ジャコメッティの彫刻『指さす男』。アルベール・カミュ『ペスト』。国連、パレスチナ分割案を提出。ニューヨークでアクターズ・スタジオ創設される。アンドレ・ジッド、ノーベル賞受賞。パブロ・カザルス、フランコが政権の座にあるかぎり公共の場で演奏しないと宣言。アル・カポネ没。合衆国の砂糖配給制、五年ぶりに撤廃される。ジャッキー・ロビンソン、大リーグ初の黒人野球選手となる。トルーマン、すべての連邦政府職員に忠誠の誓いを要求する大統領令9835に署名し、アメリカ大統領として初めてテレビを通し国民に語りかける。ミッキー・スピレーン『裁くのは俺だ』。トーマス・マン『ファウスト博士』。下院非米活動委員会、映画産業における共産主義の影響に関し調査を開始。チャーリー・チャップリン『殺人狂時代』。ヤンキース、ワールド・シリーズでドジャースを破る。マリア・カラス、デビュー。ニューヨークで市史最高の七十センチ以上の積雪。ジャック・ターナー監督『過去を逃れて』――そして『ボディ・アンド・ソウル』、『真昼の暴動』、『十字砲火』、『生まれながらの殺し屋』、『大いなる別れ』、『必死の逃避行』、『フレームド』、『死の接吻』、『湖中の女』、『悪魔の往く町』、『失われた心』、『偽証』、『潜行者』、『私は殺さない』。ランダムな、たがいに無関係な種々の出来事が、すべて君が生まれた一九四七年に起きたという事実によってのみ繋がっている。

君は飛行機を覚えている。超音速ジェットが夏の青空を駆け抜け、あまりの速さで天を横切っていくためほとんど目には見えず、銀の閃きが光の中に一瞬見えて、それから、地平線の向こうに姿を消してまもなく、雷鳴のような轟音が届いて四方何マイルにも響きわたる。音の障壁がいま一度破られたことを、噴射された空気のすさまじい爆音が伝えている。君も君の友人たちもそれら飛行機の力に圧倒された。それはつねに何の前触れもなしに、はるか遠くに生じる烈しい喧噪として自らの存在を告げ、数秒のうちにまっすぐ頭上に達して、みんなでどんな遊びに興じていようと誰もが動作を中断して顔を上げ、空を眺め、耳をつんざく音を上げる機械が通り過ぎていくのを待つ。当時は飛行の奇跡の時代だった。ますます速く、ますます高く飛ぶ、胴のない飛行機、鳥というより異国風の魚みたいに見える飛行機。これら戦後の飛行機械はアメリカの子供たちの想像力の中で突出した位置を占め、新しい飛行機のカードが広く出回った。野球やフットボールのカードと同じく、一袋の中にピンクの風船ガム一枚と一緒に五、六枚が入っていて、カードそれぞれの表側に野球選手の代わりに飛行機の写真が刷られ、裏面にはその機に関する情報が書かれていた。君も君の友人たちもこれらのカードを集めた。五歳、六歳の君は飛行機に取り憑かれ、夢中になった。いま思い出すと（突然すべてはっきりよみがえってくる）、君はクラスメートたちと一緒に空襲避難訓練で学校の廊下に座り込んでいる。これは防火訓練とは違い、やたら暑かったり寒かったりする戸外へ飛び出していって目の前の学校が燃え落ちるのを想像する、なんてことはやらない。空襲避難訓練にあっては、子供たちは屋内に――教室にではなく、廊下に――とどまらされるのだ。たぶん子供たちを空の攻撃から、ミサイルから、ロケットから、空高く飛ぶ共産主義者の飛行機が落とした爆弾から護るという想定だったのだろう。そしてそういう訓練のさなかに、君は初めて飛行機カードを見たのだった。壁を背にして君は座り、何も言わずに黙っていて、その沈黙を破る気はない。この厳かな演習の最中、起こりうる死と破滅に備えたこの無用な準備の最中、話すことは禁じられていたのだ。ところがその朝は男の子の一人が飛行機カードを一袋持っていて、みんなに見せていた。カードは一枚一枚ひそかに、物言わず座り込んだ肉体の列に沿って回され、自分の番が来た君がその一枚を手に持つと、飛行機のデザインに、その奇妙さと予期せざる美しさに君は仰天した。全身が翼の、全身が飛行そのものの、天空で生まれた金属の獣、純粋なる永劫の炎の国で生まれた獣。君は一度たりとも、こんな空襲避難訓練で、まさにこんな飛行機から――このカードに写っているのと同様の、敵国によって作られた飛行機から――身を護るすべを教わっているのだなどとは考えなかった。心配は要らない。爆弾やロケットが自分に落ちるんじゃないか、なんて不安になったことは一度もなかった。空襲避難訓練の開始を告げる警報の音を君が歓迎したのは、つかのま教室を出て、退屈な授業を逃れられるからにすぎなかった。

一九五二年、君が五歳になった年。レニーの夏、君の正規教育の始まり、アイゼンハワー＝スティーヴンソン大統領選。全国でポリオが大流行して五七六二六人が罹《かか》り、その大半は児童、死者は三三〇〇人、恒久的に肢体不自由となった者の数は測り知れない。これは恐怖だった――爆弾や核攻撃ではなく、ポリオこそが。その夏、君が近所をぶらぶらしていると、女の人が集まってひそひそ暗い顔で話しあっているところに何度も出くわした。乳母車を押していたり犬を散歩させたりしている女の人たちの目には強い不安が浮かび、ひっそりした声にも不安の響きが混じっていた。話題は決まってポリオだった。あらゆるところに広がりつつある、昼夜いつでも老若男女誰の体にも侵入しうる目に見えぬ災い。さらに悪いことに、君の一番の親友の家の向かいで、若い男の人が一人死にかけていた。フランクリンというファーストネームのハーバードの学生で、君の母親によれば大の秀才、いずれ立派なことを成し遂げるはずの人だという。それがいま、癌に冒されて日々やつれていき、動くこともままならず、もはや命運尽きてしまっている。君が友のビリーの家へ遊びに行くたび、ビリーの母親から、外へ出るときはフランクリンの邪魔にならないよう小さい声でねと言われるのだった。向かいの白い家を見てみると、どの窓もカーテンが閉じられ、もはや誰も住んでいないみたいに不気味に静まり返っていた。過去に何度か見かけた、長身でハンサムなフランクリンが二階の寝室の白いベッドに横たわり、緩慢で苦痛に満ちた死を待っている姿を君は思い浮かべた。大流行から生じた不安は大きかったものの君自身はポリオに罹った人を一人も知らなかったが、君の母親が言っていたとおりフランクリンはやがて死んだ。葬儀の日、家の前に黒塗りの車が並んでいるのを君は見た。六十年後、黒い車の列と白い家とが君にはまだ見える。君の心の中で、それらはいまだに悲しみの象徴そのものでありつづけている。

自分がユダヤ人であることを理解した正確な瞬間を君は思い出せない。自分をアメリカ人と見るようになるくらい大きくなったしばらくあとだと思われるが、もしかしたら違っているかもしれない。始まりの始まりから、それは君の一部だったかもしれない。君の両親はどちらも信心深い家の生まれではなかった。家庭では何の儀式も行なわず、金曜の夜に安息日の食事もしなければ蠟燭を灯しもせず、大祭日にユダヤ教会《シナゴーグ》に出かけもしないし、ましてや普通の金曜の夜や土曜の朝に行くこともついぞなく、君の前で誰一人一言のヘブライ語も口にしなかった。親戚が集まって過越《すぎこし》の祭りをおざなりに祝い、毎年十二月にクリスマスの代わりとしてハヌーカのプレゼントを交わしたりする程度で、君が参加した唯一真剣な儀式は、生後八日目に行なわれたのだから自分では覚えているはずもない「ブリット」、すなわち標準的な割礼の儀式である。入念に研いだナイフによって、君のペニスの包皮が切り落とされ、新生児たる君と、君の先祖たちの神とのあいだの契約に封印がなされた。信仰の具体的細部には無関心であれ、両親はそれでも自分たちをユダヤ人と見てユダヤ人と呼び、その事実をいっさい気に病んだり隠したりもしなかった。何世紀にもわたって、無数のユダヤ人が自分たちを囲むキリスト教世界の中に溶け込もうと手を尽くし、名前を変え、カトリックに、もしくはプロテスタントのどれかの宗派に改宗して、自らに背を向け自らの過去をひっそり抹殺したわけだが、そういうことはまったくなかった。両親とも胸を張って生き、自分が何者なのか疑問に思いもしなかった。その反面、幼いころ、君の宗教や素性に関し何か教えてくれるということもなかった。二人とも要するに、たまたまユダヤ人であるアメリカ人だというに尽きた。移民だった彼らの両親はアメリカに同化しようと苦労しただろうが、彼ら自身ははじめから完全に同化していた。したがって君の頭の中で、ユダヤ人であるということはまず、たとえば君の父方の祖母が体現しているような異国的なものに結びついていた。いまだにイディッシュ語を話し、読むものも大半はイディッシュだった、訛りがきつくて君にはほとんどわからない英語を喋る祖母は、一種異人のような存在だった。それともう一人、君の母方の祖父母が住むニューヨークのアパートメントに時おり現われる男の人。ジョゼフ・スタヴスキーという名の遠い親戚で、立派な仕立てのスリーピースのスーツを優雅に着こなし、長い黒のシガレットホルダーで煙草を喫い、君にも完璧に理解できるポーランド訛りの英語を喋る洗練された国際人だった。そういうことがわかるくらい大きくなった君（七歳？　八？　九？）に母親が言うには、ジョゼフは君の母方の祖父母に助けられて戦後アメリカに渡ってきた人で、ポーランドでは結婚していて双子の娘もいたが、妻と娘二人はアウシュヴィッツで殺されて彼一人生き残り、かつてはワルシャワで羽振りのいい弁護士だったのが、いまはニューヨークでボタンのセールスマンをやって食いつないでいた。もうそのころには戦争が終わって何年か経っていたが、戦争はまだそこにあった。戦争はいまも、君や君が知るすべての人の頭上に漂い、君が友人たちと遊ぶ戦争ごっこのみならず、君の親族の家で交わされる言葉の中にも現われていた。君のナチスとの初めての出会いは、ニュージャージーの小さな町のあちこちの裏庭に出没する架空のGIとしてだったわけだが、ナチスがユダヤ人に――たとえばジョゼフ・スタヴスキーの妻と娘たちに、君自身の親族に――対してひとえに彼らがユダヤ人だからというだけの理由で為した仕打ちを君が理解するのに、さして時間はかからなかった。そして、自分もやはりユダヤ人であることを理解したいま、ナチスは君にとってもはや単にアメリカ軍の敵ではなく、途方もない悪の化身であり、全世界の破壊を狙う非人間的な力そのものだった。ナチス自体は打ち破られ、地上から抹殺されたけれども、彼らは君の想像の中で生きつづけ、死の全能なる軍勢として、悪魔的で陰険な、永久に攻撃してくる何ものかとして君の内奥《ないおう》にひそむようになった。その瞬間以降――つまり自分がアメリカ人であるのみならずユダヤ人でもあることを理解した瞬間以降――君の夢にはナチスの歩兵隊が現われるようになった。君は毎夜彼らから逃げ、開けた野原や迷路のような薄暗い森を死に物狂いで走った。武装したナチスに追われ、何としても君を射殺し君の腕や脚をもぎ取ろうとし君を磔《はりつけ》にして燃やし灰の山にしようとしているドイツ人兵士たちに追われながら。

七歳か八歳になるころには、君にもだんだんわかってきた。ユダヤ人は目に見えない。ユダヤ人はアメリカにおいて演ずべき役割を持たず、本や映画やテレビにヒーローとして出てくることは絶対にない。たしかに『紳士協定』は君の生まれた年にアカデミー作品賞を獲得したものの、バーンスタインだのシュウォーツだのといったカウボーイは存在しないし、グリーンバーグやコーエンという名の私立探偵もいない。両親が東ポーランドやロシアのユダヤ人街《シュテトル》から移住してきた大統領候補もいない。まあ三〇年代、四〇年代にボクサーは何人か活躍したし、クォーターバックのシド・ラックマン、野球界の三名手（ハンク・グリーンバーグ、アル・ローゼン、一九五五年ドジャースでプレーしはじめたサンディ・コーファックス）もいたが、彼らは例外中の例外であり、人口分布上の異常、統計上の逸脱でしかない。ユダヤ人でもバイオリニストやピアニストはいるし、時には指揮者もいるが、人気歌手やミュージシャンはみなイタリア人か黒人か、南部出の田舎男《ヒルビリー》だ。ボードビル芸人もいるし、コメディアンもいるが（マルクス兄弟、ジョージ・バーンズ）、映画スターはいないし、ユダヤ人として生まれても俳優はかならず名前を変える。ジョージ・バーンズは元はネイサン・バーンバウムだった。エマヌエル・ゴールデンバーグはエドワード・G・ロビンソンに変身した。イスール・ダニエロヴィッチはカーク・ダグラスになり、ヘートヴィヒ・キースラーはヘディ・ラマーに生まれ変わった。『紳士協定』について言えば、結局は生ぬるい作品であり、非ユダヤ人のジャーナリストがユダヤ人に対する偏見を暴こうとユダヤ人になりすますという筋立てはわざとらしいし、主張も偽善的だが、一九四七年のアメリカ社会——君が生まれ落ちた社会——の中でユダヤ人が占めていた位置を知る上では参考になる。ドイツが一九四五年に敗北したことで反ユダヤ主義は永久に抹殺されたはずだ、少なくともその可能性は高いはずだと考えたくなるが、君の国の現実はさして変わっていなかった。ユダヤ人の大学入学者数制限はまだあったし、クラブなどへの入会もいまだ限定され、毎週のポーカーの席上ではユダヤ人をダシにしたジョークに相変わらずみんなが笑い転げ、民族の主たる代表となればいまだにシャイロックだった。君が育ったニュージャージーの町でも、幼い君にはまだ理解できず気づけもしない不可視の境界や障害があった。君の最大の親友ビリーが一九五五年に一家で引越してしまい、もう一人の仲良しピーターも翌年に消えてしまうと——これら辛い別れに君は戸惑い、悲しんだ——君は母親から説明を聞かされた。あまりに多くのユダヤ人がニューアークを出て、人並みに芝生の庭を求めてこうした郊外に移ってきているせいで、昔からここにいた人たちが立ち去っているのだ、非キリスト教徒の突然の流入から逃げているのだ、と。母は反ユダヤ《アンティ゠セミティック》という言葉を使っただろうか？　思い出せないが、母の話の含むところは明らかだった。ユダヤ人であるとは、人とは違うということ、離れて立つこと、部外者と見なされることなのだ。そして君は、それまでずっと自分を掛け値なしのアメリカ人だと、メイフラワー号に乗ってやって来た純血の人たちと同等にアメリカ人だと思っていたのに、君のことをよそ者だと思っている人々が存在することをいまや理解した。自分の場所《ホーム》と呼んでいる場所にいても、本当に自分の場所にいるのではないことを君は悟ったのだ。

その場に属していると同時に、その場に属さないということ。大半の人間には受け容れられても、一部の人間に疑いの目で見られるということ。アメリカは特別だという華々しい物語を小さいころは信奉していた君は、だんだんその物語から身を引きはじめた。いま住んでいる世界とは違う別の世界に自分が帰属していることを君は徐々に理解していった。君の過去は、どこか遠くの、東ヨーロッパのユダヤ人居住地に根ざしている。君の父方の祖父母と、母方の曾祖父母とがその世界を離れるだけの知恵があったからよかったものの、もしその知恵を欠いていたら君たちのうちほとんど誰一人いま生き残ってはいないだろう。ほぼ全員が戦争中に殺されていただろう。人生は危険をはらんでいる。君の足の下の地面はいつ崩れてもおかしくない。君の一族はアメリカにたどり着き、アメリカによって救われたわけだが、だからといってアメリカが君たちに温かく接してくれると期待してはいけない。追放された者たち、蔑まれ虐げられた人々に君は共感を寄せるようになった。

土地を追われ虐殺されたインディアン。鎖につながれてここへ連れてこられたアフリカ人。アメリカへの愛着を捨てたわけではない。捨てることはできない。何といってもここはいまも君の場所、君の国なのだから。だが君は、ここで生きるにしても、新たな用心と不安を抱えて生きるようになった。君のいる小さな世界では、立場を表明する機会といってもほとんどなかったが、チャンスが訪れるたびにできるだけのことはやった。年上の不良少年たちに町でユダ公《ジューボーイ》とか糞ユダヤ《ジュー・シット》とか呼ばれたらやり返したし、学校ではクリスマスの祝典への参加を拒み、毎年恒例の集いでもクリスマスキャロルを歌わなかった。そのため先生たちも、式の予行練習をやりにクラスメートがぞろぞろ講堂に行くとき君だけ一人教室に残ることを許可してくれた。自分の席に座った君を囲む突然の静寂。ローマ数字が書かれた古い壁時計の分針がカチッと動く音を聞きながら、自ら追放者の身を選んだ君はポーやスティーヴンソンやコナン・ドイルを読んだ。頑固に己の立場を固守したわけだが、そこには誇りがあった。頑固な自分を、自分でない人間のふりをすることを拒む自分を、君は誇らしく思った。

　君の頭の中で、それは宗教とはほとんど無関係だった。君は力なき者たちの力と手を組んでいたのであり、他人との差異を表明することによって何らかの倫理的な、もしくは知的な強さを見出そうとしていたのだ。ユダヤ人とは神学的体系などではなく人間の一カテゴリーであり、第二次世界大戦の惨劇において頂点に達した苦闘と排除の歴史を体現する存在である。そしてその歴史こそ君の関心事だった。ところが君が九歳のとき、両親は地元のシナゴーグに入った。言うまでもなくそれは改革派のシナゴーグだった。単純化され、水で薄められたタイプのユダヤ教の方が、君の両親のような、先祖の伝統との絆を取り戻したいと思いつつも宗教には無関心で信心もなく、信仰を実践してもいないアメリカのユダヤ人にとっては好都合だったのである。ありていに言ってしまえば──だが明らかに全面的に真実でもある──これもヒトラーのせいなのだ。戦後アメリカでユダヤ式生活が復活したのは、強制収容所から直接生じた結果である。教会に加わるよう君の両親のような人々を促したのは、疚《やま》しさの念にほかならない。ユダヤ人になることを子供たちに教えておかないと、ユダヤという概念そのものがアメリカで消え去ってしまうと彼らは思ったのだ。君の父親は子供のころへブライ語を学びはしなかったし、成人儀式《バル・ミツヴァー》に備えて厳しい勉強を強いられもしなかった。社会主義者の娘だった君の母親となると、シナゴーグに足を踏み入れたことさえなかった。にもかかわらず二人は共謀して、自分たちがやった覚えもないことを君に強いた。かくして、四年生に上がった九月、君はヘブライ語の学校にも入れられて、毎週火曜と木曜の午後四時から五時半、加えて毎土曜午前九時半から十二時まで、シナゴーグへ行って授業を受ける破目になった。やりたいことはほかにゴマンとあるのに、週三回、四年間にわたって、君はしぶしぶ退屈の刑務所に足を運び、その幽閉の全瞬間を呪詛《じゅそ》しつつ、ヘブライ語の基礎をのろのろと修得し、旧約聖書の主要な物語を学んだ。大半の物語は君を心底ぞっとさせた。特に、カインによるアベル殺害（なぜ神はカインの捧げ物を拒んだのか?）、ノアと大洪水（なぜ神は自分が創った世界をわざわざ壊そうとするのか?）、息子イサクを危うく生け贄《いけにえ》にしようとしたアブラハム（父親に息子を殺せと命じるなんていったいどういう神だ?）、長子特権を兄エサウから盗んだヤコブ（なぜ神は欺く人間を、良心のかけらもない男を祝福するのか?）。これらを通して、神に対する君の否定的な見方はますます強まった。神は君から見て、憤怒する狂気のサイコパスか、拗ねた子供か、激昂した殺人犯、そのいずれかに思えた。ごく幼いころに君が想像した神よりもっと恐ろしく、もっと物騒。なお悪いことに、君は全員男子のクラスに入れられていて、大半の子はそこにいることに君以上にうんざりしていて、この強いられた余分な学習を、ただ単に生きていることの罪に対する不当な罰と捉えていた。十五人から二十人の、そわそわ落着かぬユダヤ人の子供たちが、先生の発する一語一語に反乱者の軽蔑を感じている。先生というのはフィッシュなる冴えない名の副ラビであり、ずんぐりして顔ばかり大きくおでこの広い男で、教室では大半の時間、紙つぶてを避け、静かにしろと生徒たちに向かってどなり、げんこつでテーブルを叩くことに終始していた。気の毒なラビ・フィッシュ。野生のインディアンたちと同じ部屋に彼は放り込まれ、週三回頭の皮を剝がれていたのだ。

八歳のとき、君は初めて両親の許を離れた。それは君の発案であり、君が行かせてくれと両親に頼み込んだのだった。五つのときからの一番の親友ビリーともう一度君は一緒に過ごしたかったのであり、彼の一家がよその町へ引っ越して、過去三年君たち二人が過ごした場所から遠く離れてしまったいま、ビリーと会える唯一のチャンスは、彼が兄と一緒に行くニューハンプシャーのサマーキャンプに参加することだったのだ。七月初めから八月末まで、親と離ればなれで八週間過ごす。一晩以上家から離れたことのない子供にとっては長い時間である。母親ははじめ、長い別離に君が耐えられないのではとためらったが、結局君をがっかりさせたくないと思ったのか（あるいは、ほかにどう夏を過ごさせればいいかわからなかったのか）、父親とも話しあって同意してくれた。ニューハンプシャー北部中央の、ホワイト・マウンテンズの名で知られる地域は、一九五五年にニュージャージーから車で行くにはおそろしく時間のかかる場所だった。当時は州間高速道も、少なくともこのあたりにはなく、君は両親と一緒に果てしなく車で走り、後部座席に十、十一、ひょっとすると十二時間座っていた。いまからふり返ると、二日にわたっていたのではないか、北へ向かう道中でインかモーテルに泊まったのではないかとも思える。だがそのあたりのことは覚えていないし、それにまた、両親が君をキャンプで下ろして去っていったときに別れの言葉を交わしたことも思い出せない。その瞬間に君が何を考え、感じたにせよ、それはいまの君には取り戻せない。悲しみか喜びか、怯えか興奮か、気持ちの揺らぎか誇り高き決意か、知る由もない。その八週間で一番よく覚えているのは匂いだ。周りを囲む松林の、一瞬も消えない香り。午後の太陽が、君のキャビンと食堂とのあいだの踏み均された道の埃をじわじわ暖める乾いた匂い。それと便所の臭気。原始的な木造の建物に、小便用の長い樋《とい》があって、ドアの付いていない個室がいくつか並び、入っていくたびに尿の臭いがアンモニアの霧のように鼻孔の奥をつんと刺激する。その烈しい、刺すような臭いを君はいまも忘れていない。緑色のウールの毛布にくるまった肌寒い夜。インディアンを真似て自然の驚異と大霊の恵みをたたえるキャンプファイヤー、全員灰色の羽根が突き出たヘッドバンドを着けた男の子たち。野球、乗馬、アーチェリー、射撃場で22口径ライフルを発砲し湖に入って素っ裸で泳ぐ。何もかもから遠く離れたように君は感じた。慣れ親しんだいろんなものからこんなに隔たったことはなかった。まるで車で長く走った末に、世界の果てまで来たみたいな気分だった。奇妙なことに、ビリーのことはあまり覚えていないし、ほかの男の子たちについても同じ。毎日絶え間なく襲ってきた目新しさが、具体的な細部をほとんどすべて抹消してしまったかのようなのだ。一応はっきり浮かんでくる出来事は二つだけである。一つ目は、君の母方の祖父の、まったく予期しなかった突然の訪問。毎年恒例、男の友人たちと一緒にメインで一週間過ごす「ロブスター釣り」休暇へ向かう途中に寄ってくれたのだ。「ロブスター釣り」というのは厳密には正しくない。ロブスターは「釣る」ものではない。木の籠を水中に落として、ロブスターが入ってくるのを、ボートに乗って待つのである。毎日そんなことをして過ごすなんて退屈じゃないかと君には思えたが、たぶんそこでは酒も飲めば煙草も喫ってポーカーをやって卑猥なジョークを飛ばし、田舎ならではのお楽しみもあったにちがいない。君の祖父はジョークも得意なら、結婚相手でない女性と盛んに戯れもしたのだ。どんなパーティでも中心に立つ祖父が、君は大好きだった。その日、祖父はちょうど昼食後の休憩時間の真ん中、午後の活動が始まる前の一時間の空白期間の真ん中にやって来た。君はその時間たいてい本を読むか手紙を書くかしていたが、その日に限って寝入ってしまい、しかも子供のころの君はいったん寝たらほとんど昏睡状態に陥ったように眠り、すっかり意識がなくなってしまって、何があろうと絶対に起きず、雹《ひょう》が降ろうが雷が鳴ろうが、蚊の群れが襲ってこようが最高にやかましい楽隊が通りかかろうが決して目覚めなかった。したがって、祖父が訪ねてきた日、指導員にようやく揺り起こされたとき、君はまだ半分眠ったまま、ぼうっとする頭を抱えて昼寝から浮上し、自分が誰なのかも、そもそも自分というものがいるかどうかもよくわからないまま、外に出てみたらキャンプ正面入口近くの事務所で祖父が君を待っていたのである。もちろん祖父に会えたのは嬉しかったが、頭はまだはっきりしておらず、自分の中の靄《もや》と混沌をふるい落とそうとしている最中で、喋るのは困難だったし、祖父の質問に一、二語以上のセンテンスで答えるのも難しかった。祖父と短い会話を交わしているあいだずっと、僕はまだ眠ってるんだろうか、お祖父ちゃんがここにいるのを想像してるだけなんだろうか、と君は自問しつづけていた。というのも、スーツにネクタイ、ワイシャツ姿でない祖父を見るのはこれが初めてだったし、禿げてでっぷりした祖父がオープンカラーで派手な色の半袖シャツを着ているのは見ていて何とも妙だったのだ。いつもならじきに、二人とも熱心にフォローしている野球の話がすらすら続いていくところだが、この日はそうなる前に祖父が膝をぱんと叩いて立ち上がり、さあもう行かなくちゃと言った。一瞬いたと思ったら、次の瞬間にはもう、邪悪な亡霊のように消えていた。ちゃんと話せず、愚鈍な肉塊のごとくふるまった自分がつくづく情けなかった。その何日か何週間かあと、もっと情けないことに、朝目覚めると君は自分がおねしょをしたことを発見した。これは幼年期を通じて君にまとわりついた、五歳、六歳、と普通ならもう克服していてしかるべき時期に入ってもなお抱えていた問題だった。来る年も来る年も、マットレスを濡らさぬようゴムシートを敷かれる屈辱が去らなかった。心理的な問題があるわけでもないし、膀胱《ぼうこう》が弱いわけでもないのだと君の母親は言い（その通りだったかそうでなかったか、誰にわかるだろう？）、あくまで眠りが深すぎるから、夢の神モルペウスが君を包むどころかぎゅっと息もできぬくらい抱きしめているからなのだと言った。幼い年月、母は何度、真夜中に寝室に忍び足で入ってきて君を起こし、トイレに連れていってくれたことか。何度君を眠りの国から引きずり出そうと苦闘し、失敗に終わったことか。七歳になるころにはもうほぼ問題も克服し、深夜の失禁の恥辱ももはや不断の脅威ではなくなっていたが、時おりかつての自分に舞い戻ってしまい、一月か二月に一度の割合で再発するのだった。人生のこの時期、冷たく濡れたシーツのおぞましい感触に目覚めるのは、何とも意気挫かれる、腹立たしいほど幼児的で白痴的な出来事であり、こんなことで僕は大人になれるんだろうかと思ったりした。それがいま、もう八歳になったというのに、またやってしまったのだ。しかもここは、みんなが事情を知っていて何も言わないでくれるわが家ではなく、ほかに七人の男の子と二十代前半の指導員が寝泊まりしているサマーキャンプのキャビンという公の場なのだ。幸いこれは日曜のことで、起床の合図もふだんより遅く、朝食もいつもなら三十分か四十五分で終わるのに今日は一時間半まで延びるので、君はほかの子たちが食堂に出かけるのを待ってからベッドを出て、冷たく湿ったパジャマを脱いで自分の洗濯物袋に押し込んだ。朝食のテーブルでみんなに仲間入りした君は、そこに座ってパニックを募らせ、次はどうしようと思案していた。寝小便してしまっただけでも十分ひどい話であり、君のプライドと少年としての尊厳に対する侮辱だったが、発覚することの恐怖はもっとずっと大きかった。ほかの子たちにあざ笑われ、永久に赤ん坊のレッテルを貼られて、軽蔑にも値しない阿呆と見下されてしまう。時間はどんどんなくなってきている。あと十五分、二十分もすればみんなキャビンに戻ってくるだろう。ほかに頼れる人もいないので、ここは指導員に話すしかないと君は決めた。指導員はジョージという名の、物静かでまじめな若者で、それまでいつも君に優しく接してくれていた。とはいえ、君の告白を聞いて彼が笑わないとどうしてわかる？　だがそれでも、君をいま食堂から解放してキャビンに戻らせてくれる権限を持っているのはジョージしかいない。ほかに手はないのだ。ジョージに話して、上手く行くよう期待するしかない。そこで君は立ち上がり、テーブルの端に座っているジョージのところに行って、ちょっとヘマをやったのでシーツを洗ってキャビンの裏に干したいからいま行かせてもらえないだろうか、とこっそり耳打ちした。ジョージはうなずき、行っていいと言ってくれた。ただそれだけ――思ってもみなかった共感と理解の奇跡。だが実はそれほど不思議な話ではなかったことがじき判明した。その朝のうちに、ジョージは君に、僕も君の歳で同じ問題を抱えていたんだよと打ちあけたのだ。苦悩せる疚しき夜尿症常習犯たちの、秘密の友愛会！　いずれにせよ、そのとき君はキャビンに駆け戻り、ベッドから下側のシーツをはぎ取って、フランスの地図に似た形の黄色い犯罪証拠が浮かぶその白いシーツを抱えて便所に飛んでいき、すべてを蝕《むしば》みすべてに浸食する尿の悪臭ふんぷんたる場の流しで、黄色いしみをごしごし洗い落とした。こうして、いっさいバレずに済んだ。ジョージの優しさが、発覚の恥から、究極の屈辱から、君を救ってくれたのだ。とはいえ、間一髪ではあった。あと何分か、いや何秒かで話は違っていただろう。高鳴る心臓が、どれほど君が怯えていたかを証していた。

なぜいまこの話に戻るのか、この大昔のつかのまの恐怖に――結局は万事上手く行き、あれほど恐れた事態もいっさい生じなかったというのに？　それは、つきつめて考えるなら、実は万事上手く行ったわけではないからだ。たしかに、怖くて怖くて心臓が早鐘のように打った、その恐れていた屈辱は味わわずに済んだ。だが、君は秘密を持つことになった。君の中に、世界から隠しておかねばならない欠陥があることが判明し、それが露呈したらと考えるだけでたまらなく惨めな気持になり、君はふりをすることを、君の真の顔でない顔を世界に対して示すことを余儀なくされたのだ。その朝のうちにジョージがあの告白をしてくれて、自分もかつて同じ秘密を抱えて生きていたのだと明かしたとき、たいていの人は独自の秘密を持っているのだと君は思うに至った。もしかしたら誰もが持っていて、全世界の人々が心臓に疚しさと羞恥の棘《とげ》が食い込むのを感じながら地をさまよい、ふりをすること、自分の真の顔でない顔を世界に示すことを強いられているのではないか。だとすればそれは世界に関して、どのような意味を持つだろう？　誰もが多かれ少なかれ隠れた面を持っているということ、人はみな見かけとは異なっていて誰かを知るなんて不可能に近いということだ。いま君は思う。もしかしたらそうやって、人を知ることはできないと思ったせいで、自分は本に没頭するようになったのではないか——なぜなら小説の中に住む人物の秘密はつねに、最終的には、知ることができるのだから。

その夏、君がホームシックになっていたと言ったら誇張になるだろう。両親に会いたくてたまらないということはなかったし、キャンプの現状に不満を訴える手紙を書いたり救出しに来てほしいと願ったりもしなかった。そう、ニューハンプシャーの松林での長い滞在のあいだずっと、君はまずまず満足していた。とはいえ、同時に、いまひとつ本調子ではなく、何かが自分の中から抜け出てしまったような、どこか寂しい気分もあった。次の年が巡ってきて、今年の夏もキャンプに行きたいかと母親に訊かれると、家にいた方がいい、ここで友だちと野球をして過ごしたいと君は答えた。結果的に、これはかならずしも賢明な決断ではなかった。たしかに毎日三、四時間野球はしたけれど、野球をしていない時間も当然埋めなければならず、朝から雨でも降れば野球も全然できないのだし、そうなれば時間を持て余して、何をしたらいいかもわからずにえんえん無為な時間を過ごすことになる。最終的にはそういう一人きりの時間が、君にとって滋養になったとはいえ、一九五六年夏の時点では、とにかくただ途方に暮れた気分だったのである。六歳のときに買ってもらった、オレンジ色の、タイヤの太いフットブレーキの一台目の自転車に君はまだ乗っていて（翌年には体も大きくなったのに合わせてもっと大きな二台目に進級することになる――黒くほっそりした、ハンドブレーキに細いタイヤの自転車）、君は毎朝、もう小さすぎるその二輪車にまたがり、四、五百メートル離れた友人のピーター・Jの家まで漕いでいった。野球場はピーターの家の裏庭にあったのだ。もちろん規格どおりの野球場ではないが、くたびれた草と土が広がったその一画は、当時の君にはたっぷり広く感じられ、少なくとも九歳の子供たちがプレーするには十分と思えた。ベースの代わりに石を置き、ホームベースは地面にじかに三角形を刻みつけ、たいていの朝はその庭に八人から十人くらいがグラブ、バット、ボールを持って集まり、二チームに分かれて、それぞれがいろんなポジションを代わりばんこに守る。誰もが一試合に一イニングはピッチャーをやりたがったからだ。そして試合はたっぷりやった。毎日ダブルヘッダー、時にはトリプルヘッダー。君たちはみな真剣に取り組み、全力でプレーし、誰もが自分の打ったホームラン（レフトの向こうの藪に入ったフライ）の数を記憶した。その夏で一番夢中になれる時間がこうして過ぎていった。友人の家の裏庭の、間に合わせの野球場で君はプレーし、ホームランを五十本、百本、五百本と藪の中に叩き込んだのだった。

ピーターのことはクラスで一番好きだったし、いなくなったビリーに代わって彼こそが一番の親友だったが、一年と経たぬうちにピーターもまたいなくなった。よその町に越していって、君の人生から永久に姿を消した。彼の一家が去った理由を君は知らない。母親は誰が出ていっても、界隈にユダヤ人が増えすぎたからだと解釈したが、君はその事実ですべてを説明しようとは思わない。とはいえ、友の家族が君のことを、別世界から来た人間と見なしていたことは間違いない。特にピーターのスウェーデン系の祖父はそうだった。白髪で、訛りのきつい英語を話すこの老人は、ある午後君に対してすさまじい癇癪を起こし、君を家から追放して、二度とこの家に入ってくるなと命じたのである。裏庭野球の夏の少しあとのことだったにちがいない。たぶん九月の前半、君がホワイティ・フォードの本物だか非ー本物だかに会う一月ばかり前のことだ。ある日の放課後、君はピーターと一緒に彼の家に戻っていったが、その午後は雨が降っていたので二人で家の中にとどまり、やがて地下室を探検しに降りていった。輸送用の木箱、蜘蛛《くも》の巣、捨てられた家具などに交じって、古いゴルフクラブが一セットあるのを君たちは見つけた。これは二人どちらにとっても重要な発見に思えた。二人ともそれまでゴルフクラブなんて手に持ったことがなかったから、しばらくはその地下の湿った空間で、7番アイアンを交代で振り回した。交代でやったのは、地下室には物がたくさんあって二人同時にスイングできるだけの場所がなかったからである。そのうちに、君がいまにもまたスイングを行なおうとしているところで、ピーターが君にはわからぬまま、もっとよく見ようと君のうしろに忍び寄り、あまりに近づきすぎて君のバックスイングが描く弧の中に入ってしまった。君としては彼が動くのを聞きも見もしなかったから、両手でクラブを握り、ぴんとのばした両腕を、何ら抵抗に遭うとも思わずぐいっとうしろに引き、何もない空気の中をバックスイングがすんなり舞うものと思ったのに、ピーターが見えない境界線を越えて空気以外何もないはずの領域に入っていたため、君のバックスイングは中空で何か固体にぶつかって遮られた。スイングが止められた次の瞬間、君は悲鳴を聞いた——突然の、全開の悲鳴が地下室の壁を揺さぶったのである。見ればアイアンの先端がピーターの額にもろに食い込んで、皮膚が破れ、傷口から血が流れて、君の友は痛さに金切り声を上げていた。君はぞっとし、恐怖に包まれ、自分が悪くないとわかっていても罪の意識に襲われたが、友を助けようと君が何をする間もなく、ピーターの祖父が階段を駆け降りてきて、君を脇へ突き飛ばし、この家から出ていけと命じたのだ。その瞬間すでに、祖父がそんなに怒ることが君にもひとまず納得できた。いまここでこの老人が癇癪を起こすのはまったく自然なことに思えた。何しろ孫が頭にゴルフクラブをぶつけられてわあわあ泣いて血を流していて、君の落ち度であろうとなかろうとにかく君がいたせいで可愛い孫が傷ついたのであり、ゆえに老人が君に怒りをぶちまけるのも無理はない。けれど、いくらその怒りが理解できたとはいえ、それほどの規模の怒りに君がほとんど——もしかしたら一度も——接したことがなかったことも言っておかねばならない。それは途方もない怒りであった。旧約聖書の神もかくや、君の最高に暗い夢に現われる復讐の念と殺戮《さつりく》の欲に燃えるヤーウェもかくやという憤怒の爆発であった。老人が君にどなり散らすのを聞いているうちに、彼が君に出ていけと言っているのみならず、この家への出入りを永久に禁じていることがじきにわかった。お前はろくでなしだ、邪悪な子供だ、わしらはお前らみたいな人間に用はないと老人は言っている。君はさんざん叩かれ揺さぶられた気分で、ピーターに対してやってしまったことを心底面目なく思いながらよたよたと出ていったが、最悪だったのは君の頭の中で鳴っている老人の言葉だった。お前ら《ユア・カインド》みたいな人間。それってどういう意味だ？　ゴルフクラブで友だちを殴って血を流させるみたいな人間という意味か。それとももっと陰険な、君の魂に消しようのない汚れを残すような何かだろうか？　お前らみたいな人間というのは単に、汚らわしいユダヤ人という意味の、またもうひとつの別称なのか？　もしかしたら。でももしかしたらそうではないかもしれない。その夕方、7番アイアンと、血と、友の祖父のことを母親に話したが、もしかしたらという言葉は一度も母の口にのぼらなかった。

次の年の夏、君はニューハンプシャーのサマーキャンプに戻っていった。前年の、計画なしに時を過ごす実験は、部分的な成功にとどまったというか、要するにおおむね失敗に終わっていた。そこで君は、もう一度七月八月は北へ行かせてほしいと頼んだのである。金持ちでも貧乏でもないが、数百ドルのキャンプ費用くらいは捻出できる君の両親もこれに同意してくれた。おねしょはいまや過去の話となり、必要とはいえどこまで意義深いかは怪しいその克服以外にも、いまや君の中のすべてが違っていた。八歳と十歳の隔たりは単に二年の差ではない。何十年にも相当する深い溝がそこにはある。のちに君が二十歳から四十歳にかけてカバーする距離に等しい、人生の一時期から別時期への途方もない跳躍である。一九五七年のいま、君は一九五五年の君よりも大きく、強く、賢く、人生のあらゆる局面を乗りきっていく力もずっと豊かで、何ら不安や悲嘆の疼きもなく両親の許を去ることができる、はるかに独立心豊かな子供だった。その後二か月、君は野球の国に住んだ。人生のどの時期よりも野球に打ち込み、狂信的なまでに没頭して、毎日欠かさずプレーし、午前午後の正規の時間のみならず、夕食後の自由時間にも、より優れた遊撃手に、より完成された打者になろうとこつこつ練習を重ねた。熱意ますます募るなか、しばしばキャッチャー役も買って出て、不慣れなポジションが突きつける困難も楽しんで受けとめ、野球コーチ担当の指導員たちにも徐々に認められて、ほんの数週間でぐんぐん進歩したことを評価され、夏の真ん中ごろには年上の少年たちのチームに格上げされた。十二歳から十四歳の、州一帯を回ってほかのキャンプのチームと対戦している少年たちのチームである。はじめは内野の大きさに慣れるのが一苦労だったが（ベース間は十八・三メートルではなく二十七・四メートル、マウンドからホームプレートまでは十三・七メートルではなく十八・四メートル、すべてプロ野球のダイヤモンドと同じ規格）、コーチたちはチームでもっとも小柄な君を一番ショートとして辛抱強く起用してくれ、君も期待に応えて何とか持ちこたえた。何としてもやり抜こうという気でいたから、失敗したらなどという思いはいっさい頭から追い払い、守備でエラーしたり三振を喫したりするたびに自分を厳しく罰し、結果として、年上の男の子たちに交じって際立った成果を挙げるとまでは行かずとも、恥さらしということもなかった。やがて最後の晩餐会の時が訪れた。これは夏を締めくくる盛大な祝典であり、ベストスイマー、ベスト騎手、ベストメンバー、ベストキャンパー等々にトロフィーが贈られる場である。そして突然、指導員長が君の名を呼び、野球のトロフィーを君が勝ちとったことを告げるのが聞こえた。本当に正しく聞いたのか、よくわからなかった。自分がトロフィーをもらうなんてありえない。年下なんだし、自分がこのキャンプでベストの野球選手でないことはよくわかっていた。まあたしかにこの年齢ではベストかもしれないが、そんなの全体のベストには程遠い。にもかかわらず、指導員長は君を演壇に呼び寄せ、君にトロフィーを授与しようとしていた。賞なんてもらうのは生まれて初めてだったから、壇に上がって指導員長と握手するのは、ほんの少し気まずくもあるけれど誇らしい気分だった。数分後、君は食堂から抜け出して便所に行った。悪臭ふんぷんたる、記憶から絶対に消えそうにないその場所に年上のチームメートが四、五人たむろしていて、みんなが君を敵意と嫌悪の目で見て、君が膀胱の中身を長桶に空けている最中、お前なんかトロフィーもらう資格ないんだ、俺たちの誰かがもらうべきだったんだ、と彼らは言った。お前なんか十歳のガキじゃねえか、叩きのめして分際《ぶんざい》わからせてやろうか、いやそれともトロフィーぶっ壊してやろうか、いやいやまずトロフィーぶっ壊して次にお前をぶっ壊すか。こんなふうに脅されて、君としてもいくぶん怖気《おじけ》づいたが、思いついた唯一の反応は、本当のことを言うことだけだった――べつに僕が賞をくれって言ったわけじゃないよ、まさかもらうなんて思わなかったよ、それにもしあんたらの言うとおり僕がもらうべきじゃなかったとしても、あんたらにいまさら何ができる？ そう言って君は便所から立ち去り、晩餐の席に戻っていった。その夜から、二日後にキャンプを去るまでのあいだ、誰一人君を叩きのめしもせずトロフィーを壊しもしなかった。

幼年期の終わりが迫ってきていた。十歳から十二歳までの年月は、八歳から十歳にかけての旅に負けず劣らず壮大な旅に君を送り出したが、一日一日で見れば、自分が急速に進んでいるという感覚、思春期のとば口へと突進しているという感覚はまるでなかった。あのころ、年月はゆっくり過ぎていったのだ。いまのように、まばたきしただけで明日はまた誕生日だと気づくなんてことはなかった。十一歳になるころにはもう、群れの一員に君は変異しつつあった。思春期前の、混乱に満ちたグロテスクな時期を君は不器用に通過していた。閉じられた社会の小宇宙に誰もが押し込まれ、徒党や派閥が形成され、ある者は内《イン》でありある者は外《アウト》であり、人気者《ポピュラー》のという言葉が欲望《ディザイア》と同義語になり、男の子と女の子のあいだの幼児期戦争が終わりを告げて異性への憧れが始まり、誰もが自意識過剰となり、四六時中自分を外から眺め、他人にどう見られているかについて自問し、しばしば思い悩み、必然的に大いなる心の乱れと愚かしい行為とが生じて、内なる自己と世界に対して示す自己との亀裂がいつにも増して広がり、心と体がこれ以上はないというくらいちぐはぐとなる。君自身も、自分がどう見えるかで頭がいっぱいになって、髪型はこれでいいのか、靴はこれでいいのか、ズボンは、シャツとセーターは、と悩みっぱなしだった。この十一歳から十二歳にかけての時期ほど服が気になったことは、あとにも先にも一度もない。誰が内で誰が外かのゲームに君も加わって、内になりたいと切望し、五年生のどこかで始まった金・土曜の夜の男女パーティでは女の子たちの目にベストに見えたいといつも願っていた。が、その女の子たちとて自らの激変や苦悶《くもん》の真っ只中にいたわけで、ぺしゃんこの胸やろくに膨らんでもいない乳首をトレーニング・ブラで覆い、パーティドレスで身を飾り、その下にはごわごわのクリノリンやしゅっしゅっと鳴る絹のスリップを着け、生まれて初めてガーターベルトとストッキングをまとい、そしていま何十年も経ってみて君が思い出すのは、晩が更けていくにつれ彼女たちの痩せこけた脚のストッキングがずるずる垂れ下がってくるのを目にする物哀しさだ。とはいえ、彼女たちを両腕に抱いて一緒にダンスしたときその香水の匂いを吸い込んだことも君は覚えている。ロックンロールがにわかに君にとって興味深い、エキサイティングなものとなった。チャック・ベリー、バディ・ホリー、エヴァリー・ブラザーズが君の一番の好みで、二階の寝室で一人で聴けるようレコードも集めはじめた。小さな45回転盤を太いスピンドルに積み上げ、誰もいない家で音量を目一杯上げる。放課後に何もすることがないときは家に飛んで帰ってテレビを点け、『アメリカン・バンドスタンド』を観た。国中のリビングルームに日々注入されていた、新しいロックンロール宇宙の壮観。君を番組に惹きつけたのは音楽だけではなかった。音楽に合わせて踊る、部屋を埋めるティーンエイジャーたちの姿に君の目は釘付けになっていた。ティーンエイジャーになること、いまやそれこそ君が何よりめざしたものだった。画面に映る少年少女たちをじっくり眺めることを通して、自分の人生の、迫りつつある次のステップについて君は何かを学ぼうとしていたのである。前の年は三ばか大将、今年はそれがディック・クラーク（『アメリカン・バンドスタンド』の司会者）と、ロックンロールする若人《わこうど》の群れ。ニキビと歯列矯正器《ブレース》の時代が始まったのだ。有難いことに、そういう日々は一度しか来ない。

それでも君は相変わらず本も読み、ささやかな物語や詩を書いていた。まさか生涯ずっとそういうことをやる破目になるとは夢にも思わず、ただ単にやって楽しいから、この幼い日々にもそうしていたのだ。十一歳になって、モダンライブラリーの二冊目を買った。O・ヘンリー短篇選集。少しのあいだそれら巧妙な作りの、どこかぎくしゃくした、話が急転しどんでん返しの結末が待っている物語に君は酔いしれたが（翌年『トワイライト・ゾーン』シリーズ初期に入れ込んだのも同じことで、ロッド・サーリングの想像力はまさにO・ヘンリーの二十世紀中葉バージョンだった）、心の底では、これらの物語にどこか安っぽいところがあること、一級の文学と君が思うものよりはるか下であることを見抜いていた。一九五八年、ボリス・パステルナークがノーベル賞を受賞して、彼の置かれた状況が大々的に報道され、この天才作家が賞を受けにストックホルムへ行くのをソ連の警察国家が阻止したことをいくつもの記事が伝え、『ドクトル・ジバゴ』の英訳が出ると、君は偉人の作品を読もうとさっそく買いに行き（これが三冊目の大きな買い物だ）、これこそ間違いなく一級の文学だと信じて読みはじめた。だが、ロシア文学の象徴的小説の複雑さを、十二歳の子供がどうやって呑み込めよう？　何ら本質的な文学の素養もない少年に、どうやってそんなに長い、陰影に満ちた小説が読めるだろう？　君はこの上ない誠意とともに読みはじめ、同じ箇所を根気よく三度、四度、五度読んだが、君の能力では十分の一理解することも叶わなかった。膨大な時間を費やして苦闘し、挫折感が募ってくるなか、君はしぶしぶ敗北を認め、本を置いた。巨匠たちと取り組む姿勢が整ったのは十四歳になってからであり、十一歳、十二歳の当時、君に太刀打ちできるのはもっとずっと敷居の低い本だった。たとえばA・J・クローニンの『城砦』を読んでしばらくのあいだ医者になりたいと思い、W・H・ハドソンの『緑の館』にはその異国風のジャングル的官能性によって性腺を刺激され、この二冊が当時の君のお気に入りだったし、いまでも一番よく覚えている。創作の幼い試みについては、いまだスティーヴンソンの影響下にあり、たいていの物語はこんな堂々たる書き出しとともに始まった――「我等が主の生誕より一七五一年目、私は荒れ狂う吹雪の中を闇雲に彷徨《さまよ》い、先祖代々の我が家に帰還せんと足掻《あが》いていた」。十一歳の君は、そういうもっともらしい戯言《たわごと》をどれだけ愛したことか。だが十二歳になって、たまたま探偵小説を二冊ばかり読んで（どの探偵小説だったかは覚えていない）、どうやらもっとシンプルな、仰々しくない文章の方がいいらしいと悟り、この新たなスタイルで書いてみようと、腰を据えて自作の探偵小説に取りかかった。手書きの原稿がせいぜい二、三十枚というところだっただろうが、君にとってそれはものすごく長く思え、実際それまでに書いたどの作品よりもずっと長かったので、君はそれを長篇《ノヴェル》と呼んだ。タイトルは思い出せないし、ストーリーもろくに覚えていないが（たしか一卵性双生児が二組出てきて、タイプライターのシリンダーの中に盗まれた真珠のネックレスが隠されていた）、それを六年生の担任の先生に見せたことは覚えている。君にとっては初めての男の先生から、面白かったよと言ってもらって、君は大いに気をよくした。それだけでも十分だっただろうが、先生はさらに、毎日の授業の最後、三時のベルが鳴る直前の五分か十分ずつ、みんなの前でこれを何日かに分けて朗読したらどうかと勧めてくれた。かくして君は、突然作家の立場に置かれて、クラスメートの前に立ち、自分の書いた言葉を読み上げた。批評家たちは好意的だった。いつもの授業の単調さから逃れられて嬉しいということもあったのだろうが、君の作品を誰もが楽しんでくれているように思えた。ひとまずはこれで終わり、ここまで長いものを君がふたたび書くのは数年後のことである。とはいえ、当時は大したことには思えなかったものの、どうしてこの幼い日の企てを始まりとして、第一歩として見ずにいられよう？

一九五九年の六月、十二歳の誕生日の四か月後、六年生である君はクラスメートみんなとともに、幼稚園クラスから通ってきた小さな小学校を卒業した。夏が過ぎると中学校に上がった。町のあちこちにある小学校に行っていた子供たちが一三〇〇人集まった三年制の学校である。そこでは何もかもが違っていた。もはや一日じゅう同じ教室にいるのではなく、先生も一人ではなく数人、それぞれの科目ごとにいて、四十五分の時限が終わってベルが鳴るとその教室を出て、次の授業を受けに廊下を通って別の教室に行く。宿題はいまや現実の一部となり、どの科目でも（英語、数学、理科、歴史、フランス語）日々課題が与えられたが、一方では体育の授業もあって、騒々しいロッカールーム、指定された型のサポーター、みんなで浴びるシャワーがあった。工作のクラスもあり、その先生というのが禿げかけたフケだらけのミスター・ビドルコームなる老人で、ディケンズ的な時代錯誤は名前だけでなく振舞いにも及び、生徒たちのことを薄のろ《トゥワープ》だのやくざ者《ラプスカリオン》だのと呼んで、無法な者たちを物置に閉じ込めて罰した。この学校で最良の点は最悪の点でもあった。すなわち、能力別クラス方式が厳格に運用されていて、生徒一人ひとりが、グループ分けに上下があるという事実を隠すためにランダムにアルファベットを冠した三つのグループのいずれかに属したのである。とはいえ、それらの文字が何を意味するのか、わからないのはよっぽどの阿呆だけである。上、中、下。教育学的に見れば、この方式の利点は明らかだ。優秀な生徒の進歩が出来の悪い生徒に妨げられもしないし、歩みののろい子が速い子に畏縮《いしゅく》させられもせず、それぞれ自分のペースで進むことができるのだから。だが社会的に見れば、失敗と言うしかない。あらかじめ勝者と敗者が決まった共同体、成功を運命づけられた者と挫折を運命づけられた者から成る社会が出来てしまう。そしてグループ分けの意味するところは誰もが理解していたから、速い者が遅い者を見るにあたっては見下しと蔑みの視線があったし、遅い者が速い者を見る上では恨みと敵意があった。そうした隠微な形の階級闘争が、時おり実際の喧嘩となって噴出した。あれでもし、体育、工作、家庭科といった全員が一緒になる中立地帯がなかったら、学校は分断された戦後のベルリンに似たことだろう。低速ゾーン、中速ゾーン、高速ゾーン。かような組織に、一九五〇年代も終わりに近づいた時期に君は加わったのである。ピンク色の煉瓦で出来た新築の校舎、最新の教育機器の揃った学校は町の誇りだった。そこへ行くんだ、一段上の世界に上がるんだと思うと君も心底わくわくし、学校第一日目の前の晩、ぴったり午前七時に目覚まし時計をセットした。そして翌朝、君が目を——目覚ましが鳴る前に——開けると、時計はぴったり七時を指していて、秒針がちょうど9を過ぎて12へ向かう途上だった。つまり君は、起きるべき時刻の十数秒前に起きたのである。これまではいつもすごく深く眠り、目覚ましのけたたましいベルがなければ絶対に起きられなかった君が、記憶にあるかぎり初めて、あたかも夢の中で秒読みをしていたかのように静寂の中で目を覚ましたのだ。

いくつもの新しい顔、何百もの新しい顔があったが、一番君の気を惹いたのはカレンという名の女の子に属す顔だった。高速ゾーン部隊の仲間である。それは間違いなく可愛い顔であり、美しい顔とさえ言えたかもしれないが、カレンは頭脳も明晰で、自信とユーモアにあふれ、生気に満ちて世界に対し活きいきと反応し、会って何日もしないうちに君は彼女に夢中になった。学年が始まって一、二週間後、新入生のためにダンスパーティが開かれた。体育館で行なわれるこの金曜のパーティにほとんど誰もが出かけ、その三、四百人の中に君も交じっていて、君はとにかくできるだけ頻繁にカレンと踊ることをめざした。晩も終わりに近づいてきたところで校長が、ダンスコンテストを行なうので参加したいカップルはフロア中央に歩み出るようにとアナウンスした。挑戦したいとカレンが言い、君は彼女がやりたいことなら何でもやる気だったからそのパートナーとなった。それは君の人生初の、かつ唯一のダンスコンテストであり、君のダンスは大したものではなかったが、さりとてまったく望みなしでもなかった。そしてカレンは上手だった。本当に上手で、脚は機敏に動き、音楽とのタイミングもぴったりだったので、君としてもここは頑張らねば、精一杯力を出さねばと張りきった。初期のロックンロールダンスはいまだタッチダンシング、すなわち抱きあって踊るダンスだった。ツイストが流行《はや》るのはまだ一、二年先で、パートナーがたがいに離れて踊るという大変革はいまだ訪れていなかったから、一九五九年のダンサーたちは四〇年代にジルバを踊った人たちとさして変わらなかった（もっともそのころにはジルバもリンディと名が変わっていたが）。カップルはたがいにしがみつき、やたらとくるくる回り、腰よりも足が大事で、フットワークの迅速さがすべてだった。フロアの中央に出た君とカレンは、二人とも目一杯速く踊ることに、普通の二、三倍の速さで行くことに決めた。その速さを、審査員たちが感心してくれるまで保てればと思ったのである。そう、カレンは本当に活気ある、チャレンジ精神あふれる女の子だったのだ。かくして君たち二人は狂気じみたダンスを開始し、スピードの速まった無声映画に出てくる二匹の猿みたいにフロア上を跳びまわり、自らのパフォーマンスの過剰ぶり、浮かれぶりに二人とも心中ゲラゲラ笑いながら疲れを知らぬ十二歳の体で踊りまくった。君が一番よく覚えているのは、カレンが君の手をしっかり握っていたこと、くるくる激しく回転しながら君が彼女の体を投げ出してからふたたび引き戻すなかで決して手を離さなかったことだ。ほかのどのカップルも君たちのスピードは保てなかったし――そもそも保とうとも思わなかった――およそ常軌を逸した君たち二人は見事コンテストの勝者となった。少年時代の馬鹿げた、だが記憶に残る一瞬である。校長先生から二人それぞれトロフィーを受けとり、パーティが終わると君はカレンと手をつないで町の中央のアイスクリーム・ショップまで歩いていった。栄光あれ《グロリア》、栄光あれ《グロリア》、十二歳のダンスパーティの晩にカレンと手をつなぐ恍惚。それから、アイスクリーム・ショップを出て一、二ブロック歩いたところで、カレンの、君とつないでいない方の手からトロフィーが滑り出て、歩道に落ちて粉々に割れてしまった。彼女がひどく動揺しているのが君にはわかった。あまりに突然の出来事、突如破られた静寂、トロフィーが歩道に落ちて砕けて生じた予期せぬ轟音――それは小さいながらひとつの惨事だった。元に戻しようはない。でもダンスのトロフィーなんて君には何の意味もなかったから（野球だったら話は別だったろう）、君は自分のトロフィーを彼女に、これあげるよと言って渡した。翌年になると、君はもうあまりカレンに会わなくなった。君たちはつき合う友だちも違っていたし、クラスももう同じではなく、カレンはもうほぼ大人で君はまだ子供だったから、それ以降は一九六五年に高校を卒業するまでほとんど口も利かなかった。けれども、トロフィーが砕けた夜から二十六年経った、高校卒業後二十年目の同窓会に君が出かけていくと、カレンも来ていて、三十八歳の若き未亡人となった彼女はふたたび君と一緒に踊った。今回はスローダンスだった。そして彼女は、あの夜のことは全部覚えてるわ、と君に言った。私たちが十二歳だったあの夜のこと、まるで昨日のことみたいに覚えてるわ、と。

七年生の英語の先生だったミスター・Sは、生徒ができるだけたくさん本を読むよう奨励したいと考えた。気高い志だが、そのために先生が考案した方法には欠陥がないとは言えなかった。先生は質より量に関心があったのであり、彼にとっては百ページの凡庸な本も三百ページの優れた本と同じ価値だったのである。さらに気がかりなことに、S先生はこの計画を、競争という形に仕立てた。教室のうしろの壁に大きなペグボードを貼って、生徒一人ひとりに、穴の縦一列を割りあてた。生徒たちはペグをひとつ与えられ、まずはそれを宇宙船に似せて飾るように命じられて（当時はアメリカとソ連の宇宙開発競争が始まって間もなかったのである）、飾ったペグを自分の列の一番下の穴に刺す。そして本を一冊読むたび、ペグを一つ上の穴に動かしていくのだ。このゲームを二か月続け、終わったら誰がどこまで上がったかを先生が検分する。愚にもつかないアイデアだと君は思ったが、とにかく新しい学校の一学期目であり、君としてもいい結果を出したい、何かの形で人より抜きん出たいと思っていたから、ここはつき合うことにして、精一杯こつこつ本を読んだ。もうすでに大の本好きだったからべつに辛いことではなかったし、何年も野球、フットボールなどのスポーツをやって競争好きの子供になっていたから競争の原理にも嫌悪はなかった。いい結果を出すだけじゃ駄目だ、一番にならないと、と君は決めた。二か月のあいだ、二日か三日ごとにペグをひと穴上に動かしていった。まもなく誰よりも先を行き、断トツでトップを走っていた。S先生が結果を確認する朝が来ると、君とほかの生徒たちの大きな差を見て先生は愕然とした。ペグボードから教室の前に先生は戻っていって、君の目をまじまじと見て（君は二列目の席に座っていたから君たちの距離はかなり近かった）、敵意に満ちた喧嘩腰の表情で、君がインチキをしたと責めた。こんなにたくさん本を読めるわけがない、まるっきり筋が通らない、こんな真似して信じてもらえると思ったら大間違いだぞ、と先生は言った。これは私の知性に対する侮辱だ、ほかの生徒たちの努力に対する侮辱だ、長年教師をやってきたが君みたいに厚かましい嘘つきは初めてだ、と。先生の言葉が君には弾丸のように感じられた。ほかの子供たちの前でマシンガンで殺されているみたいな気分だった。先生はみんなの前で君をペテン師呼ばわり、犯罪者呼ばわりしている。こんなに残酷に人から責められたのは生まれて初めてだった。こっちはただ言われたとおり、誠実に、よき生徒であることを証明しようと頑張っただけなのに。先生の非難に応酬しようと、そうじゃないんです、ほんとに読んだんです、全部全ページ読んだんです、と言おうとするさなかにも、先生の怒りのあまりのすさまじさに耐えかねて、君は突然その場で泣き出した。ベルが鳴り、それ以上の屈辱からは救われたが、ほかの生徒たちがぞろぞろ教室を出ていくなか、S先生は君に、まだ話があるから残りなさいと言い、ほどなく君は先生と顔を向きあわせて教卓の横に立って、しゃくり上げ、とめどなく涙を流し、抑え込んだ切れぎれの息を継ぎながら、本当なんです、インチキもしてないし嘘もついてません、読んだ本のリストを見せろと言うなら明日の朝持ってきます、無実を証明してみせます、と訴えた。S先生は少しずつ折れてきて、どうやら自分が間違っていたらしいことを徐々に悟っていった。先生はポケットからハンカチを出し、君に渡した。鼻をかみ涙を拭おうと、君はそのハンカチを顔に持っていき、洗い立てのハンカチの匂いを吸い込んだ。生地は清潔だったが、匂いには何か饐《す》えた、胸が悪くなるようなものがあった。それは挫折の匂い、あまりに何度も使われすぎたものの匂いだった。半世紀以上前のあの朝のことを考えるたび、君はふたたびあのハンカチを手に持ち、顔に押しつけている。君は十二歳だった。大人の前で取り乱し、泣いたのはそれが最後だった。

脳天に二発

Two Blows to the Head

1

一九五七年。君は十歳で、もう小さな子供ではないが、まだ大きな子供でもない。中くらいの、少年時代中期後半にいる子供という形容が一番正確だろう。スプートニク1号・2号のこの年、君はまだ世界から護られているが、前年ほどではない。スエズ危機が終わったことや、アイゼンハワーが連邦軍をアーカンソー州リトル・ロックに送って暴動を阻止し学校での人種差別廃止を推進したことは漠然と理解しているし、ハリケーン・オードリーでテキサスとルイジアナの住民が五百人以上死んだことや、『渚にて』と題した世界の終末を描いた本が出たこともだいたいわかっている。だがサミュエル・ベケットの『エンドゲーム』やジャック・ケルアックの『オン・ザ・ロード』の出版については何も知らないし、ましてやジョゼフ・マッカーシー（五〇年代の「赤狩り」を主導した政治家）が死んだことや、ジミー・ホッファ率いる全米トラック運転手組合がＡＦＬ－ＣＩＯ（アメリカ労働総同盟産業別労働組合会議）から追放されたこととなるともっと知らない。五月のある土曜の午後、君の母親か父親が、君の新しい仲間でリトルリーグのチームメートでもある同級生マーク・Ｆと君を車で映画館まで連れていってくれて、君たちは二人で映画を観る。タイトルは『縮みゆく人間』。四年前に観た『宇宙戦争』と同じように、この映画は君という人間をひっくり返し、世界についての君の考え方を根底から変えてしまう。かつて六歳のときに感じたショックは神学的ショックと言っていい。神の力に限界があることを突如理解し、恐ろしい謎がそこから生じた——全能の存在の力にどうして限界がありうるのか？　だが『縮みゆく人間』のショックは哲学的、形而上学的ショックである。そのささやかで陰鬱な白黒映画から受けた衝撃はまさに圧倒的であり、君は一種呆然たる高揚の中に取り残され、あたかも新しい脳を与えられたような気持ちになる[*1]。

オープニング・クレジットの最中に鳴っている不吉な音楽からすでに、これから自分が暗い、脅威に満ちた旅に乗り出すことを君は理解するが、ひとたび物語が始まると、ナレーターの存在によって不安はいくらか緩和される。この語り手こそ縮みゆく人間その人であり、縮みゆく人間が一人称で観客に向かって語るのだ。ということはつまり、この後どんな恐ろしい冒険が待ち受けているにせよ、彼は最後まで生きのびるのである。死んでいたら自分の物語を語れはしない。ロバート・スコット・ケアリーの不思議な、ほとんど信じがたい物語は、何の変哲もないある夏の日に始まった。私はその物語を誰よりもよく知っている。なぜなら私がロバート・スコット・ケアリーだからだ。

水着姿のケアリーとその妻ルイーズは、キャビンクルーザーのデッキに並んで横たわって日光浴を楽しんでいる。船は太平洋上を物憂げに漂い、空は晴れて、何もかもが申し分ない。二人とも若く魅力的で、愛しあっていて、キスしていないときはいかにも一生の伴侶らしく剽軽なからかいの言葉を飛ばしあっている。ルイーズがビールを取りにキャビンに降りていったとき、それが起きる

――濃い雲だか霧だかが突如水平線上に現われ、船に向かってぐんぐん進んでくるのだ。すべてを包む大きな霧がシューシュー奇妙な音を立てながら水面を滑ってきて、デッキの上でまどろんでいたケアリーはその音のあまりの大きさに体を起こし、立ち上がって、雲が見るみる迫ってきて船を包み込むのを見ている。本能的に両腕を上げ、霧の急襲から身を護るためにできるだけのことをやろうとするが――むろんやれることは何もない――次の瞬間疾走する雲はもう彼を通り越していて、数秒のうちに空はまた晴れわたっている。キャビンから出てきたルイーズが、遠くにふわふわ去っていく雲を見て、なぁにあれ？ と訊く。わからない……霧か何かだよ、とケアリーは答える。ルイーズが夫の方を向くと、その胴は燐光《りんこう》を発する埃に覆われている。一見金属のような粒子が、不

＊1 『縮みゆく人間』（*The Incredible Shrinking Man*） 配給 ユニバーサル・ピクチャーズ 公開 一九五七年四月。81分。監督 ジャック・アーノルド 脚本・原作 リチャード・マシスン 製作 アルバート・ザグスミス。出演 グラント・ウィリアムズ（スコット・ケアリー）、ランディ・スチュアート（ルイーズ・ケアリー）、エイプリル・ケント（クラリス）、ポール・ラングトン（チャーリー・ケアリー）、レイモンド・ベイリー（トマス・シルヴァー医師）、ウィリアム・シャラート（アーサー・ブラムソン医師）、フランク・スキャネル（呼び込み）、ヘリーン・マーシャル（看護師）、ダイアナ・ダリン（看護師）、ビリー・カーティス（小人）、ジョン・ハイスタンド（TVキャスター）、ジョー・ラ・バーバ（牛乳屋ジョー）、オレンジー（猫ブッチ）、ルース・ポッター（ヴァイオレット）。音楽 アーヴィング・ジェルツ、アール・E・ローレンス、ハンス・J・ソルター、ハーマン・スタイン 撮影 エリス・W・カーター 編集 アル・ジョゼフ 美術 ラッセル・A・ガウスマン、ルビー・R・レヴィット 衣裳 ジェイ・A・モーリー・ジュニア、マーサ・バンチ、ライド・ロシャク メーキャップ バド・ウェストモア ヘアメーク ジョーン・セント・オーガー 小道具 フロイド・ファリントン、エド・キーズ、ホワイティ・マクマオン、ロイ・ニール 音響 レズリー・I・ケアリー、ロバート・プリチャード 音響効果 クリオ・E・ベイカー、フレッド・ノス 視覚効果 エヴェレット・H・ブルッサード、ロズウェル・A・ホフマン 特殊撮影 クリフォード・スタイン。

自然で不穏で不可解な光を放っているが、やがてそのきらめきも失せて、二人がタオルで埃を拭きとっている姿とともにシーンは終わる。

六か月が過ぎる。ある朝、ルイーズが朝食のテーブルを調《ととの》えていると、ケアリーの声が二階の寝室から聞こえてくる。洗濯屋から戻ってきたこのズボン、ほんとに僕のかい、と彼は訊く。寝室に画面が変わる。ケアリーが全身鏡の前に立って、ズボンのウェストの部分を外へ引っぱっている。少し体とズボンのあいだに五、六センチのすきまがあって、ズボンが彼には大きすぎるとわかる。少ししてからワイシャツを——自分のイニシャルが入った白いビジネスシャツを——着ると、これもやはり大きすぎることが判明する。変身が始まったのだが、これはまだ初期段階であり、この先何が待ち受けているかケアリーにもルイーズにもまったく見えていない。実際その朝ルイーズは、いつものごとく明るく夫をからかって、あなたただ痩せただけよ、すごく素敵よと言うのだ。

だがケアリーは動転している。妻に内緒で医者に行って検査してもらい、ブラムソン医師の診察室で、目下自分が身長一八〇センチ、体重七十九キロだと知る。どちらも平均以上だが、本人が医者に告げるとおりいままではずっと一八五センチだったたし、体重も奇怪なことに五キロ近く減っている。医者は涼しい顔で数字を脇へうっちゃり、たぶんストレスと過労で痩せたんでしょうと片付ける。五センチ低くなったとおっしゃいますがどうなんでしょうねえ、いままで何回くらい身長測定なさいましたか、とブラムソンは訊ねる。三度だけ、という答え——徴兵検査で一度、海軍で一度、生命保険用の健康診断で一度。三度とも間違っていたということもありえますよ、とブラムソンは言う。間違いはよくあるんです、いつ測るかでもずいぶん違ってきますし（人間は朝が一番背が高くて、あとは椎間板《ついかんばん》や骨の関節などが重力に圧《お》されて一日じゅう少しずつ縮んでいくんです）、それにまた、背中をのばしすぎたという可能性も無視できません、そうすると見かけ上実際より少し高くなりますし、とまあいろいろありますから五センチくらいの違いは心配要りませんよ。体重が減ったのは栄養不足のせいとも考えられます。しかし（とブラムソンは笑って片付ける）人間、背は縮むもんじゃありませんよ、ミスタ・ケアリー。背は縮むもんじゃありません。

また一週間が過ぎる。ある晩、浴室の体重計に乗ってみて、さらに二キロ痩せたことが判明する。もっと狼狽《ろうばい》させられることに、その後ルイーズと抱きあうと、彼女と目の高さが同じになっている――彼がじわじわ縮んできていることの、反駁《はんばく》しようのない徴候である。いままではいつも、彼女が爪先立ちにならないと唇が触れあわなかったのだ。僕は小さくなってきてるんだ、ルー、日に日に小さくなってるんだ、とケアリーは言う。ルイーズもいまや納得し、その事実を受け容れるが、と同時に信じられないという気持ちも残っている。誰だってそう思うだろう。暗くなった館内で映画を観ている君だってそうだ。いまスコット・ケアリーの身に起きているのは、絶対に起きるはずがないことなのだ。きりきりと、胃を締めつけられるような恐怖が湧いてくる。物語がこれからどこへ行こうとしているか、君にはすでに察しがつく。それはほとんど耐えがたい予感だ。奇跡を君は祈る。自分が間違っていることを君は願う。誰か科学の天才が現われて、縮みゆく人間の縮みを食いとめる方法を考え出してくれることを期待する。なぜならスコット・ケアリーはもはや映画の中の一登場人物ではないからだ。スコット・ケアリーは君なのだ。

ブラムソン医師の診療所をケアリーはふたたび訪れ、続く一週間にも何度か訪ねていく。ブラムソンはもはやにこやかで自信たっぷりではない。もはや最初の検査のあとにケアリーの訴えを鼻で笑った頼もしい懐疑家ではない。目下医師は二組のレントゲン写真を吟味している。一組は週の初めに、もう一組は週の終わりに撮ったケアリーの胸部写真であり、脊椎《せきつい》と肋骨の形が仔細に見える。二枚のプレートを重ねてみると、形は基本的に同じなのに、一方の骨格体系の方が明らかにもう一方より小さい。これぞ医学的証拠、最終的結果であり、いまや疑いの余地はなくなった。動揺し、混乱し、にわかに窮地に陥ったブラムソンは、ケアリーとルイーズに検査結果を告げる際にも険しい、ほとんど怒ったような顔をしている。まったく前例のないことなのです、と医師は言う。およそ説明しようもないのですが、あなたは事実小さくなってきているのです。

ケアリーはブラムソンに勧められてカリフォルニア医療リサーチセンターに入院する。名高いメイヨー・クリニックの西海岸版とも言うべきこの施設に三週間滞在して、さまざまな専門家に調べられ次から次へと検査を受ける。そうした検査、調査の様子が小刻みのモンタージュで伝えられ、映像が目まぐるしく切り替わるとともにケアリーの声がふたたび出てきて説明を加える。私はバリウム溶液を飲み透視鏡の前に立った。放射性ヨウ素を投与され……ガイガー計測器で測定された。頭に電極を付けられた。水分制限検査。タンパク質結合検査。眼球検査。血液培養。レントゲン、さらにレントゲン。検査。はてしない検査。そして最後の、ペーパークロマトグラフィー……。

担当医のシルヴァー医師はケアリーとルイーズに、窒素、カルシウム、燐が徐々に減少しているのに加えてクロマトグラフィーによれば細胞の分子構造の再構成が見られますと告げる。癌ということですか、とケアリーが訊くと、いいえ、むしろ反‐癌と言ってもいいくらいです、ある種の化学反応が生じていてそのせいで全器官が同じ割合で縮小しているんです、とシルヴァー医師は答える。それからシルヴァーが、二つの決定的な問いを口にする。まずあなたは、何らかの殺菌スプレー、特に殺虫剤を——多量の殺虫剤を——浴びたことがありますか？　ケアリーは記憶を探り、やっと思い出す。はい、何か月か前のある朝、通勤途中に近道をしようと裏道を歩いていたらトラックが曲がってきて木々に薬を撒《ま》きはじめたんです。シルヴァーはうなずく。きっとそれも一因だと思いますが、それだけでは十分でないはずです。それはほんの始まりであって、あなたの体内に入ったあとにその殺虫剤に何かが起きたにちがいないのです、軽い毒性の殺菌噴霧剤を命にかかわるような力に変えた何かが。それから二つ目の質問が発せられる。この六か月のあいだに何らかの放射能を浴びましたか？　とんでもない、そんなものとは縁がありませんよ、私の仕事は——言い終える前にルイーズがさえぎる。スコット、ねえスコット、船に乗っていたあの日。あの霧……。

いまやすべては明らかだ。おぞましい事態の原因がつきとめられ、結果が克明に記録される。病院から帰ろうと夫妻で車に乗り込むなか、夫の暗い、打ちひしがれた言葉をルイーズはひたすら受け流そうと努め、ほとんど陽気と言ってもいい楽観を保つ。きっとお医者さんが何か手立てを見つけてくれるわよ、もうじきシルヴァー先生が治療薬を見つけて流れをひっくり返してくれるわよ、と彼女は請けあう。いくら調べたって見つかるとは限らないさ、とケアリーは言う。それから——こんなこと続けていけないよ、体重も減って、体が縮んで……そこから問いが生じる——僕にはあとどれだけの時間が残っているんだろう？　それに応えてルイーズが、決然と熱のこもった声で言う——そんなこと言わないでスコット、二度と言わないで。ケアリーは顔をそらし、さらに論を推し進める——僕は君に、僕たち二人のことを考えはじめてほしいんだ。僕たちの夫婦生活のことを。

すごく辛いことが起きるかもしれない。君の義務にも限界があるよ。

夫の言葉にルイーズは動揺し、いまにも泣き出しそうな顔で夫に抱きつき、その口にキスする。愛してるのよ、と彼女は言う。わからないの？　あなたがその結婚指輪を着けているかぎり、あたしはいつもあなたと一緒よ。

ケアリーの左手薬指にはめた指輪にクロースアップ。次の瞬間、指輪が指から滑り出て床に落ちる。

ここまで君は、この上なく真剣にこの映画を観ている。これはいままでに観た最高の映画だと、ひょっとしたら一生で観る最高の映画だと君はすでに決めている。シルヴァー医師が口にする科学用語、あるいは似《え》非《せ》科学用語は十分理解できなくとも、クロマトグラフィー、燐、放射性ヨウ素、分子構造といった言葉が不幸な事態に真実味を与えていることは感じとれる。が、ここまで熱心に観てきて一連のシークエンスに感銘を受けているものの、次に起きることの衝撃は君を不意打ちする。第二の部分に至り、縮みゆく人間の物語は、そのシンプルな、だが実に巧妙な視覚効果も相まって新たな次元に到達し、君の心に己の烙印を永遠に焼きつけるのだ。

舞台はケアリー家の居間に移る。家具も最低限しかない今ふうの郊外住宅は、個人的な持ち物も親密なタッチもほとんどなく、ただの家一般という感じの、個性も心地よさも欠いた場である。一九五〇年代アメリカの標準的箱型住宅はがらんとして面白味もなく、カリフォルニアの陽光が窓から注ぎ込むにもかかわらず室内は薄ら寒い。ケアリーの指輪が抜け落ちて以来どれだけの時間が経ったのか、何の糸口もないまま、新しい人物が画面中央に立っている姿とともにシーンは始まる。これはスコットの兄であり雇用主でもあるチャーリーだ。ルイーズはソファに座ってチャーリーの話を聞いているが、チャーリーは肱掛け椅子に座った別の誰かに向かって話している。ところが椅子の背がカメラの方を向いていて、座っている人物の頭は見えないためその人物が誰なのかはわからない。チャーリーは取引先がひとつ失われたこと、商売上、金銭上のトラブルが相次いだこと等々を話していて、やがて、もうお前に——椅子に座っている人物に、ということだ——給料を送ってやる余裕はないんだと言う。見えない人物はスコットだということがにわかに明らかになってくるが、カメラはまだチャーリーに留まっている。新聞や雑誌の記者が工場に来て根掘り葉掘り訊くようになった、きっと医療センターから情報が漏れたんだとチャーリーは言う。で、全米報道通信社の男が言うには、お前が自分で手記を書けば金になること請けあいだそうだ。どのみちいずれ話は知れてしまうんだ、だったら自分で世に出してひと儲けしたらどうだ？　この下劣な提案にルイーズは嫌悪を隠さないが、チャーリーは現実的な人間であり、まあ考えてみろよとスコットに言う。そこまで来てようやく、カメラが回ってケアリーの姿をさらす——ただし顔だけを、大写しのクローズアップで。その顔には憔悴《しょうすい》と苦悩の色が浮かび、目の下には隈が出来ているが、それでも同じ顔であり、ケアリーは前と同じ人物である。けれども、カメラがゆっくり後方に移動していくと、その光景が君を頭のてっぺんから靴下の中の爪先まで揺さぶる。高圧電流がすさまじい速さと強さで体を貫いていき、君はまるで電気椅子にかけられたような衝撃を受ける。椅子に座っているケアリー、同じ人間ケアリーは、いまや突然、君くらいの背丈しかなくなっているのだ。一五〇センチにも届かない中くらいの子供、十歳の子供の服を着て運動靴を履いたちっぽけなスコット・ケアリーが、世界一大きい肱掛け椅子と見えるものの上に座っている。わかった、考えてみる、と彼は兄に言う。

君はもう、縮みゆく人間を演じている俳優グラント・ウィリアムズが小さくなったわけではないとわかるくらいの歳である。小さく見えるのは、腕利きの美術監督が、背丈四メートルの巨人が楽に座れそうな巨大な椅子を作ったからだということを君は理解している。にもかかわらず、君を襲う衝撃は本物の不思議さと気味悪さに彩られている。べつに複雑なことではなく、尺度を操っただけなのに、驚異と混乱が君を圧倒し、戦慄させ、君を不安にする。あたかも君がいままで物質界に関し当然視してきたことすべてが、一気に疑わしくなったかのように。

ちっぽけになったケアリーの姿に君が少しずつ順応し、その異様さの感覚に慣れていくのを自分でも感じるとともに物語は少しずつ進んでいく。果たせるかな事実は世に知られ、ケアリーは一夜にして全国的有名人となり、雑誌やテレビがこぞって取り上げ、家は記者や野次馬や撮影チームに囲まれて、かつての平凡人はいまや畸形《フリーク》に、見世物に変容し、執拗に追いかけ回されるあまり外出もままならなくなってしまう。彼の唯一の営みは書くことである。己の体験をめぐる本を、自分の状態の変遷を記した日誌を書くことである。子供の体の中にいる彼が巨大な鉛筆を持って執筆に励む姿を見て、彼が手に持っている電話の受話器の巨大さを見て、君は驚愕する。一つひとつの視覚的トリックがいちいち君を仰天させ、君の胸を打つ。だがそれ以上に君の心に触れるのは、ケアリーの心理状態の描き方だ。冷然と感傷を排したまなざしで、映画は精神崩壊の崖っぷちに立つ人間を描く。自分の身に起きていることに、ケアリーは納得できずにいる。彼は現状を受け容れられない。だから何度もくり返し、怒りの念に屈する。狂人のごとく恨みの声を張り上げ、世界に対する軽蔑を叫び、時にはルイーズにまで、いつも変わらず辛抱強く愛情深いルイーズ、医師たちが夫を救ってくれるという希望をいまだ捨てずにいるルイーズにまで怒りをぶちまける。その間もずっと、彼は縮みつづける。十月十七日、身長は九十三センチにまで、体重は二十四キロにまで減っている。ケアリーは絶望している。それから、突然の、奇跡的展開。医療センターから電話がかかってきて、治療薬が出来たと告げられるのだ。

救いをもたらすかもしれぬ薬をシルヴァー医師から毎日注射されるなか、緊張と不安の日々が続く。成功するかどうかは五分五分です、と医師は釘を刺すが、苦悩に包まれた一週間を経たのちも、身長は依然九十三センチ、体重は二十四キロのままである。ルイーズが狂喜して言う。終わったのよ、スコット、これでもう大丈夫よ……。だがケアリーが、普通に戻るまでどれくらいかかるのかとシルヴァーに訊ねると、医者は眉間に皺を寄せ、しばしためらった末に、病気による退化の流れを止めるのと、流れを逆転させるのとでは話が別なのですと答える。あなたの成長能力は普通の大人と変わりません、したがってこれ以上助けてさし上げるためにはまったく別種の科学的問題をいくつも解決しないといけないのです、と。つまり、今後死ぬまでずっと身長九十三センチでありつづける可能性大ということだ。もちろん努力は続けます、と医者は言う。私どもの学識を最大限究めていきます。その結果、もしかしたら、あくまでもしかしたらですが、答えを手にする日が訪れるかもしれません。ですが現時点では何も確証はないのです。

朗報と言えるのか言えないのか、微妙なところである。これ以上できることは何もないと知って君はがっかりするし、ケアリーがこの小さくなった状態で生きつづけねばならないことを悲しく思うが、君はまた心底ほっとしてもいる。とにかく体の縮みは食いとめられたのだし、彼が無の中へ溶けていくのを見る恐怖は味わわずに済むのだ。むろん誰も小人になりたくはない。でも空《くう》に消えてしまうよりはましだ、と君は胸の内で思う。

家に帰ったケアリーは相変わらずふさぎ込んでいる。最悪の事態は過ぎたかもしれないが、いまの状態が受け容れられずに依然悶々としている。怒りはいまもあり、ルイーズの夫としてふるまう気概を彼はいまだ見出せずにいる。己を恥じるあまり彼女から身を引いてしまって妻を苦しませていることは承知しているし、そのせいで自分の苦しみもいっそう増している。あんなに強い、あんなに健気なルイーズ、と彼は語る。私は彼女にいったい何をしていたのか？ 自分という人間がつくづく忌まわしかった！ 耐えきれなくなった彼は、ある夜家を飛び出す。子供の体に閉じ込められた男が、例によっておよそ不似合いな子供っぽい運動靴を履き、途方に暮れた惨めな姿で、暗くなった近所を、あてもなく歩き回っている。やがて彼はカーニバルに行きあたる。場末の見世物の賑やかさと混沌。賑やかさに惹かれて彼は入っていき、入って間もなくフリークショーの前で立ちどまる。さあさあ皆さん、と呼び込みが声を張り上げている。豪華サイドショーだよ！ ヒゲの貴婦人、蛇女、ワニ少年をご覧あれ！ 自然の畸形《フリークス》が勢揃い！ 嫌悪の念にケアリーは思わず後ずさる。汗だくの、惨めな表情。もうそれ以上見ていられなくなって、近所のカフェに逃げ込む。カウンターに行ってコーヒーを注文する。この情景において彼がいかにちっぽけに見えるかが君の目を惹き、彼がブースに運んでいくカップとソーサーのグロテスクな大きさを君は実感する。見知らぬ人々に囲まれた彼の孤立を、自分という人間であることの間断なき痛みを君は目にする。ところが、席について程なく、誰かがブースに近づいてくる。可愛らしい、とても可愛らしい若い女性で、やはりコーヒーを手に持っている。そして彼女もやはりひどく小さい。彼女も小人なのだ。ご一緒してよろしいかしら、と彼女は訊く。

ケアリーが彼女を追い払わないのを見て君の心は膨らむ。ケアリーは呆然としているように見える。自分以外にも世界に小さな人間がいるなんて思ってもいなかったみたいに。が、はじめこそ彼女の前で気後れし、ぎこちないものの、ケアリーが彼女に興味をそそられてもいることを君は感じとる。それは単に彼女が見た目に美しいからだけではなく、己の同類、女きょうだいに自分が出会ったことに彼が気づいているからだ。彼女の名はクラリス。優しくて気さくなクラリスは温かい態度で彼の防御をじわじわ解いていくが、これはどうやら楽しい会話になりそうだと思った時点でケアリーが自分のフルネームを告げ、クラリスは凍りつく。もちろんそんなことをする必要はなかったわけで、ファーストネームだけで十分だっただろうし、あるいは出任せの偽名を名のってもよかったはずだが、フルネームを伝えたのは意図的である。自分がかの悪名高き縮みゆく人間であることを、彼はクラリスに知ってほしいのだ。なぜならクラリスこそ、彼が唯一心を打ちあけられる相手であることは——ケアリー自身まだ自覚していないとしても——すでに明らかだからだ。クラリスはそうした気持ちをすぐには読みとれず、気を回してしまい、一人にしておいてほしいかとケアリーに訊く。いやいやそうじゃない、君と話がしたいんだ、とケアリーは答え、相手の意図を読み違えたと悟ったクラリスも一気にまた緊張を解く。会話は続いていき、ケアリーは少しずつ、彼女に導かれて、自分を新しい目で見るようになっていく。小さいということは世界最大の悲劇ではないのだ、巨人に囲まれて暮らしていたって世界は善き場所でありうるのだと彼女は説く。私たちにとっても空はやっぱり青いのだし、友だちはやっぱり温かいし、愛だって同じように素晴らしいのよ、と。ケアリーはじっくり耳を傾ける。まだ疑念も残っているが、と同時に、彼女の言葉を信じたい気持ちも強い。だが彼女はそろそろ行かないといけない。出番に遅れてはならないのだ。立ち上がって別れを告げながら、また会えるだろうかとケアリーは訊ねる。ええ、あなたさえよかったら、と彼女は言う。それから、彼の目をじっと覗き込んで言い足す――ねえスコット、あなた私より背が高いのね。

自宅の居間に場面は変わる。ケアリーがせっせと執筆に取り組んでいる。あの夜私は自分の人生を取り戻したのだ、と彼は書く。私は自分の体験を世界に向かって語っていたのであり、語ることで生きることも楽になったのだ。

君は心強くなってくる。始まって数分以降、初めて生じた肯定的な展開。崩壊へと不可避に向かう流れが変えられ、受容と希望に向かいはじめたのだ。回想録の執筆に没頭するケアリーを見ているうちに、この物語の楽観的結末と呼びうるもの、ハッピーエンドと言えるものを君は待ち受けはじめる。ケアリーは小さきクラリスと恋に落ちて、満ち足りた小人として生涯を過ごすのだ。ルイーズとは別れるしかないが、結婚生活がもはや持続不可能であることは善良で高潔な妻もわかってくれるだろう。最良の友のまま別れるのが最善なのだ、ケアリーはいまや自分の同類の中で暮らさねばならないのだから。決定的に重要なのはそこである。彼はもはや独りではなくなるだろう。もはや社会から追放されたとは感じなくなるだろう。彼には属す場があり、そうやって属すことによって、充足を見出すだろう。

本人のナレーションが入っていること、主人公が観客に向かって自分の物語を語りつづけていることを頼りに、君はそうした楽観にしがみつく。こうして自叙伝を書いているのだから、いまケアリーが語っている言葉は彼が書いた言葉そのものだと君は考える。君の頭の中で本はすでに出版されていて（でなければなぜ過去形を使うのか？）、ということはつまり、ケアリーは恐ろしい試練を乗り越えて、いまは普通の暮らしをしているにちがいないのだ。

次のシーンが始まるとともに、君の予感はいまにも実現しそうに思える。ケアリーはクラリスと一緒に公園のベンチに座っていて、自分の書いた原稿を彼女が読むのを見守っている。本がすでに書き上がり、もうこれ以上書くべき言葉もないのなら、つまり『縮みゆく人間』の縮みゆく部分は終わったと考えていいのではないか？

読み終えて、感動したクラリスは顔を上げ、素晴らしいわとケアリーに告げる。ケアリーが彼女の手を握る。君と出会ったことが僕にとってどれだけ意味を持ったか、わかってくれる誰かと一緒にいることでどれだけ違うものか、君に知ってほしいんだと言うケアリーに、彼女は一言、あなたずっと元気になったわ、と答える。彼らは調和した二つの魂そのもの、静謐《せいひつ》な交わりにしばし浸っている男と女そのものであり、まだ十歳にすぎない君にも二人が恋に落ちたことはよくわかる。そう、君が予想したすべてがいまや実現するのだ。ところが二人が立ち上がると、ケアリーの顔に広がった喜びが突如恐怖に変わる。二週間前は自分の方が彼女より背が高かったのに、いまは（ああ、何と恐ろしいことか）彼の方が低いのだ。また始まってしまった！　と彼は叫ぶ。始まったんだ！

愕然として、パニック交じりの戦慄に包まれてケアリーは彼女の前から後ずさり、それ以上何も言わずに走り去る。

君にとってはまさかの出来事である。こんな展開、考えてもみなかった。治療薬の効き目は絶対であって、いったん効いていると示されたら永久に効きつづけるものと思っていたのに、その力が使い尽くされてしまったいま、虚空へと落下する苦しみ以外、この先何が望めるだろう？　何か悲惨なことが起きるのを予期して君は身構え、何が起こるか想像しようと努め、いっさいの希望が消えてしまったという事実を何とか受け容れようと努める。が、何が来ても驚かない気になったつもりでいても、映画を作った人々は君のはるか先を行っている。物語の最終部である三つ目の部分を、映画は時間を一気に前へ進めて開始する。子供の想像力が思いつきうるはるか先を行くものを見せられて、君はしばし息もできなくなってしまう。その後ずっと、最後の一瞬まで君は空気を求めて喘ぎ、呼吸しようとあがきつづけることになる。

次のシーンはケアリーがどこかの部屋に一人で立っているショットから始まる。彼は何か粗い、手織りの素材で作った、ゆったりしたパジャマのようなものを着ている。奇妙な服装だ、と君は思うが、それに気をとられて室内の家具が目に入らないというほど奇妙ではない。家具はどれも、ケアリーの体の大きさにぴったり合っているのだ。彼はもはや巨大な物たちの中に埋もれていない。もはやケアリーは、大きすぎる世界に紛れ込んだ場違いな存在ではない。君はそれを見て戸惑う。すぐ前の、ふたたび縮みはじめたことが判明したシーン以後に彼が大きくなったとは考えられない。にもかかわらず、すべてはあくまで正常に見える。物質的環境のあらゆる要素がしかるべき均衡に戻されたかのように君には思える。とはいえ、事態は正常でないとついさっき告げられたばかりなのに、どうしていまは正常でありえよう？　少ししてから、答えが明かされる――

ケアリーはドールハウスに住んでいるのだ。いまや彼は身長八センチに満たない。

ルイーズが階段を降りてくる。その足音は雷のようであり、小さな家を激しく揺らすので、ケアリーは落下せぬよう階段の手すりにしがみつかないといけない。ルイーズが口を開いて喋ると、その声のあまりの大きさにケアリーは痛みを感じ耳を覆う。バルコニーに出てきた彼は、妻のやかましさを詰《なじ》る。君はそれを見て、彼が正気を失ったこと、暴君になり果てたことを悟る。このいつまでも縮みつづける男は、敵意むき出しの、狂暴さを増す一方の精神的テロリズムで妻を虐待している。私だけが妻を解放する力を持っていたのだ、と彼は観客に向かって語る――もし私にこの惨めな生を終わらせる勇気が見出せたなら。だが私は毎日、まあ明日まで待とうと考えた。明日になれば医者たちが救ってくれるかもしれない、と。

ルイーズは用事があって出かける。外へ出ようとドアを開けると、家の飼い猫がするっと中に入り込む。この猫はすでに何シーンかで登場しているが、そのころケアリーはもっと大きく、猫も脅威ではなかったが、現在の彼は鼠の大きさに縮んでいるのであり、ルイーズがにわかに姿を消したいま、映画は最後の、胸を締めつける展開へと入っていく。

その後の三十分、君は恐怖に彩られた驚嘆の念とともにすべてを見守り、遠近感をめぐる新たなトリックがくり出されるたび、尺度がまた新たに歪められるたびに目を見張る。まずその第一が猫の残忍な襲撃である。猫にドールハウスを襲われて、ケアリーは居間の絨毯《じゅうたん》の上を逃げていく。親指大の人間が、広大な不毛の地、四方何百メートルと広がる空っぽの平原と見える場を死物狂いで駆けていき、獰猛《どうもう》な、ガリヴァーの巨人国から抜け出してきた猫がそれを追う。発狂した虎一ダースの烈しさでもって吠えながら、猫は鉤爪《かぎづめ》でケアリーを引っかき、シャツの一部が裂け背中からは血が流れるが、ケアリーはテーブルランプの基部からぶら下がっているコードに飛びつき、ランプががしゃんと音を立てて床に落ちるとともに猫はつかのま怯えて逃げ出す。ケアリーは地下室のドアめざして突進し、ふたたび広大にして不毛の絨毯平原を必死に走り抜け、何とかドアの裏側に回り込んで、気を取り直して戻ってきた猫から隠れ、地下室へ通じる、山脈のごとき木の階段の最上段に立っている。こうしてどうにか危機は脱したかと思ったところにルイーズが帰ってきて、彼女が玄関のドアを開けるとともに空気が一気に室内を吹き抜け、地下室のドアがばたんと閉まってケアリーを直撃し、彼はバランスを失って倒れる。いきなり虚空に投げ出されたケアリーは、二十階建てのビルの屋上から突き飛ばされた男のように、はるか深い地下室へとまっさかさまに墜ちていく。

彼は木箱の中、種々のガラクタや（幸いなことに）ボロ切れの厚い山が詰まった箱の中に墜落する。ボロ切れがクッションの役を果たすが、それでも相当な衝撃であり、ケアリーは気絶し、意識が戻るまでしばらく時間がかかる。一方上の居間では、入ってきたルイーズが、破壊されたドールハウス、猫の存在、夫の不在という惨状を目のあたりにする。と、ケアリーのシャツの血の付いた切れ端が床に転がっているのが彼女の目にとまる。そこから引き出される結論はただひとつ。グロテスクな、およそ考えがたい結論ではあれ、隅に座って前足を舐めている猫のおぞましい姿を見れば、もはやルイーズの胸に疑問の余地はない。苦悶のうめきを彼女は漏らし、目の前の証拠に思いはすでに固まっている。夫は死んだのだ。ケアリーが死んだ証しを彼女は目のあたりにしているのだ。まもなくそのニュースがテレビで放映され、縮みゆく人間の悲報が国中に伝わり、ルイーズは神経もすっかり参って寝室に引きこもることになる。

だがケアリーは地下室にいて、まだ生きている。打ち傷を負い、動揺もしているがしっかり生きていて、木箱の中で身を起こし、次はどうすべきかを考えている。ルイーズがいずれ降りてきて助けてくれるものと彼は信じて疑わない。まだ希望はあると確信するがゆえに、たとえ体はいくら小さくなろうと、精一杯頑張って生き延びようと彼は決意する。これ以降、この映画は別の映画に、より深い映画になる。身ぐるみ剝がれ丸腰にされた人間の物語、自分を囲む無数の障害と独り戦う男の物語になるのだ。微小のオデュッセウスもしくはロビンソン・クルーソーが、己の知恵、勇気、機転を駆使し、いまや彼にとっての全宇宙となった郊外住宅のじめじめした地下室で手近の品物や食べ物を活用して生きのびる。彼が置かれた環境の徹底した月並みさ。君の心を強く捉えるのもその点だ。空《から》の靴クリーム缶、糸巻に巻かれた糸、縫い針、木のマッチ、ネズミ取りに引っかかったチーズのかけら、具合の悪い温水器から垂れる水滴といった日常的な事物一つひとつが、日常を超えた次元、ありえない次元を獲得する。ケアリーの身体との関連においては巨大であるがゆえ、いまや物一つひとつが再発明され、別の何かに変容させられる。そして、小さくなればなるほど、ケアリーが自分を憐れむ気持ちは逆に薄れていき、彼が発する言葉もいっそう洞察に満ちていって、肉体的な試練に一つまたひとつと耐えるなか、彼はあたかも魂の純化を経ているように思える。自分自身を、新たな意識の次元へと押し上げているように思えるのである。

二センチの釘を曲げて作った鉤で壁をよじのぼり、木製マッチの空箱の中で眠り、自分の背丈ほどもあるマッチに火を点けて、細い、だが彼にとっては麻縄ほど太く頑丈な糸を燃やして切断し、不具合の温水器から垂れてくる水で危うく溺死しそうになるものの浮かんでいた巨大な鉛筆にしがみついてどうにか排水口に呑み込まれる運命を逃れ、固くなったパンのかけらを漁り、やがてもっとも重要な獲物を得る企てに彼は乗り出す。新鮮とは言いがたい、食べかけのスポンジケーキひとかけ。それは目下、ケアリーの新しい敵であり、その寂しい地下世界唯一の同胞でもある一匹の蜘蛛の手中にある。ぞっとするほど大きく、見るだにおぞましい、ケアリーの三、四倍はあるその蜘蛛との形勢目まぐるしく変わりつづける闘いの迫真性たるや、一、二年前に別の映画館で観た『ユリシーズ』でオデュッセウス（演じるのはのちカーク・ダグラスとなるイスール・ダニエロヴィッチ）が一つ目巨人キュクロプスの目に剣を突き刺すテクニカラー・シーンのさらに上を行っている。縮みゆく男にはギリシャの英雄の自信も腕力もない。彼は地上で誰より小さい人間であり、武器といっても針刺しから抜いた待ち針と自分の脳味噌だけだ。君はごく幼いころから蟻やテントウムシや蠅《はえ》をつぶさに観察してきて、これらちっぽけな生き物にとって世界はどれだけ大きく見えるかにしばしば思いをめぐらせてきた。きっと君自身にとっての見え方とは全然違うのだろう、そう考えてきた。そしていま、『縮みゆく人間』最後の十数分において、自分が頭の中で考えてきたことがスクリーン上で実演されるのを君は見ることができる。実際、どうにか蜘蛛の息の根を止める時点では、ケアリーはもう蟻ほどの大きさもない。

これら手際よく構成されたシークエンスの連続を前にして、君は身動きもできずにいる。目を見張る視覚上の創意とレトリックが、現実の空間を想像の空間に変容させながらもなお、想像されたものをなぜか現実《リアル》に――あるいは少なくともいかにもありそうなものに――保ち、それに説得力を与える。生きられた体験のありようが、忠実に再現されていると思わせる。スクリーン上での展開に君は目もくらむ思いでいる。だが、君にとって、すべてをひとつに束《たば》ねているのはあくまでケアリーの声だ。彼の声こそが展開に意味を与えているのであり、その言葉こそが君の中に、目の前にちらつく白黒映像以上に強い、より永続的な印象を残す。何らかの奇跡によってケアリーはなおも喋っている。観客に向かって、なおも己の物語を語っている。君には訳がわからない。彼の声はどこから来ているのか？　唇が動いてもいないのに、どうやっていま現在の状況を語れるのか？　けれども君は、これを信用して受け容れることにする。ナレーションの役割を考え直して、あれは本当に喋っているのではなく考えているのだ、いままでずっと聞こえていた言葉は彼の頭の中にある思いだったのだ、と自分を説得するのである。

ルイーズはすでに来て、去った。彼女が地下室への階段を降りてくるのをケアリーは見たし、注意を惹こうと必死に呼びかけもしたが、その声は小さすぎて彼女には届かず、体も小さすぎて見えなかった。彼女はふたたび階段をのぼり、永久に家から去っていった。そしていまケアリーは、これを最後とありったけの意志を駆使し、いまだ縮みつづける消耗しきった体に残る力を総動員し、比類ない粘り強さと工夫の才を発揮して、地下室における唯一の食料源を確保し、蜘蛛も殺した。ふたたび勝利したのだ、ひょっとしたらこれがいままでで最大の勝利じゃないだろうかと君が思った矢先に、ケアリーの思考は次なる次元の理解へと飛躍し、その結果、この勝利が無であること、まったく何の意味もないことが明らかになる。

だが、その乾いた、ぼろぼろ崩れる滋養のかけらに手を触れるさなかにも、あたかも私の体は存在しなくなったように感じられた。もう空腹はなかった。縮むことの底なしの恐ろしさはもはやなくなって……

こうしてケアリー最後の独白が始まる。それは神と人間との相互関係をめぐる神秘主義もどきの考察であり、君はそれに感動し、かつ混乱させられる。彼の言っていることが十分には把握できなくとも、その言葉はこの上なく大事なことすべてに触れているように思える。人間とは何者なのか？　いかなる存在なのか？　自分たちの理解を超えている宇宙の中に、人間はどう収まっているのか？　世界について何か新しい真理が垣間見える場所に導いてもらっていると君は感じる。今日《こんにち》こうして言葉にしてみると、何ともぎこちなく、その哲学的命題も何ともぼやけたものでしかないことが君にはわかる。それらがかつて君に対して有した力を再体験するには、十歳だった自分の精神に戻っていかねばならない。現在の君にはどうにも不安定で危なっかしい言葉に思えようと、五十五年前それは、脳天への殴打とまったく同じ力でもって君を打ったのだ。

私は依然縮みつづけていた。この先何になるのか？　無限に小さいものにか？　私は何者なのか？　いまでも人間だろうか？　それとも私こそ未来の人間なのか？

放射能がまた降りそそぎ、雲がまた海や大陸を漂うなら、ほかの者たちも私のあとについてこの巨大な新世界に入ってくるのか？

無限小と無限大——それらは実はごく近い。突然私は、その二つが同じ概念の両極であることを悟った。信じられないほど小さいものと、信じられないほど大きいものはいずれ交わる。巨大な円環が閉じるように。

あたかも天を把握しようとするかのように、私は顔を上げた。宇宙。無数の世界。夜空に広げられた、神の銀色のつづれ織り。その瞬間、私は答えを、無限の謎の答えを知った。

私はそれまで、人間の限りある次元の枠内で思考していた。人間の尺度を自然に押しつけていた。存在に始まりと終わりがあるというのは人間の思考であり、自然の思考ではない。

そして私は自分の体が無へと減少していくのを、無そのものとなっていくのを感じた。恐れは溶けてなくなり、代わりに受け容れる気持ちが訪れた。

万物の巨大なる荘厳さ。そこには何か意味があるはずだ。とすれば私にも、意味はあるはずだ。そう、最小なるものよりなお小さくても、私には意味があるのだ。

神にとってゼロはない。

私はまだ存在している！

しまいにはケアリーはもはや数十分の一センチの背丈しかなくなり、あまりの小ささに網戸の網目を抜けて外へ出られるようになる。夜の闇へと彼は出ていく。カメラが次第に上を向いて、星が一面に光り彼方の星座が渦巻く広大な空を映し出すことで、独白が終わればケアリーはもはや不可視になることが暗示される。起きている出来事を把握しようと君は努める。彼はますます小さくなりつづけるだろう。いずれは原子より小さな粒子の大きさになって、純粋意識の単子《モナド》と化すだろう。とはいえ、この存在は決して完全には消えないのだ、生きているかぎり無に還元されはしないのだという含みがそこにはある。はここからどこへ行くのか？　さらにどんな冒険が待ち受けているのか？　この人は宇宙とひとつになるだろう、と君は胸の内で思う。だがそれでも精神は思考しつづけ、声は語りつづけるだろう、と。友のマークと二人で、映画の結末に打ちのめされ黙りこくって映画館を出ながら、世界が君の中で形を変えたこと、君がいま生きる世界はもはや二時間前に存在していた世界ではないことを君は感じる。世界がもう二度と元に戻らないこと、戻りえないことを君は感じている。

2

一九六一年。何月だったかは覚えていないが、たしか秋のことだったと君は思っている。君は十四歳だった。思春期が始まり、幼年期はとうに終わっていて、十一歳、十二歳のころあんなに胸がときめいた社交上のあれこれも魅力を失った。ダンスやパーティも避けるようになり、いまも女の子に夢中だったし色恋の神秘にはますます惹かれていたものの、周りに合わせようという気はもはやなく、我が道を行こうと決め、世界との関係において――君の住むニュージャージーの町の小さな世界であれ、君の住む国の大きな世界であれ――自分を流れに逆らう者、現状と相容れない人物と見るようになっていた。スポーツにはまだどっぷり浸っていたが(フットボール、バスケットボール、野球――技術はいっそう向上し目的意識も強まった)、試合が人生の中心ではもはやなかったし、ロックンロールもいまや死んでいた。前の年にはフォークソングに夢中になって、ウィーヴァーズやウディ・ガスリーのレコードを何百時間も聴き、彼らの歌を貫く抵抗の言葉に魅了されていたが、だんだんとその単純なメッセージに飽き足らなくなり、先へ進んでいった。季節が一つ、二つ過ぎるあいだジャズの王国に住んだのを経て、十四歳、十四歳半あたりからクラシックに没頭し、バッハとベートーヴェン、ヘンデルとモーツァルト、シューベルトとハイドンといった作曲家たちからほんの一、二年前には考えられもしなかった滋養を得て、その後の長い年月君をずっと支えてくれることになる音楽を発見していった。読書の量も増えた。かつて君が一級の文学と考えていたものの前に立つ障壁はいまや崩れ、今日も君の文学的故郷である広大な国へと君は飛び込んでいった。まずはヘミングウェイ、スタインベック、シンクレア・ルイス、サリンジャーといった二十世紀アメリカ人作家から始めたが、その年にカフカやオーウェルとも出会い、ヴォルテールの『カンディード』とともに野営し——こんなに激しく笑える本は初めてだった——エミリー・ディキンソンやウィリアム・ブレイクと握手し、まもなくロシア、フランス、イギリス、アイルランド、ドイツへの船旅も手配し、かつアメリカの過去へも一歩一歩戻っていった。その年に『共産党宣言』も初めて読んだ。これはエルサレムでアイヒマン裁判があり、軍産複合体をめぐってアイゼンハワーが演説し、ケネディが大統領に就任した、平和部隊とピッグズ湾（反カストロ在米亡命者部隊が侵攻を企てたキューバ南岸の湾）の年、アラン・シェパードがアメリカ人として初めて宇宙に打ち上げられた年、ベルリンに壁が建った年だった。いまや君は世界に目を向けていた。政治的自覚を持つ、自分なりの意見、主張、反主張を持った人間として、米ソの核武装競争には愕然とし、ゆえに原水爆禁止運動を熱烈に支持した。公民権運動の進展を逐一フォローする若者たる君にとって、すべては公平さの問題だった。古くからの悪を正し、人種を問わぬ世界で生きる輝かしい夢。その夏、長距離バスで南部を旅するフリーダムライダーズが白人の暴徒たちに暴行され、ヘミングウェイが自殺し、サマーキャンプでニューヨーク州の森に出かけたとき君のグループの少年の一人が稲妻に打たれて死んだ——十四歳のラルフ・Mが空から降ってきた電光に感電死したとき君は彼から三十センチも離れていなかった。この出来事についてはすでにある程度書いたが（『トゥルー・ストーリーズ』所収「なぜ書くか」3)、あの日起きたことについて君はいまだ考えるのをやめていない。あれ以来、君が世界を見る見方にあの出来事はずっと影響を及ぼしてきた。あれこそ君が偶然というものの魔術をめぐって初めて受けた教えであり、一瞬にして生を死に変える非人間的な力との出会いだった。十四歳、最悪の年齢十四歳。いまだ自分が生まれ落ちた環境の囚人だが、その環境から出ていく機を窺《うかが》っている。唯一の夢は逃亡すること。

その年君が観た映画には『ニュールンベルグ裁判』、『馬上の二人』、『ハスラー』などがある。どれも郊外エセックス郡の映画館にも来るだけの人気があった映画だが、外国映画や古い映画を観ようと思ったらニューヨークへ行かねばならず、ニューヨークへ行くには四十五分かかった。機会あるごとにマンハッタンへ逃げ出す習慣がつくのは、翌年の高校一年生になってからのことであり、十四歳のとき君の映画教育はまだ本格的に始まっていなかった。古い映画が唯一観られる場はテレビであり、その意味でテレビもそれなりに有用だったが、地元局で放送される映画は決められた時間枠に収まるよう乱暴に切られていることも多く、そしてかならず――頭に来ることに――コマーシャルの邪魔が入った。とはいえ、『ミリオンダラー・ムービー』という9チャンネルでやっているテレビ映画シリーズはほかより質が良く、一週間ずっと同じ一本の古典アメリカ映画を毎日三回朝昼夜に放映するので、計算上は一六八時間のあいだに同じ映画を二十一回観ることが可能だった。この『ミリオンダラー・ムービー』のおかげで、君の人生に次の大きな地震を引き起こした、君を直撃し君の内的世界の構成を一変させた映画『仮面の米国』も観ることができたのである。一九三二年、ワーナーブラザーズ製作、マーヴィン・ルロイ監督、主演ポール・ムニ(旧名ムニ・ワイゼンフロインド)、これまで作られたもっとも暗いアメリカ映画の一本である。希望ある結末もしくはハッピーエンドというハリウッドの慣習を拒む、世の不正と向きあった物語。十四歳の君は、不正への憤りに胸をたぎらせ、まさにこのような物語を受けとめる態勢でいた。まさしくそれを観るべき時期に君の人生は入っていたのであり、ゆえに君は翌日もう一度観て、その次の日も観て、おそらくそうやって週が終わるまで毎日観たのだった。[*2]

戦争は終わった。アメリカ人兵士たちがヨーロッパから帰ってくる。大きな船が大西洋の冷たい水をかき分けて進み、勝利を祝う汽笛が轟く。サンセット師団が港に入ってきて、甲板には軍服の男たちが群がっている。何百人もの兵士たちが、陸で彼らを待つ歓喜の群衆に狂おしく手を振っている。一九一九年、海の向こうへ出かけた若者たちがいま帰ってくる。休戦条約が結ばれ、大戦はいまや過去となり、甲板の下、船のはらわたでは、じき元兵士となる連中が大声で歌い、小さな一団が床に座り込んでサイコロ賭博に興じている。金が失われては得られ、サイコロが硬い床をかたかた鳴らし、そこへ分隊の軍曹が申し訳なさげな笑みを浮かべて現われ、済まんが切り上げてくれるかい、親父殿が一時間後に寝台点検をやれと言ってるんでねと言う。一人の兵が間延びしたテキサス訛りで、誰かが俺にもう一度点検って言葉言ったら喜んで六連発銃喰らわしてやりますよと言い、まもなく兵士たちは戦後の計画を話し出す。筋肉質、にこやかな笑み、明らかに部下たちの敬意を得ている軍曹は、建設の職に就こうと思ってるんだ、工兵隊で働いたのは最高の経験だったよ、ぜひそれを活かしたいんだと抱負を語る。すると一人の兵士が言う。きっと俺たち新聞で軍曹のこと読みますよ。ジェームズ・アレン、新パナマ運河を建設、とかね。するとアレンは答える。そうともさ、ミスタ・ジェームズ・アレンが工場の仕事に戻ってたまるか。

舞台は一九一九年だが、君がいま観ている映画はその十三年後、疑いなく大恐慌最悪の年に作られている。いまでは君も少しはアメリカ史を学んでいるから、映画が撮られた直前の一九三二年の春と夏、ワシントンDC南側のアナコスティア・フラッツに〈ボーナス・アーミー〉がキャンプを張ったことを知っている。ほぼ全員帰還兵から成る三万の人々が首都に押し寄せ、下院議員ライト・パットマンが提出した、現行法では一九四五年まで支給されない千ドルの戦争特別支給金《ボーナス》を帰還兵たちがこの年に受給できるようにする法案への支持を表明したのである。追いつめられた、職のない男たちが、みすぼらしいテントや段ボールハウスで出来たキャンプで何か月も過ごし、フーヴァー政権にとって気まずい目障りとなっていった。法案は下院を通過したが上院で否決され、その結果ボーナス・アーミーと地元警察とのあいだでささいな、だが怒りに満ちた争いが生じ、これを受けてフーヴァーは、この襤褸を着た左翼の乞食たち、このいわゆる「忘れられた男たち」（一九三〇年代にローズヴェルトが大恐慌の犠牲者を指して使った言葉）の大群を追い払う潮時だと判断した。この仕事をフーヴァーは、合

＊2 『仮面の米国』（*I Am a Fugitive from a Chain Gang*）配給 ワーナーブラザーズ・ピクチャーズ 公開 一九三二年十一月。93分。監督 マーヴィン・ルロイ 原作 ロバート・E・バーンズ 脚本 ハワード・J・グリーン、ブラウン・ホームズ 製作 ハル・B・ウォリス。出演 ポール・ムニ（ジェームズ・アレン）、グレンダ・ファレル（マリー）、エドワード・エリス（ボマー・ウェルズ）、ヘレン・ヴィンソン（ヘレン）、ノエル・フランシス（リンダ）、プレストン・フォスター（ピート）、アレン・ジェンキンズ（バーニー・サイクス）、バートン・チャーチル（裁判長）、デイヴィッド・ランドー（看守）、ヘイル・ハミルトン（クリント・アレン牧師）、サリー・ブレーン（アリス）、ルイーズ・カーター（母）、ウィラード・ロバートソン（監獄理事長）、ロバート・マクウェイド（ラムゼイ）、ロバート・ウォリック（フラー）、ウィリアム・ルマリー（テキサス人）。撮影 ソル・ポリート 編集 ウィリアム・ホームズ 美術 ジャック・オーキー 衣裳 オリー＝ケリー（ガウン） 指揮 リオ・F・フォーブスタイン。

衆国陸軍にやらせることを選んだ。醜悪な政治的選択と言うほかない。兵士を使って兵士を追い出すという残酷な皮肉に、国民の大半が嫌悪感を示した。奇しくもこのドラマの主要人物たちの中に、ダグラス・マッカーサー（陸軍参謀長）、ドワイト・アイゼンハワー少佐（マッカーリーの副官）、ジョージ・パットン少佐、とのち第二次世界大戦中にもっとも著名なアメリカ人将軍となる三人が入っている。アイゼンハワーの忠告（こっちはあの野郎に言ったんだ、お前なんかあそこへ行く権利はないぞと）を無視してマッカーサーが指揮に立ち、パットンに命じてキャンプ外縁に戦車部隊を配置し、七月二十八日、正規の軍服に身を固め数多くの勲章を残らず胸に飾ったマッカーサーが、軍を率いてボーナス・アーミーを見苦しいあばら家地帯から立ち退かせ、何十という掘っ立て小屋を焼き払い、余計な口を出す連中は銃を突きつけて追い出した。その後百日あまりでローズヴェルトが地滑り的勝利を収め、フーヴァーは一期のみで大統領の座を去った。

楽隊が行進し巨大なアメリカ国旗がはためく戦勝パレードののち、映画は疾走する列車のシーンにカット。何秒かのあいだ、列車がどこへ行こうとしているかは定かでない。線路を邁進《まいしん》する機関車はあくまで、運動する時間の――過去からいまへの烈しい瞬時の移行の――抽象的表現であるように見える。いまの世界が、未来へと突進していく。戦争を忘れよう。戦争は終わったのであり、泥と血にまみれた塹壕で何人が死んだにせよ、いまは生者たちのものなのだ。

さらにカット――今回はリンデールという名の駅に。そこは明らかに、地図上の小さな一点でしかない、アメリカ中どこにでもありそうな何の変哲もない町である。プラットホームには四人の人間が立っている。地味で大人しい服を着た初老の女性、若く可愛い金髪女性、聖職者用のカラーを着けワイヤーフレームの眼鏡に黒い帽子をかぶった牧師、そしてスーツにネクタイを締め麦わらのカンカン帽をかぶった年上の男性。初老の女性が若い金髪女性に、あの子は勲章を着けているかしらと訊き（あの子とはきっと彼女の息子だ）、ええきっと着けてますよ、と若い女性は答えるが、次の瞬間、列車が停まり、普通の民間人のスーツを着たアレン軍曹が降りてくる――勲章はなし、軍服もなし、戦争を戦ってきたことを示すものは何もない。母親のさも嬉しそうな抱擁を受けたのち、アレンは娘と握手し、この娘は妹、恋人、妻だろうかという可能性はこれで排除される。見違えたよ、まさか君だとは、とアレンが言い、アリスという名のその娘は、ひどくぶしつけに、あなたも違って見えるわ、軍服を着ていないから、軍服のときの方が背が高くて立派に見えたわと言う。つまり彼はいまやただの人になり下がったのであり、海外でいくつ勲章をもらっていようと関係ないということか。追い討ちをかけるように、アレンの兄と判明する牧師が、喜色満面、ミスタ・パーカー――麦わらカンカン帽の紳士である――がまた工場で使ってくださるそうだぞと伝える。パーカーもアレンと勢いよく握手しその背中を叩きながら、そのとおり、君の仕事はちゃんと取ってあるともと請けあう。君はきちんと務めを果たした、工場長も君のことを忘れていないぞ。まさに朗報。が、船上でのアレンの言葉を聞いた我々は、彼が工場の仕事に戻る気がないことをすでに知っている。映画が始まってまだおよそ三分だというのに、ジェームズ・アレンの周りに暗雲が立ちこめはじめているのが我々には見える。

　帰還を祝うわが家での夕食。散らかった室内の、風通しの悪そうな十九世紀築の家にアリスの姿はなく、食卓を囲むのはアレン家の三人のみ。気の弱い、息子に甘い母。神聖ぶった兄のクリント（口ばかり達者な、喋るときに両手を組む不快な癖のある鬱陶しい人物）。そして血気盛んな、野心に燃える、世界を受けて立つ気満々のアレン。数秒のうちに不和が生じる。パーカー氏の親切にして寛大な申し出をクリントが話題にするや、アレンは彼に、あの仕事をする気はないと告げる。母も兄も仰天する。アレンは笑って言葉を継ぐ。軍隊で僕は変わったんだ。軍隊ラッパの代わりに今度は工場のホイッスルに応えて一生を過ごすつもりはないね。何かやりがいのあることをしたいんだ。一日じゅう発送室に閉じ込められてるなんて、想像するのも嫌だよ。

　にもかかわらず、母親をがっかりさせないために、アレンはしぶしぶパーカー製靴会社――**履き心地満点の靴の故郷**――の職場に戻る。だが仕事には身が入らず、心も頭もそこにはない。毎日昼休みに新しい橋の建築現場の周りをうろついて過ごし、しじゅう時の経つのを忘れて、しじゅう午後の開始時間に遅れてしまう。ふたたび家庭の食事の場で、お前の仕事ぶりにミスタ・パーカーががっかりしているぞと兄から言われて、とうとうアレンの不満が爆発する。己を弁護しようと、僕は新しい人生を切り拓きたいんだ、と彼は熱弁をふるう。工場の決まりきった仕事は軍隊よりもっと息苦しい、僕はどこかに行く必要があるんだ、どこでもいいから、自分がやりたいことができるところに、とクリントと母親に訴える。母は態度を一変させ、お前の行きたいところに行くがいいよ、と言ってくれて、クリントが異を唱えると、この敬虔居士《けいけんこじ》をあっさり払いのけ、素朴な、飾らぬ言葉で母としての支持を表明する。それはすべての善き母親の聖歌だ。この子は幸せにならなくちゃいけないのよ。自分を見つけなくちゃいけないのよ。

　アレンが言うには、ニューイングランドに行けば建築の仕事があるらしい。次の瞬間、画面に地図が現われる。見ればそれはニュージャージーの（君がいまこの映画を観ているまさにそのニュージャージーの）地図であり、疾走する列車——ここでもまた疾走する列車——の音がそれに伴う。やがて地図がディゾルブしてその列車の像に変わり、それもディゾルブして別の地図に変わってコネチカットが見える……ロードアイランド……そしてボストン。

ずっしりした工事車両の運転席にアレンは一人で座っていて、大きなスチームショベルと思しきもののハンドルを操っている。どうやら求めていた仕事が見つかり、万事順調ということらしい。と、一人の男が近づいてくる。現場監督、職場主任、親方、何であれその人物はアレンに、ショベルを止めろ、悪い知らせだと告げる。人員削減なんだ、二人減らすしかないんだ、とその人物は言う。さしたる懸念も驚きも示さずにアレンは機械から飛び降り、わかりましたと言う。いとも落着き払った顔で彼がこの災難を受け容れることに君は感心してしまう。これはまったく恣意的《しいてき》な解雇であり、何の落ち度もなく追い出されたというのに、アレンは自信を失っていない。依然として未来への希望にあふれ、何でも来いという気でいる。

また別の地図。今度はボストンから始まり、南へ向かう船の進路をたどる。船は蒸気を上げて大西洋沿岸を下り、メキシコ湾に入って、ようやくニューオーリンズで停まる。

いささかくたびれた様子で、服もややみすぼらしくなって、無精ひげが顔を暗く彩り、肩もやや丸まったアレンが職を求めて工場に入っていく。北へ旅し、南へ旅し、何千マイルと動いた末に結局ふり出しに戻っている。というより、ふり出しに戻ろうとあがいている——いまや彼は失業の身であり、戦争から帰ってきたときに下らない、無意味だと呼んだような仕事に、いまは喜んで飛びつく気でいる。働き者を雇ってもらえませんか？　とボスに訊くとボスは、先週だったら使ってやれたんだがいまは一杯なんだ、と答える。アレンは首を横に振り、右手をぎゅっと握ってこぶしを作り、それからそっと、本当にそっとそのこぶしを机に下ろす。自制を失うまいと彼は努めている。まだすっかり絶望するところまでは来ていないのだ。だがそのこぶしこそ、見るみる萎《な》えつつある希望の象徴にほかならない。回れ右して立ち去る彼は、もはや万策尽きた人間に見える。

ふたたび地図。ふたたび疾走する列車の音。アレンはまたも北へ向かう。行く先はウィスコンシン州、オシュコシュなる町。

オーバーオールにワークシャツのアレン。木材運搬用のトラックを運転して、高い松の木が茂る林を貫く道路を走っている。隣に座った男の方を向いてアレンは言う。これは数日だけなんだ、でも仕事に戻れて嬉しいよ、職にありついたのはほんとに久しぶりなんだ。というわけで、オシュコシュは一時的な救い、覇気をつかのま高めてくれた見せかけの休止にすぎぬらしい。明らかに、定職などもうどこにも見つからないのだ。職を探してどれだけ遠くまで旅したところで、きっと無駄骨に終わるだろう。実際、次の地図が現われて、彼がふたたび南に下っていてセントルイスに向かっていることを示し、機関車がいまや聞き慣れたメロディを吠え立てるとき、すべては一変している。そのメロディの源をカメラが映し出すと、アレンはほかの乗客たちに交じって混みあった客車に座っているのではない――彼が乗っているのは貨物列車であり、一人で有蓋車の床に眠っているのだ。第二のパナマ運河を建設して名を揚げる気だった楽天家の復員軍人は、無賃乗車の放浪者、一文なしの流れ者、忘れられた男になり果てている。たしかに舞台は一九一九年ということになっているが、実は一九三二年なのだ。大恐慌時代の物語を自分がいま観ていることを君は悟る。仕事がない国に生きるとはどういうことかをめぐる物語を。

アレンは何かを手に持って質屋に入っていく。それが何なのか、小さすぎて我々にはわからない。いまや彼は浮浪者のように見える。ぼろぼろの服、ひげを剃っていない顔、皺だらけで凹んだ帽子。何の用かと店主が訊くと、アレンは手を開いて、軍隊の勲章を見せる。ベルギー戦功十字章でいくら借りられます？　店主は金額を答える代わりに、カウンターの上に載ったガラスケースの中を見るようアレンに指で合図する。見ればそこには、彼がいま持っているのと同じような勲章がぎっしり数えきれぬほど並んでいる。その一つひとつに、ボーナス・アーミー予備軍の辛い身の上話が詰まっているのだ。アレンは何も言わずに諦め顔で頷《うなず》き、手のひらに載った自分の勲章を見下ろして、立ち去る。戦争で、アメリカのために戦った——だがいまは落ちぶれた者たちの国の住民。

さらにもうひとつ地図が現われ、アレンがセントルイスを出て東へ行く動きをたどる。ところが今回は無音であり、いままでかならず聞こえていた列車の音が伴っていない。地図がゆっくりディゾルブして消えるとともに、線路の上を歩いているアレンの姿が見え、地図に音がなかったこともこれで納得される。彼はいまや徒歩で旅しているのだ。真っ正面からのショットが、どこでもない場所のただなかを一人歩くアレンを映し出す。アレンはカメラに近づいてくる。彼の歩みがいまも逞しく確固としていることを君は見る。さんざん辛い思いをしてきたにもかかわらず、いまだ挫《くじ》けてはいない。とはいえ、気概はまだあっても、その姿は疲れて、腹を空かせ、心配そうで、どこか途方に暮れているように見え、目に浮かぶ表情にも何となく奇妙なところがあるのを君は感じる。

自分の身に起きたことが、いまひとつ信じられないかのような、呆然としたような、打ちのめされたような表情がそこにはある——まるで、旅の途中どこかで稲妻に打たれたかのように。

　アレンは簡易宿泊所に、落ちぶれた者たちの国の住人に相応のねぐらに宿をとる。だだっ広い部屋に物言わぬ尾羽《おは》打ち枯らした男たちが大勢いて、ベッド十五セント、食事十五セント、風呂五セント。じきにアレンは、ピートという名の白髪頭の男と話をしている。ピートはこの世界の事情に詳しそうであり、アレンは自分が全然詳しくないことを率直に認める。やがてピートは、腹が減ったな、あんたハンバーガーでもどうだいとアレンに訊く。するとアレンは、ハンバーガーになんて言うかって？（What would you say to a hamburger?（ハンバーガーでもどうだい？）を文字どおりに解している）と答え、俺ならミスタ・ハンバーガーと握手してこう言うね、やああんた、ずいぶん久しぶりだねえって。アレンのユーモアのセンスはまだ損なわれていないのだ。君はこれを心強い兆候と、この人はまだまだ大丈夫だというしるしと捉える。ピートが言うには、この道を先へ行ったところに食堂ワゴンがあって、ワゴンをやっている男はいいカモで、バーガー二つぐらいきっとたかれるという。そこで二人は食堂ワゴンに行き、ピートが予想したとおり、カウンターの向こうにいる男は彼らの要求に屈する——渋々ではあれ、情にもろいカモなので、飢えた連中を追い返す気になれないのだ。カモの男はバーガーを二つ、鉄板の上に落とす。アランの目が輝く。歓喜と期待に満ちた笑みが顔に広がり、爪楊枝を口に入れながら（万全の受け入れ態勢を整えているのか）、ジュージュー音を立てる肉をアレンは美しい女を見るかのように見ている。ミスタ・ハンバーガーではない、ミス・ハンバーガーだ。

　やがて、突然すべてが狂ってしまう。ピートがポケットから銃を出し、両手をカウンターに置くようカモに言い、レジの中の金を全部出せとアレンに命じる。アレンは呆然としている。やっと口にできる一言は、恐怖と驚きを伴ったヘイ！だけ――嫌だ、やらない、いったいどういうことだ？の意。だがピートはアレンに銃を突きつけ、言われたとおりにしないと撃つぞと脅す。アレンに選択の余地があるか？　この状況では従うしかない。レジに行き、金を取り出す。全部でせいぜい五ドル。さあさあ来るんだ、とピートがレジのそばでぐずぐず戸惑っているアレンに言い、カモに銃を突きつけたまま後ずさりしてワゴンから立ち去ろうとする。そして公衆電話のコードを壁からもぎ取り、声出して警官呼んだりしたらただじゃ済まねえぞとカモを脅し、ドアを開ける。ドアが開くと同時にピートは発砲している。警官が一人ワゴンに飛び込んできてピートに発砲し返し、次の瞬間ピートは死体となって倒れている。

アレンは恐怖に陥っている。パニックのあまり、ここですべきことのどれひとつも思いつけずにいる――金をカモに返すことも、落着いてきちんと事情を警官に伝えることも。パニックの虜《とりこ》となった人間の最初の衝動は逃げることであり、アレンもいままさにそうする。横の出入り口から逃げようと、必死で走り出すのだ。ピートを殺した警官が追いかけてきて、アレンが外に出ると二人目の警官が彼の腹に銃を押しつけ、手を上げろと言う。アレンは手を上げる。

画面が暗転し、次の瞬間、裁判長が判決を下している。情状酌量の余地はない、被告人は金を携帯していたのだから、と裁判長は言う。加えて被告人は、発見されると逃亡を企てたのであり、当然これにより罪はいっそう重くなる。したがって被告人に――小槌が鳴る――重労働十年の刑を科す。

次の展開を観るのは君にとって辛い。アレンは刑地に送られ、チェインギャング（一本の鎖につながれた囚人たち）の一人として働かされる。あまりに野蛮な刑罰、人を貶《おとし》めるその容赦ない残酷さに、君はテレビのスイッチを切って部屋を出たい誘惑に駆られる。それでもどうにか、かつて自由だった男たちが日々虐待され怯えた動物に変容させられていく物語を観つづけるのは、ひとえに映画のタイトルが、いずれアレンがここから抜け出すのではという希望を持たせるからだ（原題は「私はチェインギャングからの逃亡者」の意）。囚人たちの境遇は奴隷と変わらない。脚に枷をはめられ、でたらめに鞭打たれ、殴られ、食えたものではない悪臭ふんぷんの残飯しか与えられず（朝食——油脂、揚げパン、豚の脂身、サトウモロコシのごちゃ混ぜ）、朝は四時に叩き起こされ、夜八時まで休みなく働かされて、白人も黒人も老人も若者もみな疲れはて、忍耐も限界に達しつつ、灼けるように暑い不毛な土地で大きなハンマーをふるって岩を砕く。怠けたり病気になったりしたら最後、働かぬ者に施される唯一の治療は鞭であり、額から汗を拭うのでさえ看守から許可をもらわずにやってはいけない。許可を得るのを怠ろうものなら、ライフルの床尾が顔を直撃し、体ごと地面に叩きつけられる。これがハンバーガーを見、るという凶悪犯罪を犯したゆえにアレンが入った世界である。

一人の男が重病に罹っている。キャンプでアレンが過ごす第一日目の朝食の席、その男が頭をテーブルに載せた、スプーンを口に持っていく力もない姿がミディアム・クロースアップで映し出される。仕事が始まり、仲間たちが岩を砕いているかたわら、男は両手でハンマーを持つのがやっとで、眩暈《めまい》と痛みに体はふらふらで、いまにも倒れてしまいそうだ。さっさと仕事に戻れと看守が命じるが、レッドの名で通っている病人は、無理です……腹が……と弱々しく答え、すると看守は怒った声で、働け！　さもないとその腹痛《はらいた》、完璧に蹴りつぶしてやるぜと言う。レッドはハンマーを二度ばかり、情けないほど弱々しく振るが、ハンマーを地面から数センチ持ち上げるのが精一杯である。そして彼は気を失ってばったり倒れる。看守はその顔に水を浴びせ、立てと命じるがレッドは動かない。その晩、囚人たちを乗せたトラックがキャンプに戻るときも、レッドは依然気を失っていて、ほかの男たちが飛び降りても荷台に力なく横たわったままだ。夕食には姿を現わすが（ふたたびおぞましい代物――アレンの隣に座った囚人が油脂と脂肉の大きな塊を口から垂らしてがつがつ食っているクロースアップがその忌まわしさを見せつける）、もはや耐えきれずに食卓から立ち上がり、よろよろとバラックに戻って、寝台に身を投げ出す。少しして、ほかの男たちもバラックに帰ってきて、全員寝台に横になっていると、看守二人と監督が入ってくる。看守の一人は鞭を持っている。先端に九本の紐が付いた、見るからにおぞましい道具である。よし、今日ちゃんと仕事をしなかった奴を一人出せ、ともう一人の看守が言う。誰かが選ばれ、シャツを剥がれて、鞭打ちを受けに連れ出される。ほかには？　と監督が訊く。一方の看守――このレッドって奴が今日卒倒したふりをしました。監督（レッドに近づいていきながら）――卒倒のふりだと？　レッド――お前らに何されたって構うもんか、どうだっていいんだ。監督は鞭をレッドの顔に突きつけ、これを見てみろ、と言う。その間アレンは自分の寝台から一部始終を眺め、夜ごと行なわれるこの気ぐれな刑罰をじっくり観察している。瀕死のレッドを監督が脅すのを見て、あまりに憤慨したせいで思わず人でなし《スカンク》という呟きがアレンの口から漏れてしまう。ほとんど聞こえない程度の声だが、監督は耳ざとく聞きとり、レッドを脇へ押しやってアレンに目を向ける。この場にあって、口答えのたぐいは許されないのだ。次はお前だ、と監督は新入りのアレンを指さして言い、それから看守二人に、こいつの臭いシャツを剥がせと命じる。二人はすばやくアレンのシャツを脱がせ、彼を立たせて、うしろから押して二列の寝台にはさまれた通路を歩かせる。鉄の枷をはめられたアレンは重い足どりで歩き、鎖ががちゃがちゃ鳴る。最初に鞭打たれる男がシーツか薄いカーテンのうしろに立っていて、胴部を裸にされたシルエットが見える。その影絵に向かって、鞭の影が空中を飛んでいくが、最初の一打ちがなされる前にカメラはアレンの顔、アレンの目に移り、ぞっとした表情で鞭打ちを見ている彼を映す。男の口から吠え声が飛び出すたびにアレンの顔が歪む。やがてアレンの番になり、ふたたび鞭打ちは画面の外で行なわれる。だが今回はもっとひどい。今回カメラはほかの男たちに向けられるからだ。二列の寝台に沿ってゆっくり移動ショットで動くカメラが、画面の枠外で行なわれているアレンの鞭打ちを見ようと首を回す男たちを映し出すと、全員の顔に例外なく浮かんでいるのは、まったくの無表情である。囚人仲間が生きたまま皮を剝がれているのも同然なのに、うつろな、投げやりな好奇心しかそこにはない。男たちはそれほど押しつぶされ、他人の苦しみにまったく無感覚になっている。ほとんど何の感情も残っていない。誰もが生ける屍《しかばね》なのだ。

カレンダーのショット――六月五日。アレンをはじめ五人の囚人が小屋の窓から外を見ている。仲間の一人がたったいま釈放されたのだ。友バーニーが刑務所の表玄関に向かって歩いていくのを彼らが見送るなか、カメラはバーニーに迫り、そのくるぶしと足先を映す。鎖はなくなっているのに、鎖の習慣はまだ体内に残っていて、ゆえにバーニーの足どりは囚人特有の短い、ちまちましたそれである。ついに自由になったのに、当面はまだ自由ではないのだ。みんなが別れに手を振り、バーニーも振り返し、アレンはここへ来た第一日目から仲よくしてくれている古顔ボマー・ウェルズに、まあとにかくここから本当に出られるってことだよな、と言う。アレンはこれまで四週間の刑期を務めた。ということはあと九年と四十八週。彼が鎖を見下ろしていると、窓際にいる男の一人が、そういえばレッドも今日出ていくんだなと言う。屋外にカット。病人の死体を収めた質素な棺がワゴンに積み込まれている。ここから出るやり方は二つしかない、働いて出るか死んで出るかだ、とボマーが言う。いままで逃げ出した奴はいないのかとアレンが訊く。男たちの一人が、いいや、絶対無理さ、鎖があって猟犬がいてライフル持った看守がいるんだから、と答えるが、ボマーはアレンを呼び寄せて囁く。ああ、いたとも、だけどそれには完璧な計画を立てなくちゃいかん、じっくり目を開けて待たなくちゃいかん、一年待って二年待って、それから（ここで肩をすくめる）いいいい一息にずらかるんだ。年配の男の忠告にアレンが思いをめぐらすとともに、画面はディゾルブしてふたたびカレンダーのショットとなる。紙が次々剝がれ、ひらひら落ちていく。六月、七月、八月、九月、十月、十一月……

アレンの計画は完璧か？　おそらくそうではあるまい。おそらくそれは、追いつめられた者の捨て鉢の行為、確実な死か捕縛の中へ衝動的に飛び込んでいく暴挙でしかないだろう。だがここはやってみるしかない。自分はほとんど何もしていないのに、己の意に反して法を破ったゆえに投獄されたのだ。あと九年半鎖につながれて過ごすくらいなら死んだ方がまだましだ。完璧な計画ではないにせよ、アレンにも一応案は、少なくとも案の最初の部分はある。そしてこれが一番重要な部分である。何はともあれ、枷が外れて足が自由にならないかぎりチャンスはないのだから。囚人の一人にセバスチャンというとてつもない大男の黒人がいて、並の男五人分の力があり、ハンマーの扱いが実に巧みかつ強力で、最初の日の朝、アレンが彼を見ていると、ボマーが皮肉な顔で、あいつ、あんまり働きっぷりがいいもんだから気に入られて一生出してもらえそうにないのさ、とコメントしたくらいである。ある暑い日の午後、陽は照りつけ風はそよとも吹かず、看守たちまでぐったりして注意散漫に陥っていると、アレンはセバスチャンのところに寄っていって、ハンマーで俺の足枷を叩いて歪めてくれないか、見た目にはわからなくて足は抜き出せる程度に、と頼む。厄介事は嫌なのではじめセバスチャンは渋るが、じきに連帯感が恐怖心に打ち克って、あんたがこの地獄から逃げるところ見てみたいからな、と言ってくれる。目下彼らは使われなくなった鉄道線路にいて、更地《さらち》を作るためレールを掘り起こしているところである。アレンがレールの一本をまたいで立ち、鎖が鉄のレールを横切るようにしてぴんとのばすと、セバスチャンがありったけの怪力を込めてハンマーを枷に叩きつける。それはひどく辛い作業であり、ハンマーが振り下ろされるたびにすさまじい痛みが伴うが、アレンは歯を食いしばって耐え、セバスチャンさえももう終わりだと思ったらしいところで、もう一回だけやってくれとせがむ。その夜寝台で、アレンは変形した枷を試験してみる。上手くよじれば足が抜けるようになったことが判明する。それから彼は足を枷に戻し、毛布をかぶる。隣の寝台からボマーが、いつやるんだ?と囁く。月曜、とアレンが囁き返すと、ボマーは彼に七ドルを渡す。それはボマーの全財産だ。アレンは受けとろうとしないが、友は持っていけと言って聞かず、逃げたらバーニーのところに直行しろ、バーニーならきっと助けてくれるはずだと忠告してくれる（紙切れに住所も書いてくれる）。ボマー――緊張してるか? アレン――少し。ボマー――ま、どうなろうとここよりはましさ。

一九三二年以降、アメリカ映画において何十回とくり返されてきたシークエンス。脱獄、追跡、囚人が一人森をかき分け沼を渡って逃亡するのを、武装した保安官代理たちが匂いに飢えたワンワン吠える犬たちを従えて追いかけ、遠くで汽笛が鳴る。だがこれはトーキー史上ほぼ最初の例であり、あの『ミリオンダラー・ムービー』の放映にたまたま行きあたってから五十年以上経った今日観てみても、監督ルロイの手際は完璧だと、いままで見た同様のすべてのシークエンスの中で最良の出来だと君には思える。囚人たちはなおも線路を解体していて、今日も深南部の暑い一日である。アレンは看守の一人に、出ます、と呼びかける。用を足しに行く許可を求めるときの決まり文句である。よし、あそこへ行け、と看守が言うと、ボマーがアレンの手をぽんと叩き、無言で彼の幸運を祈り、アレンは小さな丘を藪の中めざして下りていく。そして視界から出たとたん、座り込み、靴を脱ぎ、枷を外しにかかり、足を抜こうと枷を動かし、なおも動かし、それでもなお枷は抜けず、バラックでやってみたときよりずっと長くやってもまだ抜けず、逃亡の幸先はおよそ芳しくなさそうであり、何ひとつ計画どおりに行っておらず、画面は不意に看守を映し、アレンはどこにいるかと看守は藪の方を向く。もう時間はない、時間はほとんどない、ようやく枷が外れてアレンはまた靴を履き、藪の中を這って進み出す。もはや時間が経ち過ぎてしまった、もう逃げられない、と君はほぼ確信する。看守が叫ぶ、さあアレン、仕事に戻れ！――その瞬間アレンは立ち上がって走り出す、丸見えの標的となって林の中の更地を疾走していく、看守はライフルの狙いを定め、一発、二発と撃ち、三、四、五発と撃つがいまや更地は終わってアレンはふたたび林の中に姿を消す。看守たちが集合し、匂いに飢えた吠えまくる猟犬たちを連れて彼を追い、遠くで汽笛が鳴り、アレンは走っている、まだ走っている、追われる者と追う者たちとのあいだを映像が行き来するなか死に物狂いで走っている、カメラはいまやパニックを伝達する器具と化している、重ね継ぎされた映像の切り刻まれたようなリズムが恐怖を体現し、アレンの胸の中で激しく打つ心臓の鼓動を映像は忠実に模倣する。それは可視の闇（ジョン・ミルトン）だ――そう、人の心臓は見えない、だが展開はその鼓動をそっくり真似ているのだ、あたかも心臓が可視になったかのように、あたかも体全体が心臓になったかのように。やがてアレンは立ちどまって息をつき、倒れまいとして木に寄りかかり、すると前方に一軒の家の裏庭が見え、庭には洗い立ての洗濯物がロープに干されている。アレンは家の方に飛んでいき、ロープから服を摑みとり、木々の中に駆け戻る。幸運な展開である——このまま看守たちから逃れられるとすれば。縞の囚人服を脱いで新しい服を着るには時間がかかり、その間に追跡者たちとの距離も縮んでしまうが、何としても囚人服は捨てねばならない。それが逃亡の絶対条件だ。かくしてアレンは服を脱いでもう一方の服に着替えるが、やっとまた走り出せるようになったときには犬たちが危険なほど接近していて、狂乱の吠え声は毎秒ますます大きくなっていく、だがアレンはまだ先を行っている、かろうじて見られずに済むくらい先を行っている、そしていま彼は背の高い雑草のただなかを走っている、雑草のすぐ先には川が、小川があって水が流れている。次はどうするか考えもせずにアレンは水の中に踏み込み、次の瞬間にはもう腰まで水に浸かって、水面から突き出ている葦《あし》を一本むしり取り、管に強く息を吹き込んで空気が通るようにし、それから、葦の管を呼吸装置にして水中へ潜っていく。映画のすべてのショットの中で、ここが一番頭に残るショット、この映画を観たことを君が想うたび真っ先に思い浮かぶショットである。それは悪夢の重みをたたえたショット、憑かれた映像だ——アレンは葦を口にくわえて水中に潜み、何もかもが静まりかえり、映画からは何の音も発せず、アレンの体はぴくりとも動かずに、いつ突然自分の身に何が起きるかを思って恐怖に凍りつき、看守たちと犬たちが川に近づいてきて、一人が水の中に入り、少しのあいだその両脚がアレンの動かぬ体から十数センチのところまで近づいて、あと一歩進んだらアレンにぶつかると思えるがその一歩を看守は踏み出さず、仲間の看守と話しあってよそを捜すことに決め、アレンはようやく立ち上がって向こう岸へ歩いていくことができる。

まだ追われているかと、さっとうしろをふり返る――だがもう誰もいない、あるのは地と空と水だけ。画面が暗転する。

　夜の大都市。明るく照明の灯った大通りで、車が四方に流れていく。喧噪と人波。一足の靴にカット。ゆっくり、引きずるような足どりで歩いている男の靴。カメラが上に傾き、アレンの姿――汚れていて、ひげも剃っていない、疲れはてた、歩道をさまよう、誰でもない名なしの人間。彼は紳士衣料品店の前に立ち、数秒後には店内に入っていて、全身鏡に映った我が身を眺めて新しいスーツを吟味している。次はひげ剃り《シェーヴ》だと床屋に入るが、これがまさに間一髪《クロース・シェイヴ》の危機を招く。ひげを剃ってもらっている最中に警官が入ってきて、空いた席にどかっと座り、ジェームズ・アレンという名の脱獄囚の話を床屋相手にやり出すのだ。背丈は一七五センチ程度、濃い黒髪、茶色い目、筋肉質の体格、三十歳前後。きっとじき捕まるさ、奴らは大都市を抜け出す前にいつだって捕まるんだと警官は言う。ひげ剃りが終わるとアレンは警官に顔を見られぬよう頬を盛んにこするが、床屋はその仕草を見て剃り方が気に入らなかったのかと誤解し、どうですか？　十分に剃れました？　と訊く。アレンは（頷きながらドアを開けて）ああ、十分だとも、と答える（「十分に剃れました？」=Close enough? は「間一髪でしたか？」の意にもとれ、「ああ、十分だとも」=Plenty は「ああ、まさに間一髪さ」の意にもとれる）。別の通りを歩いているアレンにカット。まだ同じ夜で、床屋を出てから数秒、数分後であり、アレンは手に持った紙切れを見ている。バーニーの住所だ。それは一軒家でもアパートでもなく、小さなくたびれたホテルである。元気一杯の、都市生活の裏側に通じたチェインギャング仲間はアレンを温かく迎え、いいとも、かくまってやるよ、しっかり世話してやるよ、何でもしてやるからさと言ってくれる。バーニーの商売がいかなるものかははっきりしないが、どうやらある種の売春宿経営、もしくは密造酒製造、あるいはその両方なのか、アルコールはたっぷりあるし（アレンは緊張しきっているのでバーニーが酒を注いでくれても、明日も大変な一日が控えているからと言って断る）、女たちも呼べばすぐ飛んでくる。俺は今夜ちょっと出ないといかん、仕事があるからとバーニーは言うが、立ち去り際、お前がくつろげるよう誰かを手配するよとアレンに告げ、程なくリンダが入ってくる――二十代なかばか後半の魅力的な女性、侘《わび》しく物憂げな、人なつこい、明らかに堕ちた女。バーニーは彼女をアレンに紹介し、こいつ俺のダチでさ、チェインギャングから逃げてきたんだよ、とあっさり言ってのけ（アレンは縮み上がる）、部屋から出ていきながら彼女に、しっかり面倒見てやってくれよベイビー、俺のお客さんなんだからと念を押す。バーニーがいなくなると、気まずい沈黙が生じる。この展開に、アレンはおよそ心の準備が出来ていない。状況のプレッシャーはあまりに強く、女の前でガードを解く気になれないのだ。チェインギャングから脱走したなんてあんたすごいわねえ、と女は感心して言い、自分は味方なのだと伝えようとする。が、アレンにキスしようとリンダが寄ってくると、アレンは彼女を拒み、君にしてもらえることは何もないんだ、と言う。が、リンダが酒を注ぎにテーブルへ行くと、アレンはその体を舐めるように眺め、脚、腰、尻を吟味し、彼女に魅了されるのを感じ、彼女の優しい、憂い気味の善良さに抗《あらが》いがたく惹かれていく。リンダは彼を讃えてグラスを持ち上げる。あんたみたいにガッツある人ならきっと大丈夫よ、と彼女は言い、そこからふたたびアレンのそばに来て、彼が座っている椅子の肱掛けにちょこんと乗って、彼の肩を撫でる。あんたが何考えてるかはわかるわ、と彼女は言う。大丈夫、あたしたちは仲間なのよ……堕ちた男に堕ちた女が与える気遣いと情け。二人がベッドを共にするものと観る者は予想するが（ハリウッドの製作倫理規定は当時まだ発効していなかった）、このシーンの良さは性的欲求とはほとんど関係がない。ポイントは優しさなのだ。初めから終わりまでアレンがひたすら辛い道を歩むこの映画にあって、ここでのリンダとの束の間のやりとりは、作品全体でおそらく一番優しさに満ちた場面である。

翌日アレンはついにハンバーガーを得る。午前か、午後早くのことで、たったいま彼は州境を越える列車の切符を買ったところである。これで法の手の届かぬところへ行って、新しい人生に乗り出すのだ。ところが列車が定刻より遅れ、発車まで時間をつぶすしかないので、ここは奮発して戸外のフードスタンドでハンバーガーを食べることにする。あっという間にひとつ平らげ、続けざまにもうひとつ注文する。言うまでもなく、アレンはその二つ目のハンバーガーを食べずに終わる。この物語において、ハンバーガーが不吉な予兆であり不運への序曲であることはすでに明らかなのだ。ハンバーガー2に一口齧《かじ》りつく間もなく、警察署長が現われる。部下数名を連れて誰かを捜している。犯罪者が逃亡したのだ。当然その犯罪者とは自分のことだと思って、アレンはハンバーガーを手放しフードスタンドから後ずさる。列車はいまにも発車しようとしている。危険を避けて、警官に見られぬよう反対側に回って乗車しようとするが、いまにも車両に上がるステップに足を載せようというところで、いたぞ、あそこだ！と声がして警察官たちがにわかに彼の方に走ってくる。万事休す、これまでの苦労も水の泡かと思いきや、これは杞憂《きゆう》であり、逃亡した犯罪者とは襤褸《ぼろ》を着た放浪者であることが判明する――アレンが立っている場所からほんの一メートルくらい、車両の下にまたもう一人「忘れられた男」がうずくまっているのだ。警官たちがこの見知らぬ悪漢をパトカーに引っぱっていくとともにアレンは列車に飛び乗る。ふたたび間一髪の危機脱出、しかしこの直後にまたしても危機が生じる。車掌がアレンの切符にはさみを入れながら、警察がまだ脱獄囚を捜していることを彼に伝える。ところが車掌はそれから別の車掌の隣に腰を下ろし、まもなく二人はアレンの方をちらちら見はじめ、たがいに耳打ちする。間違いない、アレンの容貌がお尋ね者のそれと合致するか思案しているのだ。すばやいカット――アレンの埃まみれの靴のクロースアップ。彼はすでに汽車を降りて歩いている。さらにカット――今回は疾走する自動車。自動車に地図が重ねられ、自動車が列車に変わり、列車は地図を北上し、最終目的地シカゴへ向かう。やがて地図も列車も溶けてなくなり、都市が現われる。立ち並ぶ高層ビル、点滅する街の灯、喧噪、そして自由。

アレンの人生がふたたび始まり、まず彼はトライステート土木会社の雇用事務所の外に立っている。遠からぬあたりで橋が建築中であり、アレンの左側の壁には**求人**の札が掛かっている。これこそ戦争から帰ってきたときにやりたかった仕事、探したのに見つからなかった仕事である。きっとここでも同じこと、どうせまた断られると君は確信している。いまや君はアレンを呪われた人間と、いつも何かがおかしくなってしまう人間と見るようになっているのだ。君を心底仰天させることに、雇用事務所のカウンターの中にいる男は言う――じゃあひとつ働いてもらおうか。君の胸ににわかに希望が湧き上がり、ひょっとしてとうとう運が向いてきたんだろうかと思えてくる。名前は？と男に訊かれてアレンは考えずにアレンと答えるが、それってファーストネームかラストネームか、と男に訊かれると一瞬ためらい、自分を新しく作るチャンス、新しいアイデンティティを身につける機会が降って湧いたことを悟って、ファーストネームです、フルネームはアレン・ジェームズですと答える。ちょっとまずいんじゃないか、と君ははじめ思う。そんな見え透いた入れ替えなんて、すぐ見抜かれてしまうんじゃないか。だが君はさらに考え、ファーストネーム二つでフルネームが出来ているいろんな人々のことを思ってみると、まあこれでいいのかもしれないという気がしてくる。ヘンリー・ジェームズをジェームズ・ヘンリーとひっくり返したら、こちらミスタ・ヘンリーですと紹介されてミスタ・ジェームズのことを思いつく人がいるだろうか？　たぶんいるまい。とはいえ、もっと根本的に変身した方がよかったのにと君はやはり思ってしまう。たとえばエドモン・ダンテスがモンテ・クリスト伯爵に生まれ変わったように。そう言えばあれもやはり、不当に投獄され脱獄した男の物語だ（君はその小説をすでに読んでいて伯爵の身の上はよく知っている）。だがダンテスは財宝を発見するというありえない幸運に恵まれ、生者の世界に復帰したときにはフランス一の大金持ちになっていた。アレンは極貧の身、一文なしの人間である。ダンテスは復讐を欲したが、アレンが欲するのは橋を造ることだけだ。

カウンターの向こうの男は明日朝八時に出勤するようアレンに言う。アレンの雇用証の画面いっぱいのクロースアップとともにシーンは終わる――**年　1924。職種　作業員。日給　4ドル。**

時は過ぎた。どのくらい過ぎたかは不明だが、アレンは戸外で働いている。午後の陽が照りつける下で仲間たちとともに汗を流し、つるはしをふるって溝を掘っている。もはや岩を砕いてはいないし、持っているのも大きなハンマーではないが、鎖がないことを別とすれば、君の目にそれは気が滅入るほど見慣れた情景と映る。それは新しい形の監獄労働だ。鞭もライフルもないし、悪意に満ちた看守もいないが、給料はおそろしく安く仕事は重労働である。この人は永久に泥から這い上がれないんじゃないか、と君は絶望してくる。それが映画の伝えていることであるように思えてくる。持たざる者たちにとって世界は牢獄であり、底辺に位置する無産者たちは犬と大差なく、鎖につながれて働こうがトライステート土木会社に有給で雇われようが、自分の人生を支配する力がないことに変わりはない……シーン冒頭部からはそんな印象を受ける。だがこれが誤解であることを君はじきに知る。この出だしは意図的なはぐらかしなのだ。というのも、こうした暗い解読を君が行なった直後、職工長がアレンのところにやって来てこう言うのだ――よう、ジェームズ、あそこの曲がり目のところどうするか、お前が出したアイデア、あれすごくよかったぞ。あれはジェームズの提案なんですってボスにも言っといたからな。アレン――そうなんですか？　そりゃどうもご親切に。職工長――お前、じきにつるはしともおさらばだと思うぜ。アレンの新しい雇用証のクロースアップにカット。**年　１９２６。職種　職工長。日給　９ドル。**

アレンは着々と出世している。翌一九二七年には測量技師の地位に昇進していて日に十二ドル稼ぎ、一九二九年には副監督として日給十四ドル、そこからしばらく経つと（年、給料は不明）いまや会社の幹部の一人になっている。総合現場責任者として、個人オフィスのドアには金の浮き彫り文字で名前と肩書きが刻まれている。襤褸着と零落から、上等な服を着て万人に敬われる身への、ついに橋を造る人への変身。アメリカ流成功物語の完璧な手本である。勤勉、向上心、知恵によって意味ある達成と富の世界に人は上がっていけるのだという生きた証し。物語はここで終わるべきだ。美徳が報われ、正義の女神の震える天秤がいまや完璧に釣りあって静止する。だがアレンの過去はつねにアレンの過去である。ゆえに、問題が生じる。アレンの人を信じすぎる性格（そんな性格だからこそあのハンバーガーの一件でも強盗犯ピートについて行ったのだ）が元となって幸福への障害が生じる。厄介事が彼の周りに集まってくる。厄介事は増える一方である。今回それはマリーという名の女の形をとって現われる。セックスに飢えた、強欲なこの金髪女は一九二六年にアレンに部屋を貸し、まもなく彼の情婦となった。マリーは抜け目のない、良い獲物があればすぐそれと見抜く女であり、ハンサムで働き者のアレンはまさに掘り出し物だったのだ。アレンがトライステートで出世の梯子を昇っていくなか二人の関係は三年続くが、彼女に対する思いをアレンはもはや失っている。愛情も好意もないし、肉体的欲求の炎はとうの昔に消えている。やがてある日、別の住所に移ることを彼はついに決断する。荷造りしているところへマリーが入ってくる。きっぱり別れようと言うにはアレンは心優しすぎるが、それでも勇気をふるって、僕は君を愛していないと（ふたたび）彼女に告げる。瞳の色を変えられないのと同じで、君に対する気持ちを変えることはできないんだ、と。マリー（腰に手を当て、敵意の目でアレンを見て）――出ていく理由はそれだけ？　アレン――それで十分だろう？　マリー――どうかしらねえ。そりゃまあ、男が女を捨てようと思ったら何だってやるだろうけど。チェインギャングに逆戻りってことにならないかぎりね……あんたのほんとの居場所に。

秘密は知られてしまった。なぜなのかわからない、だが知られてしまった。投獄されていた州から何百マイルも離れてイリノイ州に、北部にいるというのに。これまで五年、自分の過去のことは誰にも漏らさなかったのに、秘密はもはや秘密でなくなり、それを嗅ぎつけたのは捨てられたマリーなのだ。どうやって？　彼女はアレンが住む下宿屋の女将《おかみ》であり、送られてきた手紙を本人より先に見られる立場にある。そしてアレンの兄クリントが、あの大馬鹿敬虔居士が、アレンに手紙を寄こしたのだ。知らせておいた方がいいと思って一筆書く。警察はいまもお前を捜している。捕まったらまたあと八年鎖に繋がれた辛い日々が来るかと思うと私の血は凍りつく。また何かあったら連絡する。草々　クリント。この手紙をマリーに横取りされたいま、アレンの運命は彼女の手中にある。そんなに僕が憎いのか、真実を暴露しようと思うほど？　いいえ、あんたを守る理由ができればそんなことないわ、とマリーは言う。それ、どういう意味だ？　とアレンは訊く。あんたがあたしの亭主なんだったら黙ってるってことよ、と彼女は答える。この脅迫にアレンが反応する間もなく、マリーは部屋から出ていく。指一本持ち上げずに、彼女はアレンにパンチを喰らわせ服従させたのだ。アレンは一瞬よろめき、本当にパンチを喰らったかのように後ずさる。よたよたと椅子に座り込む彼の目を見た君は、たったいま都市が丸ごと焼け落ちるのを見た人間を思い浮かべる。その表情は奇妙かつ陰惨である。ほとんど微笑んでいるものの、それは奇妙で陰惨な笑みである。叩きつぶされた、いずれ叩きつぶされるしかなかったことを知っているがゆえに微笑んでいる男の笑みである。やがてその笑みも消えて、アレンの目には涙がたまり、決意はいまやすっかり崩れ、いまにも泣き出しそうな様子。自分が罠にはまったこと、一生出られぬ罠にはまったことを彼は知っている。どれだけ必死に頑張っても、逃げ道はないのだ。

言うまでもなく、結婚生活は悲惨なごまかしである。妻はアレンに隠れて浮気し、彼に嘘をつき、彼の金を遣いまくり、それでもアレンにはどうしようもない。仕事は上手く行っていて、名声も高まる一方であり、シカゴでも指折りの土木技師と見られているが、私生活はおよそ生活とは言えず、新しいアパートメントに帰るとまず最初の仕事はマリーの連夜のパーティの残骸たる吸殻の山を灰皿から空け、空のジンの壜を捨てることである。やがてアレンは、トライステートの社長が催したお洒落な集まりで(マリーは出席しない――「いとこ」に会いによその町へ出かけているのだ)へレンという名の女性と出会う。彼と同じ、よるべない孤独な人物。あいにく君の趣味からすると少し面白味に欠けるが、育ちはいいし、マリーの冷酷さとは対照的に温和で気さくな人柄である。何か月かが過ぎ(ふたたびカレンダーがひらひらと剝がれ、建築現場の映像と重なり、ドリルの音が伴う)、新たに知りあったこの女性と恋に落ち人生が思いがけず好転してきたことに勇気づけられて、アレンはマリーと対峙し、離婚してくれと要求する。君が望むものは何でもあげる、とアレンは約束するが、マリーは涼しい顔で（カウチに寝そべって煙草を喫い、たぶん少し酔ってもいる）あたしはいまのままで満足よ、これで幸せなのよ、あんたを手放すなんてできないわと答える。マリー——あんたはいつの日か大物に、大金持ちになるのよ、あたしもしっかりついていくわよ。アレン——でも僕は別の女性に恋してるんだ。マリー——あぁぁぁらそれは残念ねえ。アレン——まともに取りあってくれたらどうだ？　マリー——まともに？　じゃあ何、あんたとあんたの恋人で、あたしのことおっぽり出そうってわけ？　アレン——君が道理を聞いてくれないなら、こっちもそれなりの手を打つぞ。マリー——打ってごらんなさいよ、あんた囚人の身に逆戻りよ。アレン——君と暮らすのだって囚人みたいなものさ。マリー（カッとなって）——そんなこと言って後悔するわよ！　アレン（彼女の体を乱暴に摑んで）——おい、いいか。君はもうずいぶん長いこと僕を恐喝してきた。もうたくさんだ。君はずっと僕にはったりをかませていた、そして僕は愚かにも、意気地なしにも君の言いなりになってきたんだ。マリー——何よこのろくでなしの服役囚が。はったりだって？　見ててごらんよ。

　こうして逃亡物語の最終章が始まる。アレンが商工会議所の代表者たちと会合し、新しい橋の素晴らしいお仕事についてどうか次の晩餐会で基調講演を、と依頼を受けているさなかに、警察官たちがオフィスに入ってくる。頂点にのぼりつめたかと思いきや、マリーが非情の約束を実行し、一気に底まで堕ちていくのだ。とはいえ、アレンを南部の刑罰システムのただなかに送り返すのはそれほど単純な話ではない。こうした移送には一定の儀礼が絡み、引き渡しをめぐる法律が遵守されねばならない。イリノイ州知事とシカゴ主席検事は彼の引き渡しを拒否する。新聞の見出しがスクリーンに広がる。**シカゴ、アレン氏をチェインギャングから守るべく戦う。**これに南部の反応が続く――**地元チェインギャング管理当局、シカゴの協力拒否に激怒。**さらにこれを受けてアレンを擁護する社説「これが文明か？」が掲載される――「今や地域社会の名士となった人物に中世の拷問の影が忍び寄るなか、我等は手を拱《こまね》いて見ているのだろうか？　ジェームズ・アレンはこの世の地獄に送り返されねばならぬのか？」。さらにこれを受けて、**州権はどうなったのか？**という見出し――「或る州の知事が他州の権利を認めようとせぬとは何たる嘆かわしい事態か」。アレンがこのまま耐えていれば、論争もやがて鎮まって忘れられ、彼は自由な人間としてイリノイにとどまりヘレンと結婚し、さらに橋を造ることができるだろう。だがこの逃亡者は、そうするにはあまりに名誉を重んじる人間である。自分のためにならないほどに善良である。南部の当局が妥協案を提示してくると、彼はきっぱり身を潔白にしようとそれを受け容れる。九十日だけ戻ってくればいい、と当局は言ってくる。これが恩赦を得るのに最低限必要な刑期だというのだ。いやいやもちろんチェインギャングに戻るには及ばない、どこかの刑務所の事務仕事を用意するから、と彼らは請けあう。君はまだ十四歳の子供だが、そんな君にもこんな嘘は見抜ける。破滅がアレンの身に迫っていることを君は感じとるが、アレンの決意は固い。かくして逃亡者がヘレンに別れを告げ南へ向かう列車に乗り込むのを君は暗い気持ちで見守る。ひとたび南部に着いたアレンは、担当の地元弁護士ラムゼイ氏と面談する。氏が真っ先に関心を示すのは、多額の顧問料の前払い分をアレンから受けとることであり、アレンが小切手を書いてからようやく、ラムゼイは彼に、ここは変わった州でしてね、知事もちょっと変わり者なんですよと告げる。どうやら事務仕事というのははっきり決まった話ではなく、六十日ばかり外で働かないといけないかもしれないという。哀れアレンは、ひそやかな、皮肉っぽい笑みを浮かべる。それは追いつめられた男の笑み、またひとつ敗北を受け容れるほかない男の笑みだ。六十日。どうしてもというなら仕方ない。それでこの忌まわしい一件とおさらばできるなら、六十日耐える価値はある。

その後の数日、数週間、数か月、アレンに対し北部でなされた約束は少しずつ、ひとつ残らず反古《ほご》にされていく。第一段階。アレンはタトル郡囚人収容所に入れられる。州で一番過酷なこの収容所のバラックに看守がアレンを乱暴に押し込み、また逃げようとしたら撃ち殺すからなと監督が脅す。唯一の慰めはかつての友ボマー・ウェルズが仲間にいることだが、監獄理事会と結んだ、六十日刑期を務めたら恩赦になるという取決めのことをアレンが話し出すと、ボマーはきっぱり切り捨てる――そんな単語、ここじゃ聞いたこともないぜ。アレン――まあちょっと痛い目に遭わせようっていうんだろうけど、ちゃんと恩赦になるんだよ。ボマー――いいか、小僧。ここに来た人間に恩赦出すなんて、奴らはそんなこと考えちゃいないよ。ここが最後なんだ。これでおしまいなんだよ。

丘全体のワイドショット。石と空から成る茫漠たる風景の中で数十人の男がハンマーをふるって働き、黒人の男たちのコーラスが黒人霊歌《スピリチュアル》を歌っている。映画が始まって初めて、物語はもはや単にアレンとその苦しみをめぐるものではなくなる。いまやそれは、野蛮な刑罰と残虐さから成るシステム全体についての物語だ。スピリチュアルの歌詞が丘から立ち上がってくるなか、南北戦争が終わったのはまだ六十七年前にすぎぬこと、新世界において二世紀半以上にわたり多数の男女が奴隷として働かされたことを君は思い起こさずにいられない。そしてこの映画が作られてから二十九年経った現在の一九六一年にいる君は、これが封切られたわずか数か月後にヒトラーが権力の座に就いたという事実に思い至り、それゆえこの一九三二年アメリカの囚人収容所を、第二次世界大戦の死の収容所の先触れとして考えずにはいられない。これは人非人に動かされる世界の姿なのだ。

第二段階。監獄理事会。アレンの側に立つのはラムゼイ弁護士と兄クリントである。アレンの美徳がたたえられ、チェインギャングの短いショットが入り、アレンが大きなハンマーをふるい黒人男性のコーラスがふたたび聞こえる。数秒後、画面は審理に戻り、裁判長がチェインギャングの制度を熱を込めて擁護する。悪夢の論理でもって、この制度が科す規律によって囚人の人格が向上しうると裁判長は訴える――たとえば、ジェームズ・アレンの人格向上がそのよい例であります。第三段階。恩赦は却下される。クリントが判決を弟に知らせに行くと、鉄格子の向こう側に立つアレンは怒りを爆発させ、彼の人生を奪った嘘つきや偽善者たちを罵倒する。冷静さを決して失わぬ、どこまでも聖職者ぶったクリントは、一年間模範囚としてふるまったら釈放してもいいという理事会の決定を弟に伝える。もうすでに三か月服役したんだから、あとたった九か月じゃないか。アレン――九か月！　こんな拷問を九か月――冗談じゃない！　冗談じゃない、絶対やるもんか！　何とかしてここを出てやる――殺されたって構うもんか！　第四段階。アレンは言われたとおりにする。ほかに選択肢はなく、あと九か月とどまることに同意する。カレンダーのページが剝がれ落ちていまひとたび何か月かが過ぎ、その背後に丘が見えて、ハンマーで石を砕いている男二百人のワイドショット。黒人の男たちのコーラスが続く。第五段階。ふたたび監獄理事会。ラムゼイ（裁判長に）――そして最後に申し上げますれば、ジェームズ・アレンは丸一年ずっと模範囚であったのみならず、すでに提出いたしましたとおり、彼の恩赦を求める無数の組織や著名人から嘆願書が届いております。バラックにカット。監督が入ってきて、審理の最終報告が来たとアレンに告げる。

寝台の上で身を起こしたアレンは、打ち砕かれ、なかば死んだようになかば狂ったように見え、全面的崩壊の一歩手前まで来ているように思える。それで？　監督――決定延期、無期限。

アレンの顔。その瞬間アレンの顔に起きること。涙が目にたまってくるとともに皺くちゃになりバラバラに崩れる顔のクロースショット。口が引きつる。体が震える。アレンは両こぶしを握りしめ寝台に倒れ込む。もはや何も見えておらず、もはやこの世界にいない。両のこぶしを宙に突き上げる。弱々しい、痙攣《けいれん》のような突き――何にも向けられておらず、何にも当たらない。画面が暗転。

今回はボマーと二人で脱走する。ボマーは撃たれて死ぬが、ただでは死なない――アレンがダンプカーを盗むのを助け、追っ手の車が来るのを阻止すべく道路にダイナマイトを落とし、息を引きとる直前、してやったりと笑ってみせる。老いた友が息絶えたあと、アレンはトラックの後部を操作する歯車を使って鎖を切断する。それから、ふたたびダイナマイトを使って橋を爆破し追跡を断ち切る。こうした展開に夢中になっている君は、橋を造る人アレンが自らの命を救うために橋を爆破しているという皮肉にも思いあたらない。

新聞の見出しや記事が立てつづけに現われ、その背後でさらにカレンダーがはらはら落ちていく。最後の見出しは、**ジェームズ・アレンは今いずこ？　ここにも一人「忘れられた男」？**――「一年余り前、ジェームズ・アレンはチェインギャングからの二度目の華々しい逃亡を遂げた。以来、消息は一切判っていない……」

彼が東海岸か西海岸のどこかで安楽に暮らしている姿を君は想像する。あるいはどこか南米の国か、ヨーロッパで、新しい、もっと偽名らしい偽名で新たな生活を築いている姿を。己に対して為された数々の不正を彼は生き延びた。どれだけ残酷な仕打ちを受けてもつねに勇気と創意を発揮し、地獄の底から二度脱出した非凡なる人物。完璧な英雄とは言えぬまでも、不可能を可能にした彼は間違いなく英雄的であり、君のこれまでの限られた経験に照らすかぎり映画の中の英雄的人物は最後にかならず勝利を遂げるのだ。ところがいま、最後の新聞記事も消え、画面はふたたび暗転し、物語が再開されるとそこは夜、アメリカのどこかの暗い夜であり、自動車が一台ガレージに入っていこうとしている。女が一人車から降りる。薄暗く照らされた車寄せを彼女が進んでいくなか、それがヘレンであることを君は見てとる。何か音がして、ヘレンは立ちどまる。誰かが闇の中に隠れている。男が一人、彼女を待っていたのだ。そしていま男はそっと彼女の名を呼び――ヘレン、ヘレン、ヘレン――カメラが男の方を向く。それはアレンである。服はボロボロ、ひげも伸び放題、もはや崩壊の一歩手前どころか崩壊の彼方に行ってしまっている。一年前に脱獄した姿とは別人のようだ。ヘレンは彼の許に駆け寄り、その体に触れ、彼の名を口にする。どうしてもっと早く来てくれなかったの？　怖かったんだ、とアレンは答える。だけど手紙くらいくれても、とヘレンは言う。カメラがアレンの顔に迫ると、それはもはや囚人の絶望し打ちひしがれた顔ではなく、追われる男の顔、神経がズタズタにされ目には恐怖しか浮かんでいない逃亡者の顔だ。危ないんだ、いまだに追われているんだよ、と彼は言う。仕事もいろいろやったけどいつも辞める破目になる、何かが起きて誰かが現われるんだ。昼はずっと部屋に隠れて、夜に移動する。友人もいないし、休みも、安らぎもない。許してくれ、ヘレン。危険を冒してでも君にもう一度会わずにいられなかったんだ――さよならを言うために。それだけ言って彼は黙る。ヘレンは彼の腕の中に身を投げ出し、しくしく泣く。こんなはずじゃなかったのに、と彼女は言う。そうとも、こんなはずじゃ、とアレンは言い、それから、声に烈しい恨みを込めて――奴らがこんなふうにしてしまったんだ。

突然、闇の中から物音がする。車のドアが閉まる音？　近所の人間が歩いてくるのか？　アレンはヘレンの腕から身を振りほどき、上を見て、周りを見る。目はパニックにギラギラ光っている。彼はヘレンに囁く――もう行かなくちゃ。ヘレン――どこへ行くか教えてくれないの？　アレンは首を横に振る。いまやヘレンから後ずさり、闇の中に消えつつある。ヘレン――手紙をくれる？ふたたびアレンは首を横に振り、なおも後ずさる。ヘレン――あなた、どうやって生きていくの？彼はもうすでにすっかり暗闇に呑まれてしまっている。まだそこにいるのに、もはや姿は見えない。彼の声が言う――盗むのさ。

いまやあるのは暗闇と、夜の中へアレンが駆けていく足音だけ。

忘れがたいその最後の二語――I steal.

忘れがたい――そして初めてこの映画を観たとき君はまだひどく若かったから、忘れていない状態はもう何十年も続いている。

タイムカプセル

Time Capsule

自分は何の痕跡も残さなかったと君は思っていた。少年時代から思春期にかけて書いた小説も詩もすべて消滅し、幼年期から三十代なかばは写真も数枚しかなく、若いころやったこと言ったこと考えたことはほぼすべて忘れられ、覚えていることもたくさんあるにせよ覚えていないことの方がずっと、おそらく千倍くらい多い。君が八歳になるころオットー・グレアムがくれた手紙はなくなってしまった。スタン・ミュージアルからの葉書もなくなった。十歳のときにもらった野球のトロフィーもなくなった。小さいころ描いた絵、手書きの文章、クラス写真、通知表、サマーキャンプの写真、ホームムービー、チーム写真、友だちや両親や親戚からの手紙もいっさい残っていない。君が生まれた二十世紀中期は、安価なカメラの時代であり、戦後の好景気の日々アメリカじゅうの中流階級の家族がシャッターの虫に憑かれた。そんななかで君の人生は、君が知っている誰よりも記録に乏しい。どうしてこんなに多くが失われてしまったのか？　五歳から十七歳までは家族とともに一軒家で暮らし、引越しも一回しかせず、この時期にはまだ大半の持ち物が手付かずで残っていた。が、君の両親が離婚したあとは、もはや定まった住所はなくなった。十八歳から三十代前半までのあいだに君は何度も引越し、移るときは物もあまり持たず、六か月以上滞在した場所は十二か所、二週間から四か月短期滞在した場所となるともう数え切れない。腰は落着かないしスペースも乏しいことが多かったから、過去の遺物は母親のところに預けたが、母親もやはりいっこうに腰の定まらない人物で、六〇年代なかばから七〇年代前半にかけて二番目の夫と一緒にニュージャージーのアパートメントや一軒家五、六軒を転々としたのち、南カリフォルニアに移り住んでからもその後十五年ばかり一年半ごとに引越す日々が続いた。はてしない売買熱に母は憑かれていて、コンドミニアムを買っては手を入れて買い値よりずっと高く売ることをくり返し（母の室内装飾の腕前は大したものだった）、長年そんなふうに行ったり来たりするうちに、段ボール箱が詰められては空にされ、いろんな物が否応なく無視され忘れられて、少しずつ、君の幼いころの痕跡のほとんどすべてが抹消されていった。日記をつけておけばよかった、といまになって君は思う。自分がどんなことを考え、世界の中をどう動き、人とどんなことを話したか、本や映画や絵画にどう反応したか、会った人や見た場所についてどう思ったかを逐一記録しておけばよかったと思うが、君は自分について書く習慣を育まなかった。十八歳のときに日誌を始めてみたが、どうも落着かず、照れくさく、何のためにやるのかいまひとつピンと来なくて二日でやめてしまった。それまで君は、書くというのは内から外へ動く営みだと、他者に届こうとする行為だと考えていた。君が書いた言葉は君自身ではない誰かに読まれるべきものであり、たとえば手紙は友人に読まれ、学校のレポートは課題を出した先生に読まれたし、詩や小説に関しては、誰か未知の人物、誰でもありうる架空の存在に読まれるはずのものだった。日誌でわからないのは、いったい誰に向けて語ればいいのかだった。自分に向けて語るのか、それとも誰か他人に向けてか。自分にだとすれば、何とも奇妙でややこしい話に思える。なぜわざわざ自分がもう知っていることを自分に語るのか、ついさっき経験した出来事をなぜわざわざ再訪するのか。逆に誰か他人に語るのだとしたら、その他人とは誰なのか、他人に向けて語る営みがどうして日誌をつけることになるのか？　あのころ君はまだ若く、やがて自分がどれだけ多くを忘れることになるかがわかっていなかった。現在に没頭するあまり、実は未来の自分に宛てて書いているのだということが見えていなかったのだ。かくして君は日誌を放棄し、以後四十七年間、少しずつ、ほとんどすべてが失われていった。

この本に取りかかってからおよそ二か月後、最初の妻から電話がかかってきた。過去三十四年君の元妻でありつづけてきた、作家で翻訳者のリディア・デイヴィスである。一定年齢に達した文学者がよくやるように、彼女も自分の資料をある研究図書館に移す準備を始めていた。整理の行き届いたアーカイブに文書を譲渡し、他人の書物について本を書こうとしている学者が草稿を熟読しメモを取れるように計らう。君自身もすでに同じことをやって、それによって山のような文書を始末していた。場所ふさぎが処分できたことが有難くもあったが、それと同時に、ニューヨーク公共図書館バーグ・コレクションを運営する善良な人たちが丹念に管理してくれると思うとそのことも嬉しかった。リディアが言うには、譲渡を考えている文書の中には君が彼女に宛てて書いたすべての手紙が含まれているという。手紙自体は彼女のものであっても、手紙の中の言葉は君に所有権がある。まずはコピーを作って送るから目を通してほしい、人前に出すには個人的すぎるとか気まずいとか思う部分があるかどうか教えてほしい、とリディアは言った。あなたが駄目だと言う手紙はすべて出さずにおくし、そもそも手紙全体が世に出ること自体気が進まないということであれば、全部を一定の年月——二人とも死んでから十年、二十年、五十年——封印しておくこともできる、と。まっとうな依頼である。若いころ自分が彼女に頻繁に手紙を書いたことは君も承知していた。特に一九六七年から六八年、彼女がロンドンにいて君はまずパリにそれからニューヨークにいて十四か月の長きにわたり離ればなれだった時期にはよく書いた。が、どれくらい頻繁に書いたかは見当もつかなかったから、全部で百通くらいあって五百枚を超えると彼女から言われ、まずはその数字に驚いてしまった。大昔の、ほとんど忘れてしまった、海と大陸を越えて飛んだ、いまはニューヨーク州北部にあって箱に収まっている一連のメッセージに、かくも多くの時間と労力を費やしたことに我ながら愕然とした。事務用の封筒が定期的に届くようになり、一度に二、三十枚手紙が入っていた。君がまだ十九歳だった一九六六年夏までさかのぼり、その後何年も、七〇年代後半に君たちの結婚が終わりを告げたあともまだ続いていた。というわけで、この本に取り組み、自分の少年時代の精神風景を探索するのと並行して、若者だった君自身の許を君は訪れ、ずっと昔に自分が書いた、ほとんど他人のもののように読める言葉を読みつづけた。それを書いた人物は、いまの君にはひどく遠い、ひどく異質で未熟の存在に思え、ぞんざいでせっかちそうな筆跡もいまの君の字とは似ていなかった。少しずつ中身を消化し、年代順に整理していくと、この文書の山こそ十八歳のときに書けなかった日誌であること、思春期後半から大人になって間もない時期までのタイムカプセルにほかならないことを君は悟った。記憶の中であらかたぼやけてしまった時代の、くっきりあざやかに焦点の定まった一枚の写真。それは貴重な、これまで唯一見つかった、君の過去に直接通じる扉なのだ。

初期の手紙が君には一番興味深い。十九歳から二十二歳、一九六六年から六九年までに書かれた手紙である。二十三歳の誕生日が過ぎたあとの君は、前の年よりも大人になったように思える。むろん依然まだ若いし、まだ自分に自信が持てずにいるものの、いまの君という人間の芽生えがそこには見えるし、次の年の冬、すなわち二十四になった直後になると、もうはっきり君自身であり、筆跡も言葉遣いもいまとほぼ同一である。ならば二十三、四、そのあとの年月は無視しよう。君の関心を惹くのは、その前に存在していた他人の方である。ニューアークの母親のアパートメントから、メイン州の田舎の一泊六ドル（食事付き）の宿から、パリの一泊二ドル（食事なし）のホテルから、マンハッタン西一一五丁目の小さなアパートから、モリス郡の森の中にある母親の新居から手紙を書く、不器用にあがく少年であり男である人物である。君はもはやその人物と接触を失っていて、紙の上で彼が語るのを聞いても、それがかつての君だとはほとんど認識できない。

同じ一人の人物に、やがて君の最初の妻となる若い女性に宛てて書かれた数千数万の言葉。君たちは一九六六年の春に出会った。彼女はバーナード女子大の一年生、君はコロンビア大の一年生。二つのまったく違う世界の産物である。ニュージャージー出身、公立校で教育を受けてきた黒髪のユダヤ系の若者と、マサチューセッツ州ノースハンプトンに生まれ十歳か十一歳でニューヨークに移り、奨学金を得て最良の私立校――マンハッタンの女子校ブリアリーに数年、高校はヴァーモントのパトニー――に通った金髪のＷＡＳＰ（アメリカの支配階級とされるアングロサクソン系新教徒の白人）。君の父親は大学にも行かずがむしゃらに働いてきた自営業者である一方、彼女の父親は大学教授であり高名な批評家で、ハーヴァードとスミスで英文学を講じた教歴を持ち、いまはコロンビアに所属していた。君はたちまち圧倒された。彼女の方は、圧倒されはしなかったものの好奇心は持った。君たちが共有したもの――書物とクラシック音楽に対する情熱、作家になろうという意志、マルクス兄弟などのドタバタ喜劇への嗜好、ゲーム（チェスから卓球、テニスまで）好き、アメリカの現状（とりわけベトナム戦争）に対する反感。君たちを隔てたもの――二人の情感の不均衡、欲望の揺らぎ、不安定な決意。大半の場合、追い求めたのは君であり、彼女は君の接近に抗うのと、進んで捕獲されたがるのとを交互にくり返し、かくして一九六六年から六九年にかけて混迷の日々が続くこととなった。無数の決裂と和解があり、不断の押しと引きが二人双方にとって幸福と悲惨の両方を生んだ。言うまでもなく、君が彼女に手紙を書くたび君たちは何らかの理由で物理的に隔たっていた。どの手紙でも、君は多くのスペースを割いて自分たち二人のあいだの困難を分析し、困難解消の方法を提唱し、彼女とふたたび会う段取りをつけようと企て、君がどれだけ彼女を愛していて彼女がいなくてどれだけ寂しいかを訴えていた。大体においてそれらはラブレターと称しうるのだろうが、その愛の浮き沈みはいまの君の関心事ではない。四十五年前に自分が生きた恋愛ドラマをこの紙面で蒸し返すつもりはない。手紙の中ではほかにもいろんなことが語られていて、過去数か月携わってきたこの作業に関係があるのはそれらほかのことの方だ。それらを君はここで、自分の許に舞い込んできたタイムカプセルから抜き出そうとしている。それらがこの内面からの報告書の次の章となってくれるだろう。

一九六六年夏。君のコロンビアでの第一学年はすでに終わった。コロンビアは君の第一志望校だった。質の高い英文科がある一流大学だからというだけでなく、それがニューヨークに、君にとって当時世界の中心だった——いまも中心である——場にあったからだ。人里離れたキャンパスに閉じ込められ、時代に取り残された場所で勉強してビールを飲む以外何もすることがないなんていうより、この街で四年間を過ごす方がずっと魅力的だった。コロンビアは大きな大学だが、大学院はともかく学部のあるコロンビア・カレッジは小規模であり、当時は学生数も二八〇〇人程度、一学年は七〇〇人。たいていの大学では学部授業はおおむね大学院生か非常勤講師が受け持つが、コロンビアではすべての授業を正規の教師陣（教授、准教授、助教）が教える点も強みだった。というわけで、英文科での君の最初の教師はノースロップ・フライの弟子である若き俊英アンガス・フレッチャーだったし、仏文の授業の最初の教師もモンテーニュの翻訳、伝記で知られるドナルド・フレームだった。フレッチャーなどはたまたまその秋、君の学年の授業を二つ持っていて、ひとつは人文学入門（全員必修の名著多読授業）、もうひとつは一冊の本を精読する授業（その一冊とは『トリストラム・シャンディ』）だった。人文学入門は疑いなくそれまでの君の人生におけるもっとも大きな知的刺激だった。それはまさしく新しい宇宙への高飛び込みであり、数々の驚き、啓示、そのすべてを包む悦び——その年読んだ本に戻っていくたびいまも同じ悦びを君は感じる——に満ちていた。最初の学期はホメロスに始まりウェルギリウスで終わり、あいだにアイスキュロス、ソフォクレス、エウリピデス、アリストファネス、プラトン、アリストテレス、ヘロドトス、ツキジデスがいた。二学期目はアウグスティヌス、ダンテ、モンテーニュ、セルバンテスからはるかドストエフスキーまで下っていった。クラスは少人数で、誰もがひっきりなしに煙草を喫って床に灰を落とし、フレッチャーの指揮する議論は活発かつ挑発的で、これによって君の人生はもう二度と元に戻らなかった。むろん大学生活にはそれほど刺激のない部分も多々あり、一人で侘しく落ち込むこともあったし、寮は醜く、大学当局は官僚的で冷たかったが、何しろ君はニューヨークにいたのであり、授業がない時間はいつでも逃げることができた。子供のころの友人が一人同期で入ってきて、ニューヨークの外から来た一年生は全員寮に住むことを義務づけられたので、君たち二人はカーマン・ホール八階の部屋をシェアした。君の友人は裕福な家庭の息子で、君のように地元の公立高校へ行く代わりにヴァーモントの進歩的な寄宿学校を出ていた。リディアが卒業したあのパトニー校であり、実はこのルームメートを通して君はリディアと出会ったのだった。そしてリディアを通して、もう一人のパトニー卒業生ボブ・Pとも知りあいになった。ボブ・Pはニューヨーク州北部にある別の大学の一年生だったが、その春はしじゅうニューヨークに来ていたので君たち二人はやがて友人になった。未来の詩人仲間であるボブは当時、非常に頭の切れる、潑剌《はつらつ》たる鋭いウィットを備えた十八歳の若者で、第一学年が終わると君たちは夏を共に過ごすことにし、キャッツキル山地（ユダヤ人の別荘地として知られる）のコモドア・ホテルで庭の管理人として働いたが（この奇妙な冒険については『トゥルー・ストーリーズ』所収「その日暮らし」で詳しく述べた）、給料は安いし食事も貧弱だったので、途中で辞めてボブの故郷オハイオ州ヤングズタウンに行き、一月か一月半、ボブの両親が住むチューダー様式の立派な屋敷に居候して、ボブの父親が営む電器店の倉庫でアルバイトした。こっちの方が給料も食べ物もよかったし、仕事も難しくなかった。十九歳の君はきわめて逞しかったし、大きな重たい箱を動かす作業にはもう慣れっこだった。二年前の夏の一時期、ニュージャージー州ウェストフィールドにある伯父伯母の経営する電器店（規模は小さいがこちらもちょっとした冒険で、これについても「その日暮らし」に書いた）でしばらくアルバイトしたのである。そしてこの夏ふたたび、セメントの床にブロック造りの建物の中に君は八時間こもって働き、背後ではずっとラジオが鳴っていて、その空間の死んだような空気に一九六六年のヒットチューンが満ちていた。この年最大のヒットはフランク・シナトラの「夜のストレンジャー」で、君がそこで過ごした数週間のあいだに千回はかかったにちがいなく、あまりに何度も聞いたせいで君はこの曲が心底嫌いになり、六十五歳になったいまも、このろくでもないバラードを二小節聞いただけでまたあのオハイオ州ヤングズタウンの夏の暑さに舞い戻ってしまう。八月初頭に君とボブは誰かの車に乗せてもらって東部に帰り、ニューアークの君の母親のアパートメントで一息ついたあと、今度は君が高校二年のときから持っていた白いシボレーに乗って北はヴァーモントの森とケープコッドの浜めざして出発した。どうしてそんなところへ行こうと思い立ったのかは覚えていないが、あのころは運転も好きで、長いドライブは楽しかったし、たぶん単に行きたくて行ったのだろう。一方、リディアがその夏に両親とケープコッドへ行っていて、ウェルフリートのどこかにある家に滞在していたこと、君とボブとで予告なしに訪ねていって挨拶しようと思ったことは何となく覚えている。ティーンエイジャーの少年特有の馬鹿げた騎士道精神。リディアが見つからなかったことは間違いなく、君たちは海岸で一晩野宿したのち先へ進んでいった。タイムカプセルに残っている最初の手紙は八月十五日、旅行から帰ってきた直後に君の母親のニューアークのアパートメントで書かれた。書き出しはこうである――「そう、我々は帰って来た。いや、大して面白くなかった。我々は海を見たか？　然《しか》り。我々はケープコッドを見たか？　然り、先端の先端まで。ボストンを見たか？　然り。二度。パトニーを見たか？　然り。卒業生会館は？　然り。アフリカ人学生で一杯だった。そして旅は、休息となったか？　否。遠くまで行ったか？　然り。千マイル以上。疲れたか？　然り。非常に。ニューアークに着いて大分経ったか？　否、まだ数時間。やる事はあるか？　然り。ボブはシャワー。ポールはカウチでリディアに手紙を書いている。旅の結果は如何《いか》に？　杜撰《ずさん》な冒険をめぐる痛ましい物語。それは教育的であったか？　かも知れぬ。ウェルフリートは通ったか？　然り。そしてポールは何を考えたか？　リディアをどれほど愛しているかを。彼女の事を考えるにあたって客観的であったか？　愛が人に客観を許す限りにおいて。彼の思考の有り様は？　切なさ。底無しの哀しさ。無限の渇望」

一週間後（八月二十二日）、君はまだ母親のニューアークのアパートメントにいて、ボブ・Ｐはもうきっと去っていたにちがいない。とりとめもない六枚の手紙。書き出しは奇妙な、勿体ぶった、ブツブツ切れたセンテンスの連なりである。「此処《ここ》に。僕は此処にいる。座っている。始めるよ、でもゆっくりやる、というのも自分が自分に言っているのを感じるから、これは暫《しばら》く続くぞと、ひょっとすると続き過ぎる位続くぞと……君に聞いて貰う、本題に入る前に此処で先ず、四方山話を、あれやこれやを、世に言うところのニュース、お喋り、でも僕が言うところの、そして君も言うと思うが……『ウォーミングアップ』というやつを、これは勿論、単なる言葉の綾だ、何故って僕はもうすっかり温まってるんだから（何しろ夏だからね）」。死の恐ろしさと避けがたさをめぐって病的な言葉がしばらく続いたのち、君は突然方向転換し、明るい話題のみを語るという意図を宣言する。「暫く前にパトニー山を頂上まで登った後に下っている最中、僕は突如悟ったのだ、一瞬閃《ひらめ》いたのだ、即ち、この世で唯一真に滑稽な事に気がついたのだ。無論、この世に滑稽な事がどっさりあることは承知している。だがそれらは純粋に滑稽ではない。どれも皆、悲惨な側面を兼ね備えている。だがこいつは常に滑稽なのだ、絶対不変に。それは屁である。笑いたければ笑うがいい、僕の議論が補強されるだけの事。そう、屁は常に愉快であり、絶対真剣に受け止める事は出来ない。人間のあらゆる欠陥の中で最も悦ばしい欠陥だ」。それから、また突然方向転換したのち（「ここでペンを置いて煙草に火を点けた——斯《か》くして僕の整然そのものの思考経路に切れ目が生じた」）、最近『フィネガンズ・ウェイク』を購入したことを君は宣言する。「どうせ絶対読まないと思いつつ、手に取って読み出した。本を閉じる気にならなかった。容易に理解出来るって訳じゃないが、本当に愉快なんだ。君も或る程度読んだ事があるだろう？　実に濃い本だ」。数センテンスあとで——「戯曲についてはまだまだやるべき事がある。2週間見もしなかった後に昨日また書き始めたんだ。たっぷりやる事があるぞと戯曲が僕に告げている」。この若き日の試みの原稿は失われたが、君がこの時期すでに本気で書いていたこと、すでに自分を作家として（あるいは未来の作家として）見ていたことはこの一言が証している。それから、君の前の手紙への返事の中でリディアが発した問いに答えたのだろう、「僕等が行った海岸はノース・トゥルーロ。到着時刻は六時。足跡が作る闇が殊更《ことさら》気に入った」。少し先で、今度は忠告を発している。きっとリディアが書いたことへの応答だろう。「再び動き出すには、書くには、熟慮しないといけない、言葉の真の意味において。正直に、痛みに耐えて。すると隠れていたもの達が出て来る。君は日常のリディアを忘れなくちゃいけない、君の姉のリディアを、君の両親のリディアを、ポールのリディアを――とはいえそれらリディア達に君はいずれ戻ってゆける、今度は『霊感』を失う事無く。二つの世界が相容れないという事じゃなくて、それらの相互の繋がりを理解しなくちゃいけないって事なんだ」。そして最後の一枚に近づくとともに、どうも言いたいことが上手く言えていないと彼女に訴える。「凄く難しい。つまりね、人生というやつ全体に僕は底なしに混乱してるんだ。何もかもがひっくり返り、揺さぶられ、砕けてしまっている。これからもずっとそうだと判っている――この混乱。人生の素晴らしさを君に講釈した自分がつくづく嫌になった……君が病気だった夜此処に電話をくれた時に。何の意味がある？　何故生きる？　いい加減な事はしたくない。結局のところ、僕は信じる。他の何よりも強く僕は信じる、唯一大切なのは愛だと。そう、言い古された決り文句さ……でもそう僕は信じている。信じる。そう。僕は。信じる。愛が無ければ何も無い。愛が無ければ人生は惨めに下手糞なジョークに過ぎない」

ニューヨークに新しく借りたアパート（西一〇七丁目三一一番地）は九月第一週にならないと入居できないので、君は当面母親の家に居候していた。八月三十日、戯曲を放棄した――「140ページ全て」――が発想は放棄していない、新しく散文を書き始めた、「戯曲の色んな要素を核に使って」と君は報告する。どうやら君は、学部生時代にしばしば君を見舞ったひどいふさぎの虫にこのときも憑かれていたようである。「此処ニューアークで、この息苦しいアパートメントで暮すのは耐え難い。僕は大抵黙りこくっている。時折ピリピリ苛立っている。安らぎは無い。僕の中で色んな呟きが聞えている（この「呟き《マーマー》」という言葉、英語で最も美しい言葉の一つだ）……五感は目下いつになく鋭く、全てが一層明確に知覚される。この何週間か、碌《ろく》に食べていない……極度の憂鬱、でも体の中で不思議なもの達が蠢《うごめ》いている。何かとても大切な事の根っこを捕まえかけている気がする」。あいにくその「大切な事」が何なのかは説明されず、翌週、君は友人のピーター・シユーバートとシェアする新しいアパートに移っている。君たちのどちらにとっても初めてのアパート暮らし、独立した大人になるための次の一歩である。その後、翌年の六月までは一通の手紙もなく、年代記には九か月の空白がある。

コロンビアでの二年目を、君は悪い夢と苦悶の一年として記憶している。世界が目の前で崩壊しつつあるという確信が募っていった。ベトナム戦争だけの話ではない。むろんもうこのころにはベトナム戦争はこの上なく肥大し、残虐になっていて、時にはほかには何ひとつ考えられない日もあったが、加えて、君の住んでいる地域の頽廃《たいはい》も甚だしかった。街にはゴミがあふれ、襤褸をまとう狂った人々がモーニングサイド・ハイツの歩道をふらふら歩いていた。さらに、ドラッグが君に近しい人たちの生活を破壊していた。まず君の元ルームメート。続いて高校の同級生がヘロインの摂取過多で死んだ。それから、春学期が終わった直後、中近東で六日戦争が勃発して君は深い不安に陥った。あまりの不安に、戦争の結果がいまだ定かでなかった束の間の期間、イスラエル軍に志願入隊しようかと本気で考えたくらいである。当時の君にとってイスラエルは問題含みの国家ではなく、非宗教的な社会主義の、いまだ手を血で汚していない国と見えていたのだ。その数週間後、ニューアークで暴動が起きた。君の生まれた街、君の母と妹と義父がいまも住んでいる街で、黒人の住民と白人の警察権力とのあいだの人種間戦争が自然発生し、二十人以上が死んで七百人以上が負傷、千五百人が逮捕され、建物がいくつも焼け落ちた。被害はあまりに大きく、四十五年経ったいまも、その自滅的、破滅的衝突の猛威からニューアークの街は全面的に回復していない。そう、その困難だった一年、君は何とか自分を失うまいと苦闘していた。バランスをなくす危険はつねにあったが、それでも何とか一歩ずつ進みつづけ、学校の勉強をきちんとこなし、執筆もできるかぎりやった。書いたものの大半は何ら実を結ばなかったが、すべての言葉、すべてのセンテンスが無駄になったわけではない。一九六七年は、やがて君の出版物に取り込まれることになる数行、数フレーズ、数段落が初めて生み出された年なのだ。たとえば最初の詩集（一九七二年に完成した『発掘』）に現われたいくつかの断片。ずっとあと（二〇〇四年）に選詩集を編纂したときも、この二十歳の年に書いた短い散文を収めることにした。「作文帳に記したメモ」と題した、十三の哲学的命題から成る文章で、第一の命題は世界は僕の頭の中にある。僕の体は世界の中にあるだった。君がいまも信じているこのパラドックスは、生きることの奇妙な二重性を、人が生まれて死ぬまで心臓の一拍一拍に伴う内と外との否応なしの融合を捉えようとする思いの表現にほかならなかった。一九六六－六七年、膨大な読書の年。あれほど本を読んだ時期はおそらく生涯ほかにない。詩だけでなく、哲学も読んだ。たとえば十八世紀のバークリーとヒューム、二十世紀のヴィトゲンシュタインとメルロ＝ポンティ。先の二センテンスにもこの四人の思想家全員の痕跡が見てとれるが、最終的に一番しっくり来たのはメルロ＝ポンティの現象学だった。具象化された自己をめぐる彼の洞察が、いまでも君には一番納得が行く。

君は逃げ出したくてたまらなかった。春学期が終わると、悪臭ふんぷんたる猛暑のニューヨークにだけはいたくなかった。コロンビアのバトラー図書館で案内係のアルバイトをしていくらか金が貯まっていたので、夏のアルバイトはせずに一人でどこかへ行くだけの財力があった。メイン州がよさそうに思えたので、メインの地図を開き、見つかるかぎり一番辺鄙《へんぴ》な場所を探すと、デニーズヴィルという、バンゴアの一三〇キロ東、イーストポート（アメリカ最東の、湾のすぐ向こうはカナダの町）から五十キロ西の小さな村が見つかった。デニーズリヴァー・インなる宿に一日わずか六ドル（温かい食事三食付き）で泊まれることがわかったので、ここに決めた。かくしてバスで十八時間かけてデニーズヴィルへ行き、その長いバス旅行のあいだに、またバンゴアでの乗換えの長い待ち時間に何冊も本を読み進み、うち一冊がカフカの『アメリカ』だった。カフカ作品でまだ読んでいないのはこれだけだったが、未知の場所へ旅するには理想の伴侶だった。君は極力自分を孤立させたいと思っていた。なぜなら君は長篇小説を書きはじめていて、長篇は孤立状態で書かれるべきだというのが君の子供じみた（あるいはロマンチックな、あるいは単に誤った）信念だったからである。これが初めての長篇への挑戦であり、この後一九六〇年代末、七〇年の後半まで何度か同様の試みに没頭することになるが、二十、二十一、二十二歳の時点では長篇が書けるはずもない。君はまだあまりに若くあまりに未経験であり、君が抱えているさまざまな想念はいまだ形成途上であってゆえにつねに流動していたから、執筆は当然挫折した。何度も何度も挫折した。だがそうした挫折をいまふり返ってみると、それらが時間の無駄だったとは思えない。なぜなら、その年月に書いた何百ページもの——おそらくは千ページほどの——若いころのほとんど判読不能な筆蹟ですべてノートに手書きした原稿の中に、やがて書き上げることになる小説三冊の萌芽が含まれているからだ（『ガラスの街』、『最後の物たちの国で』、『ムーン・パレス』）。三十代前半に小説の執筆を再開したときも、君はそれらの古いノートに戻っていって、そこから素材を略奪し、時には数センテンス、数段落丸ごと引き写した。書かれてから何十年もあとに、新たに作り上げられた長篇の中にそれらが現われることになったのだ。というわけで一九六七年六月、君はメイン州デニーズヴィルのデニーズリヴァー・インに向かい、書きはじめた小説の主人公クイン[*3]とともに小さな部屋にこもろうとしている。その後三週間滞在した、古い立派な屋敷を改装した白い下見板張りの宿屋には、君とオーナーのゴドフリー夫妻——退職してマサチューセッツ州スプリングフィールドから来た七十代のカップル——以外は誰もいなかった。初めから終わりまで、君が唯一の滞在客だったのだ。デニーズ川は釣り好きのあいだでは、アメリカで唯一、一年のある時期に淡水の鮭釣りができる川として知られているらしく（細かいことは覚えていない）、君の滞在はまさにその時期と重なり、普通だったらデニーズリヴァー・インにとっても書き入れ時なのだが、なぜか一九六七年、魚たちは姿を現わさず、釣り人たちはやって来なかった。ゴドフリー夫妻は二人とも親切で、君が快適に過ごせるよう何かと世話を焼いてくれた。ぽっちゃりした、陽気でお喋りなゴドフリー夫人は料理の腕も一流で、たっぷり食べさせてくれて、いつもお代わりを勧めてくれたし、頼めば三杯目も盛ってくれた。痩せていて足をひきずって歩くゴドフリー氏は、君をイーストポートや近隣のインディアン居留地に連れていってくれたし、一九一六年に合衆国軍隊の兵士となった経験も聞かせてくれた。メキシコとの国境に氏は配置されて、パンチョ・ビラ（メキシコの革命家）の襲撃に備えたが、革命家はいっこうに現われず、自分の従軍体験は「掛け値なしの休暇」だったとゴドフリー氏は述べた。そう、彼らは善良で親切な人たちだった。今日君が同じ状況になったら、たぶんもっけの幸いとばかり執筆に没頭することだろう。だが二十歳の君には、極端な孤立は荷が重すぎた。孤独は君の手

＊3　『ガラスの街』の主人公となったクインとは別人で、むしろ『ムーン・パレス』の語り手フォッグの前身。

に負えなかった。君は寂しく、（セックスのことを考えて）落着かず、執筆は思うように進まなかった。おまけに当時はまさに六日戦争が起きた時期であり、上の階の自室にこもってじき放棄されることになる小説に取り組む代わりに、多くの午後君は誘惑に抗えず、階下の居間に降りていってゴドフリー夫妻と一緒にテレビの前に座って戦争の最新ニュースを見た。このメイン滞在時の手紙は四通しか残っていない。長いものは一通もなく、どれも短い、電報調のセンテンスで書かれている——辺地からの簡潔なメッセージ。

6月7日　ゼロに逆戻り。15ページを捨てた——これまで書いた物全部……大いに絶望。数か月前の、長い短篇（短い長篇？）のスケッチを作る段階に逆戻りだ……何とかやってのける力が僕にあれば良いが。完成するのは凄く難しいと思う——世の中、大抵の事はそうだ。目下あまり楽天的じゃない。

中東での騒ぎに引き裂かれている。カナダの国連放送をずっと見ている。誠意の無い外交と愚かしい偽善から成る恐ろしい見世物。イスラエルに行こうかと本気で考えているが、発つより前に終ってしまうかも知れない。そんなに長く続く筈はない。世界大戦になったら別だが……

此処はずっと涼しくて風が強い。僕はよく墓地を彷徨《うろつ》くようになった。墓地は丘の上にあって、野原と、その向うの鬱蒼と茂る森が見渡せて、一つ奇妙な墓がある——ハリー・Cとその妻ルル。今日歩いていたら、二つの事が目に付いた。野原にいる二頭の黒い馬がぴったりくっ付いて立っている。彼等は互いに恋している。ライトの言うが如く、「彼等の如き孤独は他に無い」（ジェームズ・ライトの詩“A Blessing”から）。そして、もう少し向うに、2本の木がすごく接近して立っていて、一方が二本の枝で作る二股にもう一方が寄り掛って、あたかも抱擁されているように見える……

6月8日　『テルレス』[*4]を気に入って貰えて嬉しい。でも女性である事に落胆しないで欲しい。立派な職業なんだから。昨夜ブレイクを読んでいたらこんな一節があった。「悪口、中傷、謀《はかりごと》、その他否定的なものは全て悪だ。だがラヴァーターや彼の同時代人の間違いの元は、女性の愛を罪と思っている事だ。故に彼らにとっては愛も優美さも全て罪となってしまう」

さらに、フランス文学の読書リストを作ってくれと言われたのだろう、君は何人かの小説家の名を挙げるが――パンジェ、ベケット、サロート、ビュトール、ロブ＝グリエ、セリーヌ――このうち読むのは一人か二人にとどめるべきだと言い添えて、詩に話を移す――「……『ペンギン　フランス詩集』を買う事。19世紀編と、20世紀編も。そして、ヴィニー、ネルヴァル、ボードレール、マラルメ、ロートレアモン、ランボー、ラファルグを読む事。20世紀編の方ではヴァレリー、ジャコブ、アポリネール、ルヴェルディ、エリュアール、ブルトン、アラゴン、ポンジュ、ミショー、デスノス、シャール、ボンヌフォワ。僕の意見ではフランス文学は小説よりも詩に貢献している――フロベールとプルーストは別だが[*5]」

6月14日　不思議、不思議――昨日やっとイーストポートに行けた……ゴドフリー氏に車で連れて行って貰った……この町は絶対見るべきだ――他の何処とも違う――本物のゴーストタウンだ、

＊4　ローベルト・ムージル『寄宿生テルレスの混乱』。
＊5　大人になったリディアはフロベールの『ボヴァリー夫人』とプルーストの『スワン家の方へ』を翻訳するに至り、大人になったポールは二十世紀フランス詩アンソロジーを編纂するに至り、その中でリディアは翻訳者の一人として登場する。

壊れた建物が沢山沢山あって、どれも古く、一部は革命期まで遡る——人口の$3/4$は政府の福祉を受けている——湾があって、鴎《かもめ》がいる——すぐ向うはカナダ。古い煉瓦の建物——店舗が売りに出ている……一番大きい日用雑貨店は**ベケット**という……それと、今僕が書いている小説の主人公の名前はクインなんだが——果せるかな、ザ・クインズと書いた屋敷があった……

散々のた打ち回ったけれど、今度こそ書けそうだ——良いアイデアが幾つかある——時間はかかるし、辛いだろうが……

6月18日　バラバラの断片。野蛮な気分。自分の声が頭蓋骨の中で破裂しそうだ。君が此処にいて欲しい。僕にあるのは書く事だけ——孤独の極致。そう、勿論一人でいるのが一番良い——書く事は調子が出て来た、その通り、調子が出て来た南風の奴[*6]、滅多矢鱈《めったやたら》に吹き荒れてるよ——空気が種を蒔き、日々僕の指先からアイデアが生えてくる——そう、書く事は調子が出て来た、奇妙な小説を書いてるんだ……そうとも、好調だよ——でも君が悲しい手紙を送ってくると僕はニューヨークへ飛んで帰って服を脱いで馬鹿踊りを踊って君を笑わせたくなる——あんまり沢山本を読んじゃいけない——老いぼれ学者になってしまうよ——そうして訳の判らない言語を喋り出す。**音楽を奏でろ**——太陽に向って歌え——死者を讃えろ——生者の為のレクイエムを書け——でも歌え——君が吸う空気を自分の声で変容させろ——何かを生み出せ——詩を、音楽を……人間の救済は愛で以て生み出す事だ——

八月一日に君はパリへ行くことになっていて、この六月なかばの時点ではリディアも一緒に行くことがほぼ確定していた。君たちは二人ともコロンビアの三年次海外研修プログラムに参加を決めていて、出発の時期も迫ってくるにつれて君の覇気は向上してきている。今後一年を新しい環境で過ごすことが楽しみで仕方ないのだ。現在の君は、メインからの最後の手紙が狂気じみた高揚を見せているのもこの士気向上のせいだろうかと考える。だが、何ひとつ考えていたようには運ばなかった。君は予定どおりの期日にパリへ発った。早めに行って身を落着け、学期が始まる前に街に慣れておこうと思ったのだ。だがリディアの方は最後の最後で計画が変わった。彼女も過去数か月は葛藤を抱えていたのであり、結局両親の判断で、バーナードを休学しロンドンに行って姉のところで暮らすことになった。既婚の異母姉はリディアより十四歳上で、ターナム・グリーン近辺の大きく快適な家に住んでいた。こうして長い離ればなれの日々が始まった。そしてそれはずるずる長引き、翌年夏の終わりまで続いたのである。

その後数か月に君の身に起きたことはすでにある程度書いた（「その日暮らし」）。パリでコロンビアの学務主任と喧嘩したこと、衝動的にプログラムを辞めて大学からもドロップアウトすると決めたこと、真夜中に母親、義父、母方の伯父から半狂乱の電話がかかってきたこと。彼らは君に考え直すよう促し、学生としての徴兵猶予の権利を失ってしまう自殺的決断を撤回するよう勧め、考え直す気はないと君が答えると、さらにまた夜中に電話がかかってきて、お願いだからニューヨークに帰ってきて「状況を話し合って」ほしいとせがまれ、結局君は彼らの嘆願に屈して、ほんの数日のつもりでニューヨークに戻った。その時点ではまたすぐパリに戻って、混沌たる自立生活を続けるつもりだったのだ。だが君は戻らなかった。パリの土をふたたび踏むのは三年以上先のことで

＊6　おそらく君の名字への言及。Auster はラテン語で「南風」の意。

ある。というのも、一人の人物が、コロンビアの学部担当教務委員長が、すでに今学期が始まってずいぶん経っていたにもかかわらず、復学してもいいと言ってくれたのである。その一人の人物、プラット教務委員長の優しさと理解によって、君は自分がいかに愚かにふるまっていたかを悟り、ニューヨークにとどまってふたたび大学生となった。こうした出来事はすべて前に触れたが、前には手許に手紙がなかったし、一九九六年に書いたときには忘れていたことや間違って覚えていたことが多々あったのだ。ニューヨークに戻ってきた時期などの重要な事柄も覚え違えていたし（十一月なかばに帰ってきたと君は思っていたが実は十月後半だった）、こうして証拠を手にしたいま、あのころの自分が、覚えていたよりずっとひどい状態だったことがよくわかる。君は何もかもにとことん混乱した、半分発狂しているとも言えそうな若者だったのだ。はじめはそれほどでもなかったかもしれないが、大学をドロップアウトすると決めたあとは、すっかり道を見失ってしまったように思える。闇雲にある方向に飛び出し、また別の方向に飛び出して、愚行から愚行へと跳ねていき、ときどき思い出したように自分を立て直そうとあがきつつ、次第に崩壊へ向かっている。

8月3日　サンジェルマン・デ・プレの前でキャンディ屋台をやっているエジプト系のユダヤ人に会った。そいつは僕にアパルトマンを見付けようとしてくれた……でもこの街のアパルトマンは物凄く高い――金の無駄だ。だからホテルに泊っている――陽当りは良いし、場所も良く、静かだ。凄く気に入っている。――これまではあちこち駆けずり回って現実的な事をあれこれやっていた――やっとそれも終ってこれからはじっくり書けるようになる。

8月10日　君から手紙が届いて凄く嬉しかった――今朝8時半頃、階下の小さなカフェで朝のコーヒーを飲んでいたら宿の女将が、未だ目も開《あ》いていない僕の前に現れ、顎の下に手紙を突き付けて（顎の毛が逆立った）、音楽的とは言い難い声で「これを《ヴワラ》、ムッシュー。貴方宛です《プール・ヴ》」。本当に嬉しかった……

パリ

ビロードのドレスを着たマダムが、ベンチで眠っている薄汚い男の前で立ち止り、ふうっと溜息を吐《つ》く。「素敵《シャルマン》」。だがその好意的な言葉を味わう人間は周りに誰もいない。

僕の部屋は眩暈がしそうな階段を昇った所にある。余りに急な階段なので、街路の音が呟きのように聞えてくる……

女の子達のスカートは短い。ラ・ミニ＝ジュープ。驚いた事にこれが年配の男達の不興を買う。「彼女達は全ての限界を超えてしまった《エルゾン・パセ・トゥト・レ・ボルヌ》」と老いたポーランド人は言う。だが何故剝き出しの若さを隠す？

雨が降ると、陽光が頻繁に、ヘラクレイトスのヨーヨーの糸の上でワルツを踊る。*7

「でも《メ》ムッシュー、あんな袋に入っていたんで《ダン・ル・サク・コム・サ》、てっきりゴミかと《ジェ・パンセ・キルゼテ・レゾルデュル》」。かくして僕の炎症を抑える薬は捨てられた。

言葉は仕種《しぐさ》と不可分になる。マイム師と演説者が融合する。そして書き手も、インクで紙を黒くして、画家になる……

＊7　ヘラクレイトスの有名な断片「上る道と下る道は一つ」への言及。

一時間毎にサンジェルマン・デ・プレの鐘が街に鳴り響く。「私は千歳《ジェ・ミラン》、お前たちがいなくなった《エ・ジュ・スレ・イシ・アプレ・》あともここにいる《ク・ヴゼット・パルティ》」

8月11日　このホテルの、僕が泊っている階――灰色に汚れた天窓の下――には長年此処に住みついている年寄り住人が大勢いる。5分ばかり前、この手紙を書いていたら、隣の部屋の、毎晩ワインの匂いをぷんぷんさせて帰って来る老人が（帰宅するところを何度か見た事がある）ドアをノックして、燃え尽きた煙草をくわえ着古しのバスローブを羽織った格好で、さも済まなそうなしゃがれ声で今何時でしょうかと僕に訊いた。「十一時十分前です《オンズユール・ムワン・ディス》」

8月12日　僕は「パリジェンヌ」を喫っている。4本入りの小さな青い包みが18サンチーム――20本で90サンチーム。次に安い「ゴロワーズ」は1フラン35。

今日の僕のように早起き（7：45）して――空気は灰色、寒く、雨模様、一日中雨だ――カフェに降りて行くと、市場で働いている人達、氷屋、ゴミ収集人等々と一緒にコーヒーが飲める。唯一奇妙なのは、この男達が、朝にコーヒーを飲まずに（いいかい、まだ8時なんだぜ）あらゆる種類のエキゾチックなリキュールを飲む事だ。主としてワイン。年寄りの間ではこれが習慣らしい。考えただけで（8時に酒を飲む事を）僕にはちょっと……。

朝早い寒さの中、狭い街路に降りしきる雨は……全てを近付けてくれるように――全てを互いに近付け、僕に近付けてくれるように――思える……音まで違った響きを帯びてくる。隣の老人の、アコーディオンの音楽を奏でているラジオ、全てが一層澄んで、一層哀し気に聞える。ん――止んだ。一瞬、空気中に小さな真空が――実は僕の耳……僕の頭。

8月18日　遅くなって済まない。昨日書くと約束したのは判っている。だけど、到底書けなくなったんだ……午後半ばには手紙も半分書き上がっていた。それから外出し、帰って来た時は僕の意図に反し午前零時をとっくに回っていた。帰りが遅くなったというだけなら、書き終えられないなんて事は無かった――まさか！　夜更しは慣れっこだし、普通の状態であれば部屋に戻って来てすぐ書き終えたと思う。でもこの晩、件《くだん》の晩、つまり昨晩に限っては、僕は凡《およ》そ非文学的な状態、非書簡的な有様にあった――即ちひどく酔払っていたんだ。それでもなお、何としても手紙を書くぞ、約束を守るぞという気はあった。イタリア語の新聞まで買ってきていた。外国語を読む負荷を精神にかけて暫く読めば、酔いも醒めて素面《しらふ》に戻るんじゃないかと思ったのだ。だが、噫《ああ》、その新聞は読解が容易であった、僕は思ったよりイタリア語が出来たのだ、そしてじきに、我がベッドの心地好く柔らかな水平面の上で（まあこれは大まかな、詩的な物言いであって、出っ張り、湾曲、凹みには触れない）、僕の無垢なる両目は本人の意志に反して独りでに閉じ、僕は（これらの壁をして我が裁判官たらしめよ）眠っていた。尤《もっと》も夢は見た、巨大な丸いベッドに眠っている夢だ、薄緑のシーツと氷のような重たいキルトに包《くる》まれて、そんな僕を起すのは、穏やかな馨《かぐわ》しい言葉……乙女の言葉、若くて可愛らしい、我が秘密のアフェアのお相手たる乙女の、かくして僕は部屋にコーヒーとクロワッサンの温かい匂いがし香水と女らしさの甘い香りがして目が覚めた夢を見たのであるが、本当に目覚めてみたら汚れた足の臭いしかせず、此処に住んでるのは僕しかいない訳だからそれらの足は（そしてそれらを何日にもわたって包んでいた靴下も）僕のものであった。この大きな失望、夢の野蛮な否定に加えて、俗に言う「昨日の夜は」の後に極めて頻繁に生じる類の頭痛を僕は抱えていた。君もあの頭痛は知ってるだろう、大きなゴリラに頭を摑まれたみたいな気がするやつだよ、動く度に、ほんの少しでも動く度にゴリラは馬鹿でかい木槌で君をぶっ叩く。そして、噫、頭痛は未だ僕と共にある。僕の行く所何処にでも付いて回る、影の如く忠実に。

だが僕の肉体的状況をくどくど述べるのはよそう。日は照っていて、爽やかな天気だ。8月15日の長い週末の後、パリはゆっくり蘇生しつつある。二週間としない内に、きっと全ては平常に戻ると思う。

君に政治の事を書きたいと思っていた。この夏、僕は政治について随分考えていた。だが今はその元気が無い——次の手紙で。

良い報せ。今朝、郵便箱にピーターからの短い手紙が入っていた。パリに来ていて、今日の正午に此処へやって来る——あと一時間半[*8]。

8月21日　ピーターとスーが来ている。ボブ・Nも……今夜彼等はカフェでフィドルを演奏する。控え目に言っても、相当愉快な事になる筈だ。

僕はまた少しずつ書いている……そして政治とマルクス主義の本を読んでいる。

自分の未来を考えると、ひどく混乱してしまう。この一年が終ったらどうなるのか、まるっきり何の見当もつかない。フランスに留まる？　ヨーロッパの何処かよそに行く？　アメリカに帰る？　アメリカのどの大学か——コロンビア？　それが終ったら、大学院？　就職？（文筆では碌に金にならない事は承知している）。書評？　翻訳？　空きっ腹を抱えて書くか？　政治はどうなのか？　これら全ての問いに対し僕の答えは「判らない」だ。多分最良なのは、世に言うが如く耳に頼って演奏することだろう（play it by ear＝出たとこ勝負でやっていく、の意）が、君も知っての通り僕の音楽はじき調子っ外れになってしまうのだ。

昨日の夜、僕の祖母が死んだ夢を見た。僕は詐欺横丁《リュ・ド・レスクロケリ》にいた。そこは暗くじめじめした建物で——行楽地みたいで——でも木造で——1870年代の合衆国軍隊をめぐる映画に出て来る丸太小屋の要塞を思わせた。詐欺師や泥棒がそこら中をうろうろしている——僕の手首に次々腕時計が

＊8　ピーターはピーター・シューバート、君が前の学年にニューヨークでアパートをシェアした友人である。彼もパリ・プログラムに参加していて、ガールフレンドと一緒に到着して何日も経たぬうちに、クレマン通り沿いでサンジェルマン市場の真向かい、君が滞在していた小さなホテルに移った。君たちの誰一人ろくに金もなく、三百フランという月決め宿泊料（一日二ドル）は君たちが払えるギリギリの額だった。いつも剽軽な、実に豊かな才能の持ち主ピーターは音楽も得意で、せっかくパリにいるのだからと、学部卒業に向けて単位を取りながらフランスの音楽教師の女帝ナディア・ブーランジェに習いたいと思っていた。願いは叶って、ピーターはパリに二年間とどまってブーランジェの下で学び、ニューヨークに戻ってコロンビアでの学業を終え、大人になってからの年月の大半をモントリオールで過ごし、マギル大で教えつつルネッサンスと現代音楽を専門とするオーケストラと合唱団を指揮している。とてつもない人物ピーターと、とてつもなく美しいその恋人スー・Hは、パリにいるあいだ君の一番親しい友人、隣人、いつも一緒の仲間、家族だった。彼らがいなかったら、君が混沌を五体満足で切り抜けられたかどうか大いに疑わしい。そしてピーターは別の側面でも重要な役割を担っている。というのも、彼が君を、映画プロデューサーのアレクサンドル・サルキンドの妻に引きあわせたからだ。ベルタ・ドミンゲス・Dという名のこの女性に、ピーターは高校の終わりと大学の始まりのあいだにパリで一年過ごしたときに知りあったのだった。この後の九月二十五日の手紙以降、君が「メキシコ人女性」と呼びはじめる人物がベルタであり、パリ滞在最後の数週間の手紙で君がくり返し言及している映画プロジェクトに君を巻き込んだのも彼女である。ニューヨークに戻ってからも彼女とは連絡を取りつづけ、数年後にまたパリで暮らすようになると（一九七一年二月）、彼女の夫——『審判』『三銃士』『スーパーマン』のプロデューサーである——に何度か仕事をもらった。これらの経験についても「その日暮らし」で語っていて、サルキンドとベルタのことはムッシューX、マダムXと呼んでいる。「その日暮らし」を出版したときは二人ともまだ生きていて、名を伏せる必要があったのだ。二人ともはやこの世にいないいま、彼らを無名にとどめる必要を君は感じない。彼らはいまや幽霊であり、幽霊が唯一持っているのはその名前だけなのだから。

出現した――ある時点では6個あった――各々《おのおの》の手首に3個ずつ。僕はスー・Hと一緒にピーターを探していた……そして僕に腹を立てている僕の母親を。医者2人と話した記憶もある――一人は泥酔していた――彼等と祖母の話をしたのだ。何とも奇怪。

8月23日　僕の部屋の窓の上の屋根に鳩達がとまる。窓の外には市場の赤いスレート屋根が見え、右側にはサンシュルピス教会の尖塔。午後早くに陽が出ていると屋根から飛び立つ鳩の影が僕の部屋の床に広がる。何だか鳩達が僕と一緒に部屋の中にいるみたいだ。聖フランチェスコ（鳥たちが集まっている姿で知られる）になったみたいな気分。

このところ書いている。人間だという気になれる。

ホテルの隣は無料スープセンターだ。パリ全部で二十箇所、それぞれの区に一軒ずつある。夏の間は閉っていたけどじきまた開くと思う。中にはペンキを塗っていないテーブルと椅子。それだけ。

一昨日の夜ピーターとボブ・Nとで音楽を演奏してカフェを回った。ピーターがバイオリン、ボブがギター、僕はグラス（金を入れて貰う為の）と声。一時間で30フラン集まった。馬鹿にして、嘲笑《あざわら》って、当然金もくれないのは……ドイツ人の集団だけだった。奴らの一人と危うく喧嘩になるところだった。20フラン稼いだところでもう止《や》めようと思ったんだが、宿代の8フランを出したいから24までやろうとボブが言った。やがてオデオン広場に行き着いた――何も無い、だだっ広い広場だ。劇場（経営者ジャン＝ルイ・バロー）に向って丘を登って行くと、とても小さなカフェから女の子がイタリア訛りのフランス語で僕達に呼びかけた――「行かないで。バイオリンが聴きたいわ」。僕は戻って行って取引を持ちかけた……最低4フラン保証してくれたら4曲やります、と。ピーター&ボブが戻って来た。店の人達と話して――凄く感じが良かった――大通りから離れられて気持ち良かった——僕達は演奏を始めた。一曲終った時点でもう既に4フラン位集まっていた。二曲目を始めたところで、囚人護送車——警官がわんさと乗ってる——がゆっくり広場に入って来た。「おまわりだ《レ・フリック》」と僕は言った。ピーターの顔が暗くなって、演奏を止めた。僕達は大慌てで、もう帰りますと言って逃げ出した。逃げる僕等に、皆がポケットに手を入れ金を出してくれた。ウェイターなんか1フランもくれて、気をつけて行けよ、有難う、元気で、と言ってくれた……三人して泥棒みたいに必死に最寄りの地下鉄駅まで駆けて行った。実に劇的な退場にしてフィナーレ、わくわくする一コマだった。——でももうやりたいとは思わない。何と言っても物乞いってのはあんまり愉快じゃない。金を集めて、人から碌でもないこと言われて言い返したりする役は僕だったからね——後味は良くなかった。それに、僕は本当に飢えてはいない訳で、物乞いなんかするのはまやかしであり、物乞いで食べてる本物の乞食から奪う事になってしまうんじゃないか。でもまあ一度は経験して後悔はないね。

　8月23日（二通目）僕はよくこんな風に一日を過す。早起きする——8から9：30の間。下に降りて行って朝食をとり、君からの手紙が来ていたら食べながら読む。それから部屋に上がって、君に手紙を書き、投函しに出かけ、そこいらを散歩して戻って来て、書く（このところ短い物を書いている——散文だ——5、10ページの、それぞれ完結した文章。もうじき学校が始まってしまうから今は長いのは無理だと思う）。1時頃にピーターとスーが起きてきて（二人ともアパルトマンが見つかるまで——見つかればの話だけど——このホテルに泊っている）、三人で何か食べに降りて行く。それから三人で出かける事もあるし僕とピーターだけの事もあれば——スーは時々ナンシーと会う——僕一人の時もあり、或いは部屋に戻って書く事もある。例えば昨日はピーターと出かけてズボンを買った……今は6時、晩は大抵レストランで食事して、そこら辺で寛《くつろ》ぐか映画に行くか。それから部屋に戻って来て、普通は本を読むけど元気があればまた書く。それから眠って、同じ事の繰返し。

ほとんどすべての面において完璧な生活だった。秋学期が始まる前、数週間の全面的自由。パリに行きついた幸運、どこから見ても幸運、あらゆる面で恵まれた若者、友人と外食してシネマテークで映画を観て、パリの街を存分に散策する。にもかかわらず、その怠惰な何週間かのあいだずっと、君はここにいない、海峡の向こうにいる恋人に焦がれ、自分が彼女を愛しているほどは彼女に愛されていないのだという思い、もしかしたら全然愛されていないのかもしれないという思いに苛まれていた。彼女の気持ちを確かめにロンドンに逃走しようか、などと非現実的な策を思い描いたりもしたが、むろん街を出るなんて論外だった。君はぎりぎりの生活費で暮らしていたのであり、何か仕事をして足しにする当てもなく、父親が毎月送ってくれる一四〇ドルでやりくりするしかなかった。それだけの仕送りをしてもらえるだけでも有難いと思わねばならない。とはいえ、いくら映画が四十セント、食事一ドルの時代ではあれ、月一四〇ははした金でしかない。六十ドルの宿代を差し引いたら、八十ドルで食事から何からやりくりしないといけないわけで、ということは一日三ドル以下。かくして八月二十八日の手紙で君は、ポケットには七ドル相当の金があるのみと告げ、翌日には(なぜかいまの君には不可解な理由ゆえにフランス語で)もうあと二ドルしか残ってないことを語る。"C'est moche, c'est drôle, mais à ce moment j'ai seulement dix francs. C'est à dire, j'ai deux dollars. Pas beaucoup. Après aujourd'hui je ne sais pas ce que je ferai. J'espère que mon père envoyera l'argent bientôt."*9

8月28日　中々書けない。進まない。疲れ切ってしまう程……このところ気分がひどく落ち込んでいる——本物の鬱かと思えば、また楽天的になったり。色んな事がまだ目まぐるしく揺れている。昨日の夜、気持ちも落ち込んでいたが、Mに貰った食事券でタダ飯にありつこうと街の反対側のカフェテリアまで出かけていった。だが徒労だった。券はもう無効になっていたのだ。それで帰って来た。メトロの中で女の人が歌っていた——美しく、哀しげに、一人口ずさんでいた。それを聞いて僕もひどく哀しい気持ちになった。元々哀しかったのが、もっと哀しく……

50セントでテーブルワイン1リットルが買える。この頃少し飲み過ぎている。眠くなって**バタン**と寝入ってしまう事もしばしば。

映画のシナリオを書きたい。良いアイデアが色々あるんだ……

翌週（9月5日）、またフランス語で始まる手紙。"Je ne sais plus quoi dire. La pluie tombe toujours, comme une chute de sable sur la mer. La ville est laide. Il fait froid—l'automne a commencé. Jamais deux personnes ne seront ensemble—la chair est invisible, trop loin de toucher. Tout le monde parle sans rien dire, sans paroles, sans sens. Les mouvements des jambes deviennent ivres. Les anges dansent et la merde est partout.
Je ne fais rien. Je n'écris pas, je ne pense pas. Tout est devenu lourd, difficile, pénible. Il n'y a ni

＊9　嫌な話、笑える話だが目下僕には十フランしか残っていない。すなわち、二ドル。わずかな額だ。明日からどうしたらいいかわからない。父親が早く金を送ってくれるといいが。

commencement de commençant ni fin de finissant. Chaque fois qu'il est détruit, il paraît encore parmi ses propres ruines. Je ne le questionne plus. Une fois fini je retourne et je commence encore. Je me dis, un petit peu plus, n'arrêtes pas maintenant, un petit peu plus et tout changera, et je continue, même si je ne comprends pas pourquoi, je continue, et je pense que chaque fois sera la dernière. Oui, je parle, je force les paroles à sonner (à quoi bon?), ces paroles anciennes, qui ne sont plus les miennes, ces paroles qui tombent sans cesse de ma bouche . . . "*10

七時間後、午前零時も過ぎて、君は部屋に戻ってきて手紙の続きを書き、じめじめ暗い午後に書いた陰気な嘆きとはうって変わった、政治と革命をめぐる、連想が湧き出るに任せた長広舌をやり出す。あまりに急激な、あまりに全面的な調子の変化に、読んでいてひどく不安にさせられる。この二股の手紙をいまの君は、不安定さが増してきた兆候として、この後君を脅《おびや》かすことになる精神崩壊危機の最初の証拠として見る。「アメリカの現状については触れない」と君は切り出す。「そんなのは判り切った話であり、新聞で毎日読める。重要なのは、混乱から意味を引き出す事だ（僕の考え自体も相当混乱している、何処から始めたら良いか判らないという点において——）」。この時点で君は脱線する。まだ始めてもいないうちから脱線して、マルクス主義の哲学的土台に賛同できるかどうか思案し、歴史にはパターンがあるのかを問い、弁証法の二元性は有効なのか疑義を呈し、有効でないと結論し、それから、この結論にさっそく矛盾して階級闘争は現実か虚構かと問い、「多分、現実だ」と断じる。次の段落では、君言うところのブルジョワ哲学に対する攻撃を始める。「懐疑主義は、宇宙を記述する上で厳密に客観的な方法の称揚に繋がった。例えば幾何学、論理学。デカルト、スピノザ、ライプニッツ、カントを見るがいい——科学の賛美。そこでは主体／客体、形式／内容等々の、現実には存在しない二元性が前提とされている。それが思考と行動の乖離に繋がって……斯《か》くして経済世界にあっては……機械と見なされる労働者という発想が生じた。労働の契約は、本来は人間同士の契約であるのに資本の契約に貶《おとし》められた。そうなったのは、抽象的概念に則《のっと》って思考するよう人々が教え込まれた（今も教え込まれている）からだ。だから今日にあっては、例えば一定時間内における労働者の効率というものを特定すべく極めて科学的な社会学的調査を行う事も可能である。これは非人間化だ――今やこれこれの時間のあいだ人間がいるのではなく、これこれの時間分の人間があるのだ――あたかも人が機械であるかのように。資本主義世界は人々ではなく物の世界だ」。こうした言葉が支離滅裂だというのは少し違うし、こいつは自分が何を言ってるのかわかっていないというのも当たらない。君はただ、あまりに速く進もうとしているのだ。本一冊分の議論を、数ページで書こうとしている。おそらく君は疲れている。たぶん少し酔ってもいるし、間違いなく惨めで寂しい気持ちでいる。この後二、三段落において、アメリカの抑圧され

＊10　もう何を言ったらいいかわからない。雨はひっきりなしに、砂が海にまき散らされるみたいに降る。パリの街は醜い。寒い――秋が始まった。二人の人間が一緒になることは決してない――肉体は目に見えず、触れるには遠すぎる。誰もが何も言うことなく喋っている、言葉もなし、意味もなしに。脚は酔ったように動く。天使たちが踊り、いたるところに糞がある。

僕は何もしない。書かないし、考えない。何もかもが重く、難しく、辛くなった。始まりの始まりもなければ終わりの終わりもない。破壊されるたびに、それ自身の廃墟の中からふたたび現われる。僕はもはやそれに異を唱えない。ひとたび終えたら、ぐるっと回ってまた始める。僕は自分に言う、あと少しだけだ、ここでやめるな、あと少しだけだ、そうしたらすべては変わる、それで僕は続ける、なぜだかわからなくても、僕は続ける、今度こそ最後だとそのたびに思いつつ。そう、僕は話す、音を作るよう（何のために？）言葉に強いる、それらの古い、もはや僕のものではない言葉に、僕の口からはてしなく落ちてくる言葉に……

た階級が蜂起しないのはナショナリズムの神話にだまされて自分たちは抑圧されていないと思い込んでいるからだと説いたあと、締めくくりに中流階級に向けて、故意の自壊を君は呼びかける。「中流階級の若者が（例えば僕と君が）、自らが育てられてきた社会を無効化するのだ――己の階級が体現しているものを恥じて階級を超越し、貧しい人々、迫害された民族と連帯する為に」。君は手紙にこうサインする――「哀しい、半ば麻痺した《セミ・パラライズド》ポール」

この後に彼女から受けとった手紙は君にとって打撃であったにちがいない。失望であり、耐えるのは容易でないショックだったにちがいない。九月十一日に返事を書く君は、しおらしく、意気消沈しているように思える。憤っているというより、感情的に力尽きているという印象を受ける。「君の手紙の正直さに、僕も自分の思考の、新たに見出した正直さで応えたい。――その正直さは明らかに、目下僕が味わっているひどい鬱状態から生じている。勿論君が言う事は全て正しい。君とのやり取りの中で（僕の旅行が中止される前）事実を避けたのは、逃げでしかなかったと思う。頭の中で回っている幻影がもっと良く見えるよう、現実の事物の光を遮ろうと、ベールで目を覆ってしまったのだ。だが、僅かずつ、ベールはずり落ちていった。今やそれは僕の両足（踝《くるぶし》の辺り）を縛っていて、一歩歩く毎に僕はばったり前に倒れてしまう。今歩きたかったら、歩数と同じ数だけ転ぶ事に甘んじねばならない。やがて生地が裂けて僕は解放されるだろう。或いは、これも有りそうな事だが、転んだ後に起き上がらない事に決めるかも知れない。ただそのまま……起き上がりたいという欲求も無く……」

9月15日　天気に合せてこっちの調子まで落ちてきたみたいで（天気はとにかく酷《ひど》い――厭《いと》わし

い雨が一日中降る。秋が来ている——木の葉も色が変り始めた）喉はひどく痛むし、風邪気味で、寒気がする。それでも、授業と試験の登録で忙しくしていた。残念ながら……君のお知合いＬ教授は恐ろしく怠惰な、恐ろしく嫌な奴だ——勿体ぶって中々会おうとしないし、全然協力的じゃない。しかも教授は、ＮＹでプログラムに関し僕等に誤った情報を与えたようだ——プログラムの大半はただの語学授業だし、しかもソルボンヌの外国人分科で行われるのだ。そんなの全然魅力がない。音楽を勉強しに来たピーターまで、語学の授業に大半の時間を費やさないといけないのだ……

このところ映画の事を考えていて、ワクワクしている——「映画《フィルム》」＝**ザ・シネマ**。シナリオを書き始めた。それについてはいずれ……

ほぼ毎晩、僕の夢は凄く生々しい。或る夢の中で、僕はナチスにマシンガンで撃たれたが、実に驚いた事に死は不快じゃなかった。腹を下にして水平に浮び、人には見えぬ存在となって宙に上がった。また或る夢では美しい女性と一緒に裸で公共の場にいて、やがて映画館に閉じ込められた。二重の視点——僕の目を通して、そして客観的な視点で。彼女の裸体は凄まじい美しさだった……

Ｌ教授との苛立たしい戦いが始まった。あるいは君は、コロンビアの最初の二年で甘やかされてしまったのかもしれない。ニューヨークで過ごした第一、第二学年のあいだ、学生の才能を刺激する、自身も才能豊かな人々の下で君は学んだ。すでに名を挙げたアンガス・フレッチャーとドナルド・フレーム（一年目は十九世紀フランス詩、二年目はモンテーニュのゼミ）以外にも、エドワード・テイラー（ミルトン）、マイケル・ウッド（二か国語の小説ゼミ——英語はジョージ・エリオット、ヘンリー・ジェームズ、ジェームズ・ジョイス、フランス語はフロベール、スタンダール、プルースト）、さらには指導教官で中世学者のＡ・ケント・ハイアット。毎学期面談して受講する授業を相談したこの辛辣で垢抜けた紳士は、いつも好意と励ましの態度で接してくれた。大学生活の半分を通して、学者ぶる人間や石頭の勿体ぶった人間に君は一人も会わずに済んだのであり、下司な人間、欲求不満の人間が自分の不幸を他人に負わせたりすることもなかったのだ。それがパリに行って、L教授という壁に君はぶち当たった。退屈を抱え込んだ学務主任L教授に、君はまともに激突した。もうそのころ君のフランス語は、教授が押しつけようとするベルリッツに毛の生えたような授業よりずっと高レベルのカリキュラムについて行ける水準だった。ピーターの場合はもっと馬鹿げた話で、母親がフランス人であり彼のフランス語も完璧に流暢だったのだが、ピーターは君ほど短気ではなく、ブーランジェに習えるのならこのプログラムにも耐える気でいた。十五日の手紙は君がすでにL教授に不満を抱いていることを伝えているが、不和はあっという間にエスカレートしていったにちがいない。わずか五日後には、君はもう全面的反抗の一歩手前まで来ている。

9月20日　こんなに途方も無い混乱は初めてだ……これ程激しい鬱の発作も。僕は今いわゆる分岐点に立たされている――人生で最も重要な分岐点に。明日L教授と会った後、一つの事がはっきりしているだろう――コロンビアに残るか、残らないか。目下のところ、ドロップアウトを真剣に考えている。プログラムの内容が改善されない限り、そうする積りだ。L教授には心底うんざりする……本当なら今年はまだ学生でいて……今後何をするか（幾つか案はある）じっくり考えたいところだ。でもその時間を持つ為に、毎週15時間フランス語の文法を勉強するなんて冗談じゃない。

明らかにただもっと勉強する事にしか繋がらない、そして恐らくは教師になる事にしか繋がらない（そういう人生に屈するのは何と容易な事か！）、そんな学業を追求するより、映画の世界に入る事に僕は決めた――こいつは本能に従った、胸躍る決断だ。先ずシナリオライターになって……

いずれは監督もやる。初めは、それもかなり長いこと、大変だと思う。シナリオを何本も書いて（今も一本書いている）、色んな人と知り合いになって、アシスタントの仕事に就いて、等々。明日もプロデューサーに一人会って、もしかしたら脚本を翻訳する仕事が貰えるかも知れない。何百ドルか稼ぎにもなる……アメリカからの金が途絶えたら、つまり父親が仕送りを打ち切ったら（そうなっても無理無いだろうし、全く正当な話であり、恨む積りは毛頭無い）、銀行に預けてある＄３０００を取り寄せて自立する積りだ。

コロンビアを辞める事から生じる波紋は複雑であり相当深刻だ。徴兵猶予の権利を失うだろうから……

明日、先ず最初の、そして最も重要なステップが恐らく取られるだろう。次の事をL教授に提案する積りなのだ――第１・第２学位の試験の準備は自分一人でやり、ソルボンヌの授業を幾つか聴講し、自主研究を行う。要するに、間接的に試験の準備となるだけの語学授業は取らずに（そしてこの試験こそがどうやらプログラムの最重要事項らしい――これがあるから「公式」プログラムたり得るのだ）、ソルボンヌで本物の授業を受ける訳だ……しかし、L教授がこの案に良い顔をするとは思えない。そうなったら、彼に別れを告げ、後は一人でやっていく事になるだろう。

全体、何とも哀しい話だ。これで滞在許可証が取得出来るという書類をL教授が書いてくれたので、今日ひどく具合が悪いのを押して（僕の咳を聞かせたかった）３時間並んだ挙句、僕はまだ未成年なので父親からの、公証人の認証を受けた手紙が要ると言われた。本当に頭に来る。僕の役所嫌いは知ってるよね――この国はもっと酷い……

９月25日　ドローイングと、支持の言葉、有難う。まだ全ては決っていない。今日の内にコロンビアに長距離電話をかけてこっちの計画を伝えないといけない。授業料を（少くともその大半を）返して貰えるかも訊いてみる。そう、L教授は僕の提案を気に入らなかった——といっても彼に出来る事だって殆ど何も無い。

学校に関するこうしたゴタゴタに加えて、このところ随分忙しくしている……それに……ジャック・デュパン[*11]の詩も十本訳して、ニューヨークのアレン[*12]に送る積りだ。多分「ポエトリー」に掲載されるようにしてあげられると思う、と言ってくれたから。載れば＄50位にはなる筈。

父親がこれ以上金を出してくれるとは思えない。自分の金は＄3000しか無い訳だから、どれだけ僅かでも、何とか収入源を持たないと。

今は或るメキシコ人女性の書いた脚本をリライトしているところ。この人は僕の知合いの老作曲家[*13]も出演している『セルバンテス』を製作したプロデューサーの奥さんだ。もしこれが首尾良く映画になったら、僕もしっかり関わる事になる——正に求めている経験が得られる訳だ。彼女には、前に書いた戯曲の英訳も頼まれている——どの仕事もちゃんと報酬が払われる筈だ。黒髪の、蠱惑《こわく》的《てき》な美しい女性だが、僕は彼女を信用していない。その約束はどうも胡散《うさん》臭く思える。まあいずれ判る。彼女が住んでいる建物の女中部屋に住ませて貰える可能性もある——家賃無しで。とにかく引越さないといけない。このホテルの月額300フランはもうこれ以上払えない。女中部屋の件は数日で判る。決れば実に有難い。贅沢には興味が無いし（女中部屋というのはごくごく狭いものと相場が決っていて、水道も無いし、常に最上階にあり、裏階段を上がっていく）。

僕の計画はこうだ——暫《しばら》くパリに留まる——自分のシナリオを書く（詩や小説も書き続ける）、翻訳をする、得られる限りの経験を得る……

9月27日　今は多くを書かない。もう遅い時間だし、この前の手紙への君の返事を待っているから。

が、事実を幾つか。コロンビアの学科主任に電話して（90フラン――ほぼ20ドル！）全て話をつけた。授業料は全額返還して貰える。大学宛に正式の手紙を書いた。両親にも書いた――父親宛、母親宛に。どう反応してくるか、興味津々……

＊11　フランスの詩人（一九二七―二〇一二）。君はその前の春にニューヨークで彼の作品を発見し（フランス現代詩の小さなアンソロジーに三、四本の詩が載っていた）、パリに着いてから彼の本を探し出し、その詩を翻訳しはじめた。彼こそ新しいフランスの詩人たちの中で誰より優れていて誰より独創的だと思って、ただひたすら楽しくて訳したのである。本人とは一九七一年に初めて会って、昨年十月に彼が亡くなるまで親しく交際を続けた。一九七四年、君の訳したデュパン詩集が『断続』（*Fits and Starts*）のタイトルでリヴィング・ハンド社から刊行された。二冊目の『デュパン詩選集』は一九九二年に出た（アメリカはウェイク・フォレスト大学出版局、イギリスはブラッドアックス社）。君の『散文選集』の中の二本はデュパンを扱った文章である。一本は彼の詩を論じた一九七一年の文章、もう一本は二〇〇六年に彼の八十歳の誕生日にサプライズ・プレゼントとして書いた回想「ある交友の歴史」。ジャックとその妻クリスティーヌは君の近著『冬の日誌』でも言及されている（71ページ）。「最良の、誰より親切な友たち――彼らの名が永遠に崇められますように」

＊12　アレン・マンデルバウム（一九二六―二〇一一）。君の義理の伯父（君の母親の姉の夫）。ウェルギリウス、ダンテ、ホメロス、オウィディウスの定評ある英訳者で、二十世紀イタリア文学の英訳もあり（ウンガレッティ、クァジモド等）、詩人、大学教師、語学の達人（古典ギリシア語、ラテン語、ヘブライ語、アラビア語、そしてヨーロッパの主要言語すべて）。疑いなく、これまで君が出会った最高に明晰で情熱的な文学的知性の持ち主である。君がものを書きはじめた当初、君の友人、助言者、救い主だった――君の文才を誰よりも早く信じ、君の野心を応援してくれた。彼の名が永遠に崇められますように。

＊13　アレクサンドル・スペングラー。君は一九六五年、生まれて初めてパリに行ったときに彼と知りあった。『孤独の発明』第二部にSの名で登場し、主要な役割を演じている。

映画に関して——当面は監督ではなく、ただのアシスタントだ。目下のところ他人のシナリオを——ほぼ全面的に——書き直す大仕事に携っている。役の一つをサルバドール・ダリが演じたがっているらしい。そうなったら面白いかも。物語の大半は下水道が舞台だ。明日の午後メキシコ人女性と一緒に見学に行く。どうやらこの脚本に興味を持っている人がいるらしい——どっさり金を持ってる若い男が製作をしたいと言っているとのこと。主任技師にも明日会う。とはいえ、僕はさほど楽観していない。全てが泡と消えてしまいそうな気がする。まあどうなるかはこれからだ。——他人の作品を書き直すというのは妙なものだ。良い練習にはなるみたいだけど。

学校の心配が無くなって、幾らか解放された気分……

10月3日　……凡そ理想的事態とは言い難い——それどころかひどく混沌としていて、しばしばひどく気が滅入る事態と化す（字がこんなに小さいのはこれが最後の一枚だから）。——4、5日前の真夜中に母親と義父から電話がかかってきた……二人とも僕の事を凄く心配しているみたいで——ニューアークに3、4日帰って来て「状況を話し合って」欲しいと言ってきた。電話で無駄に言い合うのを避けたいばっかりに、帰ると答えた——そして翌朝、帰りたくない——絶対に——と書いて速達で送った。帰ってしまったら、特にそんな風に短期間だけ帰ったら、僕の意気は完全に挫けてしまうだろう。まだ向うから返事は無い。反目は招きたくない——でもどうしてもとなったら仕方無い。二人とも徴兵の事を一番心配してるみたいだった。

明るい話題については、二人によれば僕が送ったデュパンの翻訳にアレンが非常に感心してくれていて、間違いなく雑誌に載るよう取り計らってくれるとの事……

老作曲家の友人とは頻繁に会っている。彼は先日から具合が悪い。金も無い。出来るだけ食べ物を買って行ってあげるようにしている。

映画の件は月曜まで持越しになった――金の問題らしい。資金が集まるかどうか模索中とのこと。「プロデューサー」が金の話をするのは本当に嫌だ……さも愛想の好い、嫌ったらしい喋り方。相手が誰でも「我が親愛《モン・シェール》なるムッシューX」と呼ぶ――想像し得る最高に胸糞悪い、媚びへつらった言い方で。脚本は⅓くらい書き直した――当座は中断している。女性は、作者は、満足してくれてるみたいだ。今夜僕が監督に読んで聞かせる予定。監督の名はアンドレ・S。技術では世界でもトップクラス――『アラビアのロレンス』で砂漠のシーンを撮った人物だ。監督としてはこれが初仕事になる――そして、保証する、この映画は、作られた暁には『アラビアのロレンス』とは全然違った物になるだろう……今の段階では全てが凡そ漠然としている――僕は極めて悲観的だ。けれども、万一上手く行けば、数千ドルの稼ぎになるだろう。当面は、もう一つ翻訳の仕事を任された。戯曲の翻訳で、＄１００位になるんだと思う。

こうやって金の話をくどくどするのも、全てが混沌の沼であり、僕がその只中で一人孤立しているからだ――凡そ覚えの無い感覚。

短篇映画のシナリオも書いている……こっちでは「クール＝メトラージュ」と言うんだな。あと5日か、1週間で書き上がる……出来たら写しを送る。出来上がったら、何とか数か月の内にイングランドかアイルランドで撮影したい。要は技師と俳優の知合いを作って、資金を集める事だ……

散文詩の連作も書いている。『改訂』と題した、言わば僕の過去を振り返る連作だ。

こんな風に書くと、何だか……凄く忙しそうだ。多分本当に忙しいんだろうが、実のところ実感はない。大半の時間は全く一人でいる――底深い、恐ろしい孤独の中に僕はいる。小さな、ひどく寒い部屋で、書いているか、歩き回っているか、落ち込んで麻痺しているかだ。散歩。ひどく寂しい散歩。そして映画業界の人達に会う――何もかもが現実と思えない。殆ど何も食べていない……

自分がどうなるのか心配だ。徴兵。

最近やった事で一番ワクワクしたのは、共産党の集会に行った事だ――ロシア革命50周年の祝典。「呼び物」は世界初の宇宙飛行士ユーリイ・ガガーリン。あんなに凄い騒音、叫び声、金切り声、歌声は聞いた事が無い……

10月9日　君の質問に答えると、イエス、多分君の言う通りだ、僕が意地を張ったら両親が、或いは少なくとも母親がパリへ来て、「僕の頭に分別を叩き込もう」とするだろう。――風船売りはいなくなって、あるじはいつもいる《ル・パトロン・エ・トゥジュール・ラ》、作曲家の友とは頻繁に会うけれど大抵は彼が僕をというより僕が彼を助けている。ピーターとスーはまだこのホテルにいる……ピーターはプログラムの事を喜んじゃいないが、ナディア・ブーランジェの下で学べる可能性に賭けてとりあえず付き合っている。――ピーターとスーとは年中顔を合せている――凄く美味くて物凄く安いポーランド・レストランで始終一緒に飯を食うし、ほぼ毎日、一日の何処かの時間、ピーターと僕とでピンボールをやる。殆ど全てのカフェにマシンが置いてあるんだ。それと、僕にせっつかれて二人ともベケットを読み始めた。ピーターは『マーフィ』を終えて今は『ワット』を読んでいる。二、三週間前、僕を喜ばせようと、ピーターとスーとでエンドン氏とマーフィのチェスの試合を再現してくれた。――他の事柄について言えば、映画の財政状況については今日知らされる筈。僕は些《いささ》か熱が冷めている……話全体に。でも自分のシナリオはこつこつ書いている。結局長篇の長さになった。これまで50ページ位書いて、これで全体の⅓と½の間というところ。これは何としても撮影して上映する気だ……

10月16日　有難くない報せがあった。両親は半狂乱になってきている……アレンが頼まれて電話してきて――何日かアメリカに帰って来いと言われた――「話をする」為にと――僕は言葉を遣うのが専門だから、手紙だと両親に不公平になると言うのだ。何だか訳の判らない論法だが、とにかく……帰ると答えた。二日位して母親から電報が来て、エールフランスへ行けば僕のオープンチケットが待っていると言う。次の日、ヘルスカードを持っていないことに気が付いて……送って欲しいと手紙を書いた。という訳で、いつ発つ事になるかまだはっきりしないが――まあ一、二週間後だろう――とにかくいずれ発つ。何だかちょっと怪しい。往復のチケットを送ってくれるよう、手紙で両親に約束させたのだが。

こんな具合にバタバタしていて、じき移動する事になるから、もう一度僕から連絡があるまで君の方からは手紙をくれないのが得策だと思う。多分受け取り損ねてしまうから。僕はじきにこのホテルを出る。パリに戻って来たら、新しい住所を知らせる。

ニュースを続けると――映画はパラマウントが引き受けてくれたが、ダリの参加が条件。撮影は三月か四月。ダリは25日にパリに来る。とはいえ、何もかもが僕には些《いささ》か馬鹿げている気がする――実はそんなに良い脚本じゃないのだ。全然良くない。

自分のシナリオは書き終えた……タイプするのに3日かかったよ――ぴっちりシングルスペースで70枚。すぐには撮影の段取りは進めない……先ずは閉じ籠ってもっと書きたい――引っきり無しに湧いてくる何もかもを、アイデアを、言葉を。全てが他の全てに繋がっている。一つの宇宙。書き手として前より逞しくなったと思う。一日じゅう部屋に籠って書いていても平気だ。孤独が与えてくれる自由のみならず、どういう訳か、新たな明晰さが今の僕にはある。多分、学校の事を心配しなくて良くなった御蔭なのだろう……

あと2週間かそこらで次の手紙が届く筈……

君は約束どおり、およそ二週間後の十一月三日に彼女に手紙を書いた。ただし、意図していたパリからではなく、「数日」の訪問が結局は三年以上に延びることになるニューヨークから。陰鬱なモーニングサイド・ハイツに戻ってキャンパスの向かいに住み、そのキャンパスは翌年四月末には座り込み、抗議行動、警察の介入等々の戦場と化し、その後まもなくパリでも同様の学生蜂起が生じると、今年はどこにいようと嵐のただなかにいる運命だったのだと君は悟る。コロンビアでの紛争の五か月後、「ニューヨーク・レビュー・オブ・ブックス」に、カレッジに所属する人望厚い英文科教授F・W・デュピー（君は彼の授業は受けなかったが見たことはあったし評判も知っていた）による、その春の出来事を丹念に詳述した長文の記事が掲載された。デュピーは騒乱当時六十三歳で、ここで君が、自分と同世代の人間による報告記ではなく彼の記事を挙げるのは、まさに彼が学生ではなく、騒乱の当事者ではなかったゆえに、ある種の叡智と、私情を排した冷静さとをもって事態を観察することができたと思うからである。と同時に、騒乱前数か月のキャンパスの雰囲気をこれ以上見事に綴った例を君は知らない。

「コロンビアの美徳のひとつは」とデュピーは書く。「教師たちに……知的・社会的自由を存分に与え、優秀な学生を多数与えたことであった。私自身、学内政治にはずっと距離を置いてきたが、その長年の姿勢も最近、戦争の圧力の下で学生たちが益々絶望を募らせていくのを見るにつけ、変更せざるを得なくなった。戦争の大いなる悪は、学生たちの悲痛の中に小さく凝縮された形で現れた。彼らは刻一刻、自分に与えられた選択肢の貧しさを巡って思い悩んだ——ベトナムか、カナダか……或いは刑務所か！　当然ながら神経はすり減り、彼らは大挙して授業を欠席し、キャンパスにおいて騒々しいデモを組織した。こういった全てに加えて、大学当局も新たな圧力を上乗せした。当局の権利行使はどんどん恣意的になっていき、いかにもアメリカ的に、寛容のポーズと締めつけの脅しとを交互に繰返したのである。

今日、誰にも異議を唱えられない権力などほとんどどこにも——バチカンにおいてですら——残っていない。それゆえ、自分は権力を持っていると思っている者たちは、その権力に一層しがみつく傾向にある。私の教師仲間の多くが、当局と共にこうした『しがみつき』症状を呈することになった。反抗する学生たちについて、その一人は私に、『子供と同じで、彼らにノーと言わなくちゃならない時が来るんだ』と言った。だが反抗する学生たちは子供ではなかったし、彼らにノーと言うことは『お尻ペンペン』などよりずっと大きな悪に彼らをさらすことになるのだ。戦争は学生たちなどよりはるかに大きい『暴力』を大学にもたらしている。全般的に、この一年間、コロンビアの（特に私が教えている、四月の騒乱が始まったカレッジの）雰囲気は陰惨であった。あれ程の騒乱が起きようとは誰一人——急進派の学生たちでさえ——予想していなかったけれども、今年度が神経衰弱の大流行と共に終ったとしても私は驚かなかったであろう」

まさしくそういう場に——神経衰弱が多発してもおかしくない中核に——君は戻ったのであり、その年君がいかなる個人的葛藤にまみれていたにせよ、それを周りに漂っていた破滅の空気と分けて考えることは不可能なのだ。

十一月三日に書いた手紙で、コロンビアに復学したこと、じき新しい、家賃も八十ドルと手頃なアパート（西一一五丁目六〇一番地）に移る予定であることを君はリディアに報告している。計画を元に戻すよう説得したのはアレン伯父だった。帰国後、マンハッタンにある伯父のアパートメントに君は数日泊まって、「あらゆる事について話し合い」、特に君の現在、君の未来が陥った混沌について話した。伯父と話せて本当によかった、と君は書き、伯父の知性と理解力を賞賛し、学校をドロップアウトしたのは間違いだったと認める――学校が君にとって重要だからではなく、戦争ゆえ、君が戦争に反対しているがゆえに。大学を辞めていたら、徴兵のトラブルは避けられなかっただろう。コロンビアに入り直したことで、その戦いを一年半先延ばしできたのだ。

「4つの授業に出るようスケジュールを組んだ。大学院2コマ、学部2コマで、全部で週5回、月火水に集中していて、週末が四日ある事になる。勉強も既にほぼ遅れを取り戻した……」

11月17日　正直言って、此処にいるのは嫌じゃない。過去何年か……とにかく自分の根を引っこ抜き続けた末に、やっと或る種の平衡を、自分の環境を相手に打ち立てた。無関心、もしくは平静と言った方がいいか。全ての場所は良くもあり悪くもある。大切なのは生きるという営みを続ける事、自分を後押ししてくれる内なる衝動を満たしていく事だ。アメリカについて言えば、この国全体が今や全てが爛《ただ》れた汚染体、無数のトラブルから成る巨大な腫れ物だ……今此処にいるのは実に刺激的だ。

毎晩午前4時まで起きている。デュパンの翻訳も進んで（全部で20本位になった）、アレンも凄く喜んでくれて明日訳稿を我等の友ジェームズ・ライトに渡してくれる事になっている。ライトが「シックスティーズ」の編集長なんだ……近い未来、他の詩人も何人か訳したい。良い勉強になるから。それと、シナリオを推敲して拡張し、他の作品のスケッチも作る。小説……それにまた新しいシナリオの。映画監督の一人とも連絡を取っている――どこへ行けば撮影監督が確保できるかも判った。早々に資金調達を始めないといけない。加えて、勿論、大学にも行く。そんな訳で、結構忙しい……

ピエール・ルヴェルディの詩を読み給え。映画『飢ゑ』『テルレスの青春』を観たまえ……

11月23日　シナリオについて。タイプライターを確保した――レンタルで月$6の巨大なマシン。書き直しはまだ始めていない……今は頭の中で修正し、加筆するだけ。一番大変なのは物理的作業、タイピングだ――とにかく何ページもあるから。だからすぐには郵送出来ない――Xマスに持参するよ……デュパンの翻訳も持って行くし、他2人のフランス詩人の訳も――ジャコテとデュブーシェ。フランス文学の授業の課題として、3詩人の小さな本を作るんだ――翻訳（それぞれ訳20編ずつ）、全体の紹介文、それぞれの詩人の解説、注解。何と学者的な！　でもありきたりのレポートを書くよりずっと良い。書き始めようと思っている長篇がある。詩も何本か書いたから、次の手紙で送る。まだ少し手を入れるので。

悪い報せ。メキシコ人女性から手紙が来た。彼女がパリを離れていた間に、監督とプロデューサーが脚本を盗んで――完全に書き直して――もっと露骨で金目当ての代物にして――パラマウントとダリと契約書を交わし、売れ線の映画を作ろうとしているそうだ。彼女はずっと蚊帳《かや》の外に置かれていて、言うまでも無く僕も然り。何という強欲とペテン。万事隠れて進めるなんて。ダリは金の事しか頭に無いと彼女は言っている……まあ僕にとってはこれが最善かも知れない――一人で好きなようにやっていられる訳だから。でも彼女には同情してしまう。

衒学者《げんがくしゃ》ぶるのは嫌だが、前回の君の質問に答える……マルクスの2冊を読み給え――『ドイツ・イデオロギー』と『経済学・哲学草稿』。非常に精緻で、大いに蒙《もう》を啓《ひら》いてくれる……ファノンの

『地に呪われたる者』も忘れずに。

映画の脚本を書いたことを君は覚えている。かつての君がシナリオと呼んでいるそれは、実際かなりの長さで、シングルスペースで百ページ近くあった。映画の脚本というよりは、こまごました描写がぎっしり詰め込まれた現在時制のナレーションであり、情景の詳しい説明、人物たちのしぐさ、彼らが犯すヘマ、顔の表情などが微に入り細を穿《うが》って書き込まれていた。白黒の無声映画という設定で、つまり会話はいっさいないわけであり、脚本に普通つきものの広い空白はいっさいなかった。紙面がどんなふうだったか、記憶の中でいまも目に浮かぶ。言葉がすきまなく詰まった、ところどころ白が覗いているだけの黒い印の群れ。だとすればつまり、君がそれまでに書き上げた図抜けて最長の作品だったことになる。もし間違っていなければタイトルは『帰還《リターンズ》』、一人の老人が子供のころ住んでいた家を探してほとんど人も住まない風景をさまようなかで種々の冒険に出遭う、夢幻的な哲学風喜劇だった。非常にいい出来だと思ったことは覚えているが、その判断が正しかったという保証はないし、自分としても、製作に持ち込みたいと望んではいたものの、あくまで初心者の作品、ひとつの実験と考えていた。現在の君を驚愕させるのは、これを製作まで持って行けるとかつての君が考えた、その無知蒙昧《むちもうまい》ぶりである。映画作りというものについて、君は何と馬鹿馬鹿しいほど無知で、愚かに楽天的であったことか。君は何も知らなかった。本当に何も知らなかった。君に一財産が授けられていて、このプロジェクトに好きなだけ散財できるというならともかく、そんな映画が二十歳の若者によって作られうる確率はゼロ、まったくのゼロなのだ。だがいずれにせよ、完成版を作り上げたころには、君はもう、今後書きたいと思っているいろんな作品の方に頭が行っていたし、それらに没頭していないときは大学の勉強について行くのに忙しかった。何か月かあと、読みたいと言う友人に君は原稿を貸し、それっきり原稿は失われてしまった。当時、複写機はまだ出てきたばかりで、コピーを取る財力は君にはなかったし、完成版を清書したときもカーボンコピーの作成を怠っていたから、なくなった原稿は存在する唯一の原稿だった。もちろん君はがっかりしたが、ものすごくがっかりしたというほどではなく、底なしに落ち込むなどということもなくて、じきにもう何も考えなくなった。結局君が映画の世界に恐るおそる足を踏み入れるには、この後二十五年近い年月を要することになる。

12月3日　僕は一人で暮し、滅多にアパートから出ない。何日もの間、誰とも口を利かない。何かを言うよう強いられると、自分の声が奇妙に響く。機械がガタガタ鳴ってるみたいに聞える。授業は週に五回行くだけ。座って、聴いて、去る。アパートに帰る。四日にわたる週末が一番寂しい。出かけるとしても午前零時過ぎだけで、酔払いに行くか、食料品を買いに行くかだ。

隠者の暮しに埋もれて、僕は恐ろしく懸命に書く……長篇は物凄い大仕事だ……詩は殆ど気晴らし。映画は没頭出来る。学校の勉強はこなすべき義務。

何に駆り立てられているのか、判らない……僕の知力は前より鋭敏だが、前より混乱してもいる。今にも死ぬんじゃないかという気になる事もよくある。昨夜ベートーヴェンの交響曲第3番をほぼ2年振りに聴いた。体が震えた。ぶるぶる震えて、そして……泣いた。訳が判らなかった。虚空に墜ちたような気がした。

独我の如き暮し。友も無く、肉体も無く……

暫くして――

今日は良い事があった。一週間位前に、君にも送った詩をアレンに渡した。それっきりその事は忘れてしまい、他の事にかまけていた。どうやらアレンもポケットに入れてそれっきり忘れていたらしい。今日になって電話してきて、昨日の夜ポケットの中に君の詩を見つけて仰天したよと彼は言った。で、読んで非常に感心したよ、昨夜もその事を言おうともう少しで午前2時に電話するところだったんだ、と。僕は些か懐疑的だった——そこまで良いとは思わないから……でもアレンは、いやいや本当に良いよと言って具体的な点も色々挙げてくれて、「ポエトリー」に送ってみたらどうかな、出版に値する出来だよ、と言ってくれた。勧めに従うかどうかは判らないが、アレンの反応は嬉しかった。君はめきめき進歩している、と言ってくれた。そういう励ましを貰うのは悪くない——特にアレンから。

12月5日　運命は再び僕たちを虐げているように思える。これは何とも言い辛い話だ、どうにか言えればと思う、紙と向き合えるよう少し酒を入れたところだ。端的に言う。クリスマスにそちらに行く事は不可能になった。理由は三つあり、それら全てが一度に群がって来て僕の首を絞める。責任、負債、葛藤。先ず、僕の銀行口座は二十一になるまで父親が管理していて——何年も前に僕はその愚かな取決めに同意したのだ——父は握った拳《こぶし》を緩めようとしない。父言うところの「軽薄な真似」の為に金を出す訳には行かないと言うのだ（僕の金なのに！）。そしてノーマンも、選挙運動を始動させるには僕が必要だと言っている。まだ漠然とした話なんだが、やるとしたら間もなく始めないといけないんだそうだ。[*14] そして僕の祖母は急激に衰えてきていて、見ていて居たたまれないが、とにかく家族がいてやらないといけない。一人ひとり、それなりの時間祖母と一緒に過して貢献している——何とも辛い体験だ……映画の話が消えて、ヨーロッパに行く口実が——心の欲求なぞは我が家族にとって畢竟《ひっきょう》取るに足らぬ軽薄な事柄だから——なくなってしまった。僕にはどうしようもない――僕はまだ自分の主人じゃないんだ。
済まない、済まない。僕としても君に会いに行くのを本当に楽しみにしていたんだ――ひたすらその為だけに生きていた。此処にいて、君の写真を眺め、君の声を思い出そうとする……

12月18日　僕の生活の細部を知りたいと言うんだね。やってみるよ……
授業は四コマ取っている――先ず「現代文明　政治論」は必修科目で、マルクス、レーニン、ソレルあたりを読む……月水の11－12：15だが、殆ど出席していない――授業は退屈、ただし課題図書は良い。次に火曜3－5時に「東洋人文学」なるゼミ。これも課題図書は良い――中東・インドの哲学、宗教、詩――だが授業は筆舌に尽し難い退屈さ。教師は二人いて二人とも阿呆。とはいえ、課題は自分では多分読まなかったと思う本ばかり。水曜は大分ましで、「現代文明」に加えてあと2つある――どちらも大学院の授業で、一つ目は2－4時の美術史、マイヤー・シャピロの教える「抽象絵画」……シャピロは並外れて明晰で、知的で、機知もあり、博識。200－250人相手の大人数講義で、ただ2時間座って話を聴いていればいい。実に愉しい。そして4－6時の大学院授業は20世紀フランス詩。課題図書は当然最高――だが生憎《あいにく》授業は相当に重苦しい。でもまあ僕も結構頑張っていて、つい先日ベケットの或る15行の詩について25ページのレポートを書き終えたところだ。一つの小さな事を凄く入念に見るのは良い経験だった……それに、これは前にも言ったかも知れないけど、翻訳もまとまった形でやっている――デュパン、デュブーシェ、ボンヌフォワ、ジャコテの現代詩人四人。来週から始まる休みの間に仕上げる積り……一月半ばかり前、ボンヌフ

＊14　君の義父ノーマン・シフは労働運動関係の弁護士で、筋金入りのリベラル派民主党員でもあり、このころ下院選出馬を検討していた。結局じきに断念。

ォワがニューヨークに来て、メゾン・フランセーズでボードレールとマラルメについてフランス語で講演した。意外な風貌だった——小柄で、ぎゅっと窄《すぼ》まったような感じの男だ——が、素晴しい詩人だし、美術評論も優れている……感銘を受けた。

来学期はずっと良くなると思う……教師、授業の質に関しては。先日、お馴染エドワード・テイラー氏の所に行って、院上級ゼミ「イギリス叙情詩　1500－1650」を取らせて貰えないか訊いてみた。良いとも、良いとも、歓迎するよと言ってくれた……彼の狭苦しい研究室で三十分ばかり実に楽しく喋った……他の院授業は、先ず美学科の哲学の授業、これも良いと思うし、もう一つは仏文のフロベールの授業で、教授はイーニッド・スターキー、ケンブリッジから客員で来ているイギリスでは大御所の御婦人だ。そして学部授業は中世フランス文学と、それにビーソン以降の現代音楽の授業は是非取りたい。締め括りに、**体育**。随分と忙しくなりそうだ——でも嫌ではない——勉強は妙に楽しい、特に古い事を学ぶのは——中世、ルネッサンス……

殆どいつも一人でいる。大抵はアパートに。三部屋の住処《すみか》。小さな寝室と、浴室が奥にある……その隣がキッチン。コーヒー、トースト——そうして広い居間。机があって、此処で書き、勉強する。時々、夜遅く、ウエストエンドへギネスを飲みに行く。時折Lに会う。Lと過すのは楽しい。たまに彼女のルームメートとも一緒に会う。二人ともアレンの元学生だ。食事を奢《おご》って貰う事もあるけど、大抵はただ喋るだけ。

アレンを通じて……ルビー・コーンとも知り合った。ベケット論の著者で、アレンとも仲良しだ。2週間位前の或る朝に会って、3時間ばかり楽しく話した。

アレンは一貫して親切だ……何かと助けてくれる——読む本とか——翻訳を雑誌に載せる手助けもしてくれたし——他にも色々あれを出版社に送れ、これを送れと勧めてくれる。彼の友人がヨーロッパ前衛演劇のアンソロジーを企画していて、僕も何本か訳させて貰って金が稼げるかも知れない――アレンが推薦してくれてるから……

　もっと真剣な話……僕は自分が書くものの中で生きている――書く人物が僕の思考を喰《くら》い尽す。色んな着想、計画を僕は同時に進行させている――空いている時間に一つひとつ考え、練り上げ、修正しつつ、その時々に取り組んでいる作品に集中する……

　頭の中は混乱しているし、孤独でもあるけれど、どうやってだったか、いつの間にか……僕は書く事に、自分自身の能力に、自信を持つようになった。今はその自信に支えられている。僕はひた向きな修道士だ――禁欲に徹し、全てを献げ……

　祖母は急速に衰えてきている。気管支炎に罹って目下入院している。金曜日、急な話で夜勤の看護婦も見つからなかったので、母親と僕とで一晩中枕許で起きていた――祖母は一睡も出来なかった――祖母の苦しみは果てし無く続き、一瞬も途切れない。もう本当に無力なんだよ、リディア。体も全く動かない――脊椎《せきつい》はゼリーのよう――出来るのは呻《うめ》く事、泣く事だけ。辛い、本当に辛い夜だった――あんなに辛い夜は初めてだ――こんなに無力な、こんなに苦しんでいる人の傍らで、自分も無力にただ座っているだけ。死がすぐ近くに迫っていた。窓の外では、ゆっくり、音も無く……暗くなったイーストリバーを船が進んでいった。――今ようやく、あの夜の不眠と絶望から立ち直れる兆しが見えてきた。幸い祖母の気管支炎も良くなってきている。でももう、余命何か月もない。病院を後にし、灰色の早朝の光の中に出ると、生者達の仲間に戻った事に苦い喜びを感じた……

　間も無く、大晦日に、パーティに行く――ハ！――アレンの家のパーティだ。そんなものに行くのは久し振りだ。人がぎっしりいる中に入るのはどれだけ奇妙な感じがするだろう。隅っこに座ってただ酔払う、なんて事にならないといいが……そういう集まりに行くと大抵いつもそうなってしまう。いっそ余りに混んでいて、隅まで辿り着けないとか。

　帰って来て以来嬉しい事の一つは、ピーターとの交友が――手紙で――依然続いている事だ。彼の手紙には本当に心が温まる。僕にはこんなに良い友を持つ資格は無い。ピーターと来たら、根っからの親切心、自己犠牲の精神を発揮して、出し抜けにパリを去った僕の持ち物をまとめて、アメリカまで送ってくれたんだ。そういうのって凄く鬱陶しい仕事なのに、大いなるユーモア精神を以てピーターはやってくれた。目下荷物は空港にあり、明日配達される。タイプライター、ノート、本が戻って来るのは実に有難い……それに、これでやっとズボンが替えられる……


　１９６８年1月11日　祖母が亡くなった――昨日葬儀だった――予想していた事とはいえ、僕は未だに……動揺している。葬式自体もひどく心乱されるものだった――祖父が取り乱して、わあわあ泣いて……何もかもが哀しい。とはいえ、祖母がもうこれ以上あの恐ろしい責め苦[*15]を味わわずに済むのは救いだ。それに幸い、眠ったまま静かに逝った――窒息するんじゃないかと心配していたから……

　翻訳のタイプ清書が終った（１６０ページ）。大枚はたいてコピーを一組作った――ひょっとしたらもう一組ただで作れるかも知れない――そうなったらすぐ君に送る――ならなかったら、来月もう少し懐が潤うまで待って貰うしかない……

　本当に上等の、深々とした笑いが望みなら、フラン・オブライエンの『スウィム・トゥー・バーズにて』を読み給え。自信を持って勧める。

2月12日　丸一月、君から一言の便りも無い……何かあったのかと、君のお母さんに電話してみた。君の新住所はロンドンW6だと言われた。君が知らせてきたのはN6。もしかしたらこれが原因で仕分け室において混乱が生じたのか。

僕はと言えば、21歳の誕生日が何事もなく訪れて、過ぎていったという事位だ……こんなに自分が誰からも必要とされず、求められてもいない気になったのは初めてだ。僕は真空の中で生きている――誰とも何の関りも持たない――それは苦痛だ。他人を眺める事しか出来ない。僕には誰かが必要だ。

3月2日　君からの最新の手紙……もう一度君に言う、僕の事は心配しないで。僕は大丈夫だから、本当に。僕との関係において、君が自分を疑うには及ばない。現時点で解決しようが無いと判っている問題についてあれこれ思い悩むのはよそう。今はただ、君の生活が何から成り立っているにせよ、それを抱えて精一杯良く生きるよう努める事だ。人間は現在の中で生きる事によって最も永遠の感覚に近付けるのだと僕は思う……

自分は誰に愛されるにも相応しくないのだと思い至って、時々身震いしてしまう。恐らくは生来の理想主義故なのだろう、この世界の何一つ善いものに思えない。僕の抱えている寂しさは自虐的な欲望だ……

周り中で目に付く……狭量さ、愚かしさ、偽善……その結果、自分が寛容でなくなって行くのが判る――そうして、人に不愉快な思いをさせぬよう、人前から消える。他人に苛立っているのが感

＊15　筋萎縮性側索硬化症。

じられて自分が嫌になるが、どうしようも無い……

だが同時に、僕は愛したいし愛されたいと焦がれる、それが不可能だと知りつつ……何か根本的な形で、僕は現実なるものから逃げてしまったのだ。大半の時間僕は……書く事に携るか、書く事について考えるかしている。登場人物、状況、言葉、僕はそれらになっている——色や音が移ろいゆく漠たる世界に僕は入っていく——言葉も意味も失って。と同時に、生きる事こそ芸術より大切だという確信もある……

けれどじきに、大きな決断と向き合う事になる——徴兵だ……状況がこのまま変らなければ……多分カナダに行くと思う。ひどく孤独な暮しになるだろう——今まで知ってきたよりもっとひどく。僕の中に甚しい内気さがあって、ごく単純な社交的状況も困難になってしまう——話す事に躊躇してしまい、自意識が孤独を更に悪化させる。

自分の事をこんな風に話すのも、君に知って欲しいから——君が知りたいと思ってくれているように思えたからだ。けれど多分、こういう事も君はもう全て承知してくれているのだろう。——僕の落込み、憂鬱は治しようがない……それでも、奥深い所では、自分は強いのだと僕は感じる——どんなに事態が悪くなろうと、僕は絶対に壊れない。或る意味で、その事が一番恐ろしい……

エッセイを幾つか翻訳する仕事をやっている。この金で夏が過せそうだ……何処に行くか、良い場所を考えないと……

3月14日　君は僕の理想主義を過大評価していると思う。基本的には、僕は君と同じように感じている——違いは何より環境の結果に過ぎない。アメリカにいて、ニューヨークにいて、世界を自分の中に留めておくのは難しい。此処では誰もが憎しみの声を上げていて、戦争は狂気染みたペースで拡大して行き、個人としての未来の選択肢は監獄か亡命だけ。周りに蔓延する恐ろしい狂気が（保証する、本物の狂気だ）――必然的にそれは僕の中にもある――僕を絶望させる。けれど人々を個人として考えるのをやめる気はない。それは今まで一度もした事がないし、これからも絶対しない。僕は抽象を信じない。抽象は心を殺す、不具にする……

僕の生活は混沌としている。学校への反感。本もうんざりだ。頭の中はゴチャゴチャ。新鮮な空気が要る。頭をすっきりさせる空間が。放蕩。飲み過ぎ。或る夜など本当に酷くて、吐きながら眠りに落ちた。神を巡って僕は呟き、叫び、泣いた。何故神は姿を現さないのか？　酔払いの戯言《たわごと》。僕は時折絶大なるウィットを発揮する。君も面白がってくれると思う。悲劇と喜劇の境界線。死に至る病。書く方は停滞している。でもまだ自信はある。概して上手く行っている。――新しく見つけた、人の顔を見る喜び。鼻をかむ老いた女性達。老いた男達を眺める。今日一匹の仔犬を見た、あまりのフワフワさに自分で飼いたいと思った位だった。――湯気の立つスチール製コーヒーマシン。歩道に吐かれた唾。夜の街路の暗さ。夢の暗さ。群衆の中で混り合う声。色んなフレーズが大勢の口から出て来て溶け合い、繋がりも何も無いナンセンスと化す。教室の中の顔。ラジオから聞える言葉。僕の散らかった机。二週間そっくり授業をさぼった自分にうんざりする気持ち。そんな僕が優等学生リストに入った皮肉。もう本なんか読みたくないと強く思う気持ち。聞くのをやめて話し始めたい……死を迎えるまではもう沈黙と契《ちぎ》りたくない。

3月29日　君は絶対に大丈夫だと僕は確信する、小さな浮き沈みはあっても……逞しくどこも損なわれぬまま君は全てを切り抜ける筈だ。僕の方は……自分に関しどんな未来を思い描くのもひどく困難だ。全然思い描けない。政治的な問題も余りに重くのしかかり、考える事すら出来なくなっている。来年の夏に徴兵問題に直面したら、僕の決断は刑務所に入る事だろう――カナダではない。――合理的には説明出来ない――ただ単に、それが一番はっきり軽蔑を表す行為だという事。こんな風に、何とも奇怪にも、本当は考えるのに凄く時間がかかる事柄について速断を強いられている……

このところ、手近の課題から中々離れられない。学校の勉強は壊滅的に遅れてしまった――じき天罰が降って来て脳天を直撃するだろう。僕は日々、無言の狂熱に包まれて生きている。街頭で起きている出来事を見守る。学校とは何の関係もない本を読む。自分が書くものの事は考え過ぎるほど考えるが、最近は殆ど何も書けていない。君無しでは何一つ現実と感じられない――君が戻って来るまで、全ては天国と地獄の狭間であり、僕はそこでのた打ち回っている。絶望という言葉は当らない。生きていないという感覚。

この手紙が書かれた三週間後、コロンビアでの紛争が始まった。結果的にこれが、その春キャンパスに――君自身も含めて――蔓延するかと思えた神経衰弱を食い止める有効なワクチンとなった。その日（四月二十三日）に至るまでの数か月に書いた手紙を読み返して、自分が陥っていた不幸の深さに君は啞然としてしまう。完全な崩壊に自分がどれだけ近付いていたかに愕然とさせられる。その後の年月、記憶の作用によって当時の詳細はぼやけてしまっていたからだ。とにかく君は何とか痛みを和らげ、内面の全面的危機を鈍い倦怠《けんたい》に変え、それもやがて乗り越えた。そう、危機は過ぎた、だがそれはあくまで君が一気に方向転換して、抗議する学生たちと運命を共にすることを選んだからだ。大規模な団体行動に君が参加したのは、あとにも先にもこの時だけである。人の輪に加わったことで、君を包んでいた惨めな気分の呪縛も解けていくように思えた。目が覚めて、自分という人間を新たに、より大胆に捉えられるようになった気がした。五月四日、ニューヨーク市警が四月三十日夜にキャンパスに侵入し警棒で学生たちを殴打し七百人を逮捕したあとに初めて書いた手紙で、君はこう伝える。「……建物を占拠し、警官達に殴られ、逮捕された」。そして五段落後にこうつけ加える。「……目下夏の計画を立てるのは些か難しい――6月7日に裁判所に出頭せねばならず、その後もどれ位ずるずる続くのか判らないから……刑務所に行き着く可能性も――まあそれは多分無かろうが」。五月十四日付の三枚にわたる手紙では、新聞や雑誌は読まない方がいい、「タイム」「ニューズウィーク」「ニューヨーク・タイムズ」等々の刊行物は事実を歪めていて信頼できないから、とリディアに警告している。唯一信頼できる情報源は学生新聞「コロンビア・デイリー・スペクテーター」であり、過去一か月の記事をまとめた本を目下作成中で、出来上がったらすぐ送ると言っている。それから、座り込みのあいだに学生たちが採った戦略について語り、警察の介入は多数派を味方につける上で必要なステップだったと君は述べる。建物にいた誰もが、何が起ころうとしているか承知していたのであり、警察が来てあのようにふるまうこともむしろ積極的に求めていた。警察の暴力が露呈して初めて、現在実施されている全学ストも可能になったのだから。次の段落では、「占拠された建物にいた人々のひた向きな態度」は嬉しい驚きだったと君は書く。「誰も逆上したりせず、互いを苛立たせるような事も無かった。一週間ずっと、全員が全員の為に忙しく働き……この手の事にひどく懐疑的な僕も、仲間に加わってみて初めて、短期間とはいえこういう事が可能なんだと判った」。十日後、しばらく手紙を書かなかったことを君は詫びる。「事態はずっと混沌としていて、暴力に満ちている――一昨日の夜に再び警官隊と衝突した。まあこれは君も新聞で読んでいると思うけど」。二段落あとで、ロンドンに行きたくてたまらないと述べたあと、「でも6月7日、裁判所に出頭して裁判の日にちを決めるまでは……何の計画も立てられない。どうなるか決り次第、全て知らせる」。

ここから手紙のトーンが変わってくる。過去数か月の、陰気な、自分の問題しか頭にない不満分子は突如姿を消し、代わって全然別の人物がロンドンに向けて手紙を書きはじめるのだ。謎の変容である――外的環境は何も変わっていないのだから。戦争は相変わらず戦争であり、宙ぶらりんの徴兵の脅威は脅威のままだし、自分の道を見つけようという苦闘も同じ苦闘なのに、君の中の何かが解き放たれて、世界のひどさに愚痴を並べる代わりに、茶目っ気たっぷり、剽軽にふるまいはじめ（六月二十日の騒々しい手紙）、自分自身にもはるかに気楽に接している。まるで四月、五月の出来事が電気ショックのように作用して、君を生に連れ戻したかのようだ。

6月11日　君からの手紙を今か今かと待っていたけれど、もう何週間も待ったのに何も来ないので、此処は一つ絶好の機会を利用して（天気はこのところ耐え難い程暑い）こちらから書く事にする。簡潔に、要点のみ書く。
1　君がいなくて寂しくて堪らない。四六時中君の事を考えている。じきに会えるよう願っている。
2　君は何をしているだろうか。アルバイトしてるのかな、それとも休暇？　ロンドンにいるの、それとも何処かよそに？
3　裁判所には7月17日に行かないといけない。その後は多分9月まで行かなくていいと思う。何とかNYを出られればと……祈っている。
4　僕は元気だ。書く方も調子が出て来た……気持ちもリラックスしている。
5　本を読む量が前よりぐっと減った。結果、より知的になったしユーモアのセンスも向上した……

6　自分の運命について思い悩んだりはしない。

7　ピーターと／かスーから連絡はあった？

8　どんな気持ちでいるか、何をしているか、知らせて欲しい。

9　万事上手く行けば、8月にはロンドンに行ける。

10　僕に詩を書いて欲しい。ポロネーズを踊って欲しい。

11　硬い木に切り込む、鋸の一引き。今は10月。窓が輪の中で粉々に割れる。

12　僕にやらせて欲しい。今は夜。シンフォニーの周りに楽師達が、ミルクを飲みながら集まって来る。

13　絵が溶けた。春が来るまであと3週間。農場が波止場で踊っている。

14　良い本を見つけて水中で読み給え。ソクラテスはもっと些細な理由で処刑された。僕の夢の中で箒《ほうき》は一個の肉体。

15　足し算引き算は誰でも出来る。草は日蔭の方が赤い。そりゃそうだろう。

16　バスタブは何故こんなに大きいのか？　ペプシコーラを飲む人もいればコカコーラを飲む人も。戦車の中で兵士はシューベルトの楽曲を歌う。

17　スニーカーを履く時、人はしばしば自分をホッピングスティックだと考える。じき日が暮れるだろう。そしたら盲人が一ドル札で鼻をかむだろう。

18　政治家たちは国から出て行った。今は朝だが辺りはまだ暗い。絶望の只中に、逆さに書かれた言葉がペリカンの顎から垂れているのを僕達は見る。

19　スケッチを同封します。

20　この僕の愛の伝達をどうか受け取って下さい。

6月20日　マダム我が女《ひと》——

時折、囚われの身の上にあって、我々は世界をポケットの中に入れたいという欲望を示す。我々は街中《まちなか》を、相棒たるバグパイプの名手と共に往き来する。或る時名手は我々のタイプライターの上に座り込み、我々が日々の労働に従事するのを妨げつつ、ビーンズの缶詰を開けて「私は何という賢者であろう」と宣《のたま》った。彼の妻たるジャージーシティ出の盲目のバレリーナは或る日足先を戦車にぶつけて刺し（中では兵士が「ひからびた胎児[*16]」を演奏していた）、梅毒に感染した。今や人々はヘリコプターで劇場に行かねばならない。けれどラジオは度々月食を宣言するのに人々はそれを侮《あなど》り、誰も本気で動揺していないようだ。僕としてはポケットを引っくり返し靴下に一セント貨を詰める事で己を慰めている。

　椅子の背に赤道が掛っている。それはぐにゃぐにゃの萎《しな》びた棍棒。郵便配達人が入って来る。配達人は袋の底に犬の死骸を入れているファットマンだ。彼は言う、「こんなに太ってしまって以来私は長さ六十センチのキーチェーンをぐるぐる回し、益々大きくなっていく弧を描いているのです。じきに地球を捕獲して、かつてオレンジを食べたみたいにおやつとして食べるでしょう」。笑いがこれ程人を窄《すぼ》ませたことはかつて無かった。我々は便器に腰掛け、恥の念に汗をかく。

　夜になると僕は逆さにした漏斗《じょうご》を頭に載せ、窓から吹き込んで来る風から身を護る。実に賢明な、快活《チッパー》かつ小粋《ダッパー》な人間だけが思い付く名案だ。僕の知合いの誰もが賛成する。自分でやり始めた者もいる。だが僕は彼等を知っているから、何ら期待はしていない。彼等は炎上する家のように始めて、鼻楊枝のように終る。

マダムよ、我が女《マ・フメル》よ、我等貴女の卑しき僕《しもべ》は、世界を稲妻の迅速さで征服する計画を最近幾つか発案致しました。ですが2つの理由から今それを披露するのは躊躇《ためら》われます。一、郵便は秘密情報を伝達するには危険である事で悪名高い。二、貴女はこれらの計画において決定的な役割を担っておられるので、征服者の知る唯一真っ当なやり方で聞いて頂かねばなりません――即ち、唇から耳へ。貴女のこの上なく献身的なる僕《しもべ》ハンプティ＝ダンプティ、故に貴女が宇宙のこの一隅にお帰りになるのを切にお待ち申しております。

ハンプティ＝ダンプティは、マダム、我等が女《ノートル・フメル》よ、貴女の最新の御手紙において文字表記に変換されていた個人的意見表明に全面的に賛同する事をお伝え致したく存じます。貴女の御要請にお応えすべく、小生此処に、日々の活動の梗概《こうがい》をお目に掛ける次第です。

一日一日を十全に生きる事こそ肝要であるが故、小生午前4：05に起床し、身体を強壮&健康に保つべく5マイル走ります。若干荒い息で4：18にアパートに戻り、砕いたガラスを載せたトースト、ヤマアラシの血、キャビア、とバランスの取れた朝食を摂ります。いつにも増して快活&小粋な気分で次は意気揚々バスルームに乗り込み、ズボンを降し、便座に腰掛け、用を足します。この営みは4：31きっかりに終了します。次にキッチンに入り、ついさっき使った皿を手に取り、床に放り投げます。バグパイプの名手がそれを掃き集めます。4：32に机に向い、前日に書いたものを読み、びりびりに破って食べ、それから全く不動のまま六時間と18分座って霊感の訪れを待ちます。こうした営みに疲れて、次はカウチできっかり4時間昼寝します。ハッと目覚めた際、笑わぬよう注意します、自分の言葉につっかえて窒息死してはいけませんから。午後2：50に机に戻り、10分

＊16　手紙に脚注が付されている――「エリック・サティのピアノ曲」。

間、一日のこれまでの出来事を大いなる熱狂と共に日誌に書き込みます。3：00に盲目のバレリーナがビーンズ、マカロニ、チリ、ホースラディッシュ、とバランスの取れた食事を出してくれます。3：04に食事を終え、自転車で公園を走りに家を出ます。5：03に帰って来て今一度机に向い、手紙関係を処理します。5：05に午後の昼寝をします。9：13にサイレンと悲鳴のオーケストラで目が覚めます。これが夕食が出来たという合図なのです。バグパイプの名手とその妻たる盲目のバレリーナが、ラジオ、トースター、電球（100ワット）、とバランスの取れた食事を出してくれます。この食事中にニューヨーク、ロンドン、パリ、ローマ、プラハ、モスクワから届いた新聞に目を通します。最も興味深い記事をデザートに食べます。9：21から11：33まで相棒たるバグパイプの名手と卓球かビリヤードに興じます。それから、午前零時まで、腹筋運動を行います。それから4：00まで猛烈に書きまくります。その疲れで、机についたまま眠りに落ちます。4：02にバグパイプの名手と盲目のバレリーナが抱え上げ、部屋まで運んで、ベッドに寝かせてくれます。少しの間もぞもぞ動いていますが、4：04にはもう熟睡しています。

署名　小人。

7月9日　僕達の間の距離を束の間の痛み以上のものと考えてはならない。僕達は生々しい想像力を持った小さな子供であり、時折その想像力に振り回されてしまうだけなのだ。僕達は不幸な夢から目覚めてベッドの上で身を起こし、いつまでも終らぬ夜に囲まれて――眠っていると夜はいつもあんなに早く過ぎるのに――闇が散って朝になるのを待った。もう七月。あと一週間もしない内にまた君の誕生日が来る……その二日後に僕は裁判所へ行って公判に臨み、その後間も無くロンドンに行けるだろうか……

もう夕方が近い。翻訳から一息つこうと君に手紙を書いている。早く終えたいので目下急ピッチで訳している。自分の文章は夜書く。僕の感情はやる気ばかり過剰な経験不足のボクサーの腕みたいに軌道が定まらなくなっているが、心は着実に……未探索の地に迫っていく。此処ではコートも預けない。出て行く時に体を置いていってしまうのが怖いから。何年も不様に足掻《あが》いた末に、やっと不思議な、ぎこちない、だが恐れを知らぬ力が結実しつつある気がする。毎日何かしら……途方もなく異なった要素の間に繋がりが見つかる。系統立った自発性。何も排除せぬ弁証法。

が、万事順調とは行かない。義父のノーマンが2週間ばかり前に大きな心臓発作を起し、まだ病院で療養中。ひとまず大丈夫のようだが、一時はどうなるか危ぶまれた。僕も随分長い時間ニューアークにいた……

7月12日　君は僕がどれ位変ったかについて、大げさに考え過ぎているんじゃないだろうか。――変化（或いは成長）というのは……常に微妙なものであって、僕の場合も例外ではない。外見だって、益々痩せた事（随分骨ばってきたよ、マヤコフスキーみたいに頑健に見える事を夢見ているんだが）を別にすれば前と変らない。同じ服を着て、同じ煙草を喫っている……未だにパーティは嫌いだし、大勢の中にいると相変らず居心地が悪い。この前の短い手紙で仄めかした通り、変化は何より先ず知性において起きている――無論それが振舞いや態度に現れる訳だが。僕にとって唯一の至上命令は、物事は真正面から、丸ごと受け止めねばならないという事。もしそこで何かが除外されるとしたら――意図的にであれ図らずもであれ――それは嘘を生きているという事なのだ……

かつて僕は、芸術は……社会と絶縁すべきだと思っていた……かつて僕は、世界に背を向けて生きたいと思っていた。そんなのは不可能だという事が今の僕には判る。社会もまた、正面から受け止めなくては——手を汚さぬ思索の次元においてではなく、行動の意図と共に。だが行動というものは、倫理観から生れてくる時、しばしば人々を怯えさせる……何故ならその行動はその意図と一対一で対応しないように見えるからだ。人は文字通りに考え過ぎる……メタファーの次元で考える事が人々には出来ない。左翼政治の戦略（例えば大学建物の占拠）にはこういう一対一対応が見えないから、人々は戸惑い、怖がり、何か悪巧みか陰謀が潜んでいるのではと思ってしまう……

社会の革命には形而上学の革命が伴わねばならない。人間の精神はその肉体的存在に沿って解放されねばならない——でなければ、どんな自由を得たところで偽りの、仮初《かりそ》めのものでしかないだろう。自由を達成し維持する武器が創造されねばならない。即ち、未知なるものの中を怖れず直視し——生活そのものを変容させるのだ……**芸術は永遠の扉を乱暴に叩かねばならない**……

今日届いた君の手紙——「実際私は、あなたに手紙を書きたくなんかなくて、ひたすらあなたに会いたいのです」という言葉は僕にも当てはまる。だから僕は、何があろうとイギリスへ行く事に決めた。正確な日にちは教えない——サプライズにしたいから。7月18日から8月1日の間のいつかに行くとだけ言っておく。だからその期間はいなくならないでくれよ。

という訳でこれが最後の手紙になる。「書きたくなんかな」いのであれば返事をくれるには及ばない。僕が行くまで、毎日素敵なドレスを着ていてくれればいい。好きなだけ煙草を喫って、会う人みんなに優しくしてあげてくれ。

誕生日おめでとう。

次の短い手紙から見て、どうやら彼女は君の訪英に関しもっと正確な情報を求めたようだ。以下、ニューヨークを発ってロンドンへ向かう前の最後の手紙。

7月23日　魔術師の忠告に従って王座を明け渡し自分を打倒せんとする革命に加わった君主と同じ謙譲を以て、僕は君の要求に屈する。
――7月30日BOAC、フライト#500。ロンドン空港到着午前7時40分。

追伸　裁判は――公判は――僕の勝ちだった。証拠不十分で起訴は取り下げられた。細かい、事務的な勝利に過ぎない。が、**正義**より**法**の方が幅を利かせるシステムにあって、これで不満に思うのはナイーブ過ぎるというものだろう。

次にリディアに手紙を書くまで、十三か月の時が過ぎることになる。長かった離ればなれの状態が終わり、ひとたび彼女がニューヨークに戻ってきてバーナードに復学すると、もはや手紙を書く必要はなくなった。外の世界では終末が目前に迫っていた。戦争はますます肥大し、いっそう残酷になり、アメリカは真っ二つに割れて、君が四年生になった年度、コロンビアでは新たな衝突が何度も生じ、春にはふたたび全学ストが行なわれた。学生左翼は分裂し、過激派によって武装闘争が画策され、NASAはアメリカ人宇宙飛行士を月へ送り出そうとしていた。夏至直前の澄みわたった朝に君は大学を卒業した。翌月、ニューアークの徴兵センターで軍隊の身体検査を受けた。八月二十三日にリディアに宛てて手紙を書いたとき（彼女は家族の集まりで一時的にロンドンへ戻っていた）、これから自分がどうなるのか君にはまったくわかっていなかった。徴兵通知が来るのか、来るとしたらいつなのかも、次の住所が連邦刑務所になるのかモーニングサイド・ハイツのアパートになるのかもわからない。未来に向けた定まった計画も立てられないので、ひとまず一年、コロンビアの比較文学科の大学院生になることにした。博士号まで行くのは論外だが、一年いれば修士は取れるし、授業料は免除になる上に大学が若干の奨学金を出してくれるというので（二千ドル、生きていく上で必要な額のほぼ半分）、運命が未決のままで、リディアも最終学年を過ごしているあいだは大学に残ろうと思ったのである。中流階級の生活に対する無関心（もしくは軽蔑）に直結した理由ゆえに、足りない分の金はタクシー運転手をして稼ぐつもりだった。

この後に続く長い、彼女に宛てたすべての手紙の中でも一番長い――かつ唯一タイプライターで作成した――手紙の中で、君は見るからに彼女を楽しませようとしていて、ありふれた出来事の連なりを一種自堕落な冒険物語に仕立て上げている。その文章からほとばしり出る活気は、先行き不安だったにもかかわらず君が幸福な精神状態にあったことを物語っている。それでも、これはやはり奇妙な文書だと君には思える。なぜなら、ここで語られていることから見えてくる君は、ふだん君が見せていた姿とはおよそ似ていない、ほとんど別の人間であるからだ。ふだんはやらなかったようなことを、君はいろいろやっている（四十二丁目にストリップを観に行く、酒場で引っかけた女の子と寝る、刺青を入れたドラッグの売人と雑談する）。にもかかわらず、その若者の奇妙さ、知りがたさに、いまの君は興味を覚える。おそらくこれは、君の人生で唯一、君が自分を解放しようと意識的に努めた時期なのだ。向こう見ずにふるまおう、目をつぶって跳ぼうと君は努めた――どこへ落ちることになるのかも気にせずに。*17

君は新しいアパートを探すあいだ、母親と義父の住居にしばし居候していた。手紙はニュージャージー州メンダムにある彼らの家で書かれた。

　1969年8月23日　優しい想いに溢れる心で僕は君に宛てて書く。両手は正しいキーを探して不器用に動く。ささやかな悦び、ささやかな疲れ。最近タイプライターで書くようになった……躊躇《ためら》いは減り、流れも良くなり、出来上がりも早く、機械が間に入るにも拘らず思っている事に直

＊17　ほかの女の子と寝た話を、自分の恋人と見なしていた女の子に打ちあけたことにいまの君は戸惑ってしまう。手紙全体を貫くにこやかなトーンから見て、君とリディアが当時不和に陥っていたとは思えない。二人ともまだ若く、一緒に住んだこともなく、結婚の計画も立てていなかったし、何をするのも自由だったわけだから、この話をリディアが面白がると君は思ったのだろうか。君としては恋人、あるいは（未来の）配偶者にというよりは、友だちに打ちあけるような気分だったのだろうか。

　いまの君を縮み上がらせる要素はほかにもある。特に「ホモ《フェアリー》」「オカマ《クィア》」といった言葉の使い方がそうだが、一九六九年には「ゲイ」という言葉はまだそれほど流通しておらず、アメリカはまだ同性愛を表わすニュートラルな言葉を考案していなかったのである。当時世に広まっていた言葉はどれも、今日では醜悪に聞こえる軽蔑的な響きを帯びていた。

　「2CV」は、フランスでは「ドゥ・シュヴォー」と呼ばれるシトロエン・2CVのこと。このシンプルな車を君は三百ドルで購入してその夏に乗っていた。非常に小型軽量なため、アメリカのハイウェイではほとんど役に立たなかった。最高時速、約七十キロ。

　ミシガンの森林キャンプからニューヨークに帰ってきて、やがてポートオーソリティのバスターミナルの男子便所で謎の出現を遂げたヘンリー・Kについては、誰なのかまったく記憶がない。かつて友人であったことは間違いなさそうだが。

　用語にもいくつか誤りがある。たとえばブルックリンハイツのプロムナードを君はエスプラナードと書いている。だがこれらを訂正するのは控えることにする。かつて君はそのように書いたのであり、タイムカプセルに手を加えてはならないのだ。

接繋がれる気がする。僕は今ベッドに横になって、タイプライターを両脚の上に載せている。もう午前零時近い。二時間位前にニューヨークから帰って来た。ニューヨーク……生きる事の悲惨が膿《う》み、爛《ただ》れる大釜。僕はそこでアパートを探し、タクシー運転手の資格を得んとしていた。順番に話そう。州陸運局はセンター・ストリート80番地、僕が傍聴人として或いは被告人として多くの午後を過してきた巨大な裁判所からさして遠くない所にある。(僕がミッチと、陰気なユダヤ教徒やうたた寝している浮浪者達と共に裁判を傍聴して過した一連の金曜日の話はしただろうか? この傍聴人連中は、あたかも劇場に通うかのように毎日このがらんとした冷暖房完備の部屋を訪れるのを習慣としていて、ひた向きな顔で着席し、「正義」が遂行されるのを見守る。彼らこそ真の、中立なる裁判官である。訴訟番号によって、もしくは犯した犯罪の形式的区分によって峻別《しゅんべつ》されるのみの名も無き無数の他者達の運命を、彼等は目撃する。審美家が絵画を見るが如く、もしくは酔払いがテレヴィを観るが如くに彼等は裁判を眺める——なんて話はしただろうか? まだならいずれ。)州陸運局は例によって過剰に大きな大理石の冷蔵庫であり、あらゆる性別、体格、目付きの小役人に満ち、奴等は概ね……三つの範疇《はんちゅう》に収まる。疲れていて苛ついた老いた男、疲れていて陽気な老いた男、厚化粧の……疑り深い女……タクシーの運転手になるには幾つかの手順を経る。職業運転免許を取得し、タクシー免許を取得し、ニューヨークに数百あるタクシー会社のいずれかで職を得るのだ。この日僕が局を訪ねたのは、専《もっぱ》らこの第一の手順を充すのが目的であった。いや驚いたの何の。僕としては、行って筆記試験のアポを取り、一、二日後にもう一度行って試験を受けて免許を取得するというだけの話と思っていた。基本的には確かにその通りであったのだが、ただし一点において大きく違っていた——試験は10月6日まで行われないのだ。左様、左様、ここでもお役所風が吹き、長い順番待ちリストがあるのだ、混乱と、数字と、書類があるのだ。僕の心積りとしては、君が戻って来るまでに街のベテランとなって、種々の乗客を巡る愉快な逸話で君を愉しませ、大学に戻る緊張を幾らかでも和らげてあげられればと思っていた。噫《ああ》、それも叶わぬ。斯くして当面は、減少していく一方の蓄えに手を付けて何とか持ち堪える他ない。にも拘らず、センター・ストリートを去り、マンハッタンの門——チェンバーズ・ストリートの端に意味無く置かれた醜悪なアーチだ——をくぐりながら、このちょっとした挫折の良い面を僕は見ようとした。良い面が思い付かなかったら捏造《ねつぞう》すらしようという気だった。この日はそれ程上機嫌だったのだ。僕は胸の内で言った。マァとにかくお前ももう暫く自由の身でいられるじゃないか、とにかく書く事に時間を注げるじゃないか、とにかく先ずは学校に腰を落着けられるし、とにかくアパート探しは出来る……という訳で僕はアパート探しに出かけた。流浪の旅は二、三日しか続かなかったが（正直言って何も思い出せない、つい昨日までの事なのに）、二、三年続けても同じ事であったろうよ。だがその話に立入る前に、此処で若干の背景情報を提示し、一連の出来事の本質を君に正しく理解して貰う一助としたい。僕が如何なる精神状態にあったか、その精神状態が出来事に如何なる影響を及ぼしたか、是非とも知っておいて欲しいのである。君がロンドンに発った日、僕はSに会いに車でニューヨークへ出かけた。またも2CVのエキゾチックな旅——排気ガス、トラック、汗、コンクリート、陸橋、プロパン、鋼鉄が奏でるメロディ、工場やミニゴルフコースやドライブインシアターや中古車売場等の織り成す絢爛《けんらん》たる風景、ニュージャージー北部の景観を構成するいつまでも見飽きぬあれやらこれやら。Sを訪ねて十五丁目の清掃請負店事務所に赴くと、Sは一種倉庫風の建物の中で、仕切りで区切られた無数の小部屋の一つに籠って机に向い「ニューヨーク・ポスト」を読んでおり、机の角にはレヴィ＝ストロースの『野生の思考』が置かれ本人は例によって頗《すこぶ》る上機嫌であった。Sは断固ニューヨークに潰されまいという意気込みであったが、些か疲弊しつつある事も本人の認めるところだった。僕達は車に乗り込み、アップタウン目指してラッシュアワーの六番街を北上し、もう一台2CVを見掛けたので挨拶にその横に入って行こうとして危うく命を落とすところであった。こちらの2CVは年配の男性が運転しており、僕が鳴らしたクラクションに男性は同志的笑顔と狂おしい手の振りで応えてくれた。Sのアパートに着くと、僕達はSが飛行機で知り合った女の子を待ち始めた。何でも過去二年はオレゴンのコミューンで暮し、じきにニューハンプシャーのアルパートの家を訪ねに出かける予定らしい。アルパートってのはホラあのティモシー・リアリー（幻覚剤研究で知られヒッピーのグル的存在だった元ハーバード大教授）の子分だよ……二対一は嫌だから僕にも誰か探してくれよ、と頼んだらSは探してくれた。探してはくれたが成果は無かった。やって来た女の子は思ったよりずっと愛想が好かった。三人で中華料理を食べに行き、それから車でブルックリン橋を渡った――これは僕には初体験であり物凄く興奮した。暫くブルックリンハイツを散策し、それからエスプラナードを歩きながら船やタグボートや川向うのマンハッタンを眺めた。気持ちの良い屋外カフェで小一時間寛《くつろ》ぎ、その間Sと僕はスゼットという名のその女の子を感心させようと中途半端な競争に漠然と携っているようないないような曖昧な感じであったがまあ全体的には三人和気藹々《わきあいあい》やっていたと言ってよいと思う。それから車でブライトン・ビーチにあるSの母親の家に行き、コニー・アイランドに繋がる板張り遊歩道《ボードウォーク》を歩いて行って、途中、年配のユダヤ人達の群れの前を幾度も通り過ぎた。彼等は皆闇の中で、「祖国《オールド・カントリー》」の歌い手を囲んで身を寄せ合っていた。そうした静かな情景を見、イディッシュ語とポーランド語しか喋らない……よぼよぼの老人達を目にして何故か僕は底無しの絶望に墜ちて行き、ケラケラ笑ってそれを誤魔化そうとした。何だかまるで、自分の過去の夢に入って行くみたいな気がしたのだ――初めて見る、それまでは何となく感じていただけだった過去。二十世紀のアメリカ人が昔のフロンティアはどんなだったかを思い描くのと似たようなものだろうか。やがてコニー・アイランドに着いた。これも僕にとっては初体験であった。夜通しそんな感じだったのだ。死体の間を縫って歩く感覚――それまでは噂でしか知らなかった、今初めてこの目で見る死んだものたちの中を彷徨う。小雨の降る平日の夜の事とて人もさほど多くなく、コニー・アイランドと聞いて誰もが思い浮べる巨大な人集《ひとだか》りは全然無かった。眠れない変質者がたむろする荒涼たる場、古くもないのにもう始まっている頽廃、誰もいない金属的なゲームセンターで喧《やかま》しく鳴るラジオ、かたかた音の立つマシンから漂う微《かす》かだが醜悪な臭い。僕達は金もあまり無く……歓楽には殆ど参加せず、25セントあれば我が物となる様々な娯楽も目に入っておらぬ振りを決め込んだ。何とは無しにバンパーカーには乗ったが……片脚を車の外に垂して乗っている太ったサディストがニコリともせず顔を顰《しか》めもせず、何度も何度も容赦なく僕達の車にぶつかって来て、自分は単に古《いにしえ》から続く義務を果しているだけだ、遥か昔の若き日に課された務めを遂行しているだけだと言いたげな顔をしていた。僕達はスキーボールもやって三人ともちっぽけなアルミ製保安官バッジを獲得し、これ見よがしに胸につけて、遊歩道を歩いてS母の家に向い、雨に濡れた金属の手摺りに手を滑らせ、水族館の木の柵の隙間から中を覗いて老いぼれペンギンが岩から岩へ必死に跳び移ろうとする姿を見物し、タイルの屋根が付いた一画の下に暫し止って煙草を喫った。S母の家でコーヒーを飲み、ヘンリー・ミラーの方がケルアックよりずっと上だよなと語り合い、それから女の子を車で……クイーンズまで送って行った。午前三時頃だった。何故だか判らないがSと僕はコニー・アイランドに戻った。多分、空腹に引き戻されたのだと思う。ネイサンズでホットドッグとクラムを食べた。蛍光灯のギラギラ光る、くたびれた不眠症患者たちの受け入れ場所たる店内で、一人の浮浪者が少しの間僕達と会話を交そうと試みたが、その歯のない黒人男の声は僕には殆ど意味を成さなかった。男は立っているだけでも一苦労であった。僕達が5セントを与え、今何時か教えてやると、男はぐじゃぐじゃに混乱した告白を僕達の耳許で囁いた。そうして僕達の許を去ると、仲間と家族ぐるみでカウンターの前に立っていた身なりの良い若い黒人男の横を通り、その際、体がほんの少しかすった。すると男は、つまり老いた方の男は、半ば朦朧《もうろう》と、半ば憤怒に包まれて——どうやら憤怒の方は習慣的であるらしかった——わざと押したと言って年下の男を罵った。人に突っかかって来やがって、何様の積りだ？　若い男の方も、こんな風に罵倒されて黙っている気はなかった。加えて彼は、立派なりをしていた……こんな老いぼれを、自分の父親であってもおかしくない見下げた浮浪者を、まともに相手にする気は彼にはない。破裂した孔雀みたいに胸をぐいぐい突き出して老人を押し、外の通りに立っていた白人警官の所に引っ張って行き、この白人聴罪師に向って嘘八百の非難を次々並べ立てた。その口調たるや、こういう屑がいるから私のような者まで白い目で見られるのですと言わんばかりであった。何でも無い一コマだが、僕には意味深長に思えた。本来なら互いに一番近しく感じ合う筈の人達を隔ててしまう溝を見せつけられた思いだった……警官がさしたる熱意も示さなかったので、話はこれで終った。Sと僕はSの母親の家に帰った。書く事について六時まで語り合い、本物の喧嘩の一歩手前まで行ったように思う。Sは秩序、正確さ、目標を限定する事を唱え、僕は混沌、人生、不完全さを唱えて、個人なんてものはじき抹殺されるという彼の論に賛成出来なかった。僕にとって世界の問題は何より先ず自己の問題であって、解決があるとすればそれは自己の内から始まらねばならず、そこから……初めて外にも広げられるのだ。肝要なのは抑制する事ではなく、思いを外へ出す事だ。Sは僕が思うに、まだ批評家過ぎる。抽象に没頭し過ぎていて、そのバランスを取るべき腹の痛みが、野蛮な事実が欠けている。生にしがみつかなくちゃ《スティック・トゥ・ライフ》、と僕は言う。これを僕のモットーとしよう。君は賛成してくれるかい？　生にしがみつかなくちゃ、どんなに奇怪でも、おぞましくても、苦痛であっても。何よりも先ず、自由。何よりも先ず、手を汚す事。僕は狂人みたいにSに向って喚《わめ》き散し、怒りと嬉しさの両方に満たされていた——僕に見えているものが彼に見えない事に怒り、学者の無駄話と自分が金輪際縁を切った事が嬉しかった……小綺麗な思想の誘惑や、お洒落な革装の本に優雅にエンボス加工した大文字Lの文学《リテラチャー》とはもうおさらばだ。僕は大丈夫だよリディア、本当だとも、僕は大丈夫。僕は今発見しているんだ……芸術家であるとはどういう事なのか、自分を内外《うちそと》引っくり返して芸術家になる人間とはどういうものなのか。君にお休みのキスを送るよ。Sは疲れてもう僕の話について来られなかったので、僕達は寝床に入った。僕は彼の母親の寝室で眠った。昨夜彼女が夫と共にしたベッドだと思うと、何だか奇妙だ。目が覚めると、左腕の肱から先が物凄く腫れ上がっている。どうやら虫に食われるか蜂に刺されるかしたらしい。今日も雨模様。午後半日、ブルックリンハイツでアパートを探して回った。セントジョージ・ホテルは牢獄みたいで迷う余地は全然無かった。別のホテルでは黒人のマネージャーと陽当り、窓、風通し、十五年前の南部での暮しについて話が弾んだが空いている部屋は無かった。不動産業者、書類、手数料、空腹。どこも高過ぎる、小さ過ぎるアパートばかりで、締め括りとして、年老いた正統派ユダヤ教徒とのろのろ二十分歩いた末に辿り着いたのはまたしても住めたものじゃない場であった。もうブルックリンはやめだ、少くとも当面は、と決めた。マンハッタンに戻ってまたSとつるむ。女の子に、触れ合いに、優しい眼差しに飢えた気分。いつだって空しいものだ、こんな風に突然欲望の領域に飛び込んでゆくのは。晩の間ずっと電話をかけ、知合いに連絡し、ほんの少し知ってるだけの人間にまで当ってみたが成果はゼロ。ジュリーに電話したらアイーダという女の子が出て、ジュリーはカリフォルニアだか何処だかに行ったと言われた。でもその声は……耳に快く、とにかく行ってみるべきだと僕は決めた。二人で出かけて行くと、ドアを開けたのはクスクス笑っている黒人のホモ二人で、もう殆ど意識が無い位クスリに漬っていて、アイーダなんて知らないねと彼等は言った。ひょっとしたら本当は中にいて、奥の部屋にいて、あの甘い声で喋りまくっていて、今にも歌い出すか、囁き出すかするところなのかも知れないが僕には全然見えも聞えもしない。午前零時。『ひもじい年月』（*The Lean Years*：歴史家アーヴィング・バーンスタインによる一九二〇―三〇年代アメリカの労働史）を枕の上に置いて寝入りかけていたLを僕等は叩き起し、騒々しい挨拶の文句を浴びせてシーツの中から引きずり出し、車まで連れて行って、イーストサイドの酒場に行くと宣言した。僕等は三人ともだれた風情で、髭も剃っておらず、服は不潔、僕達が半ば自《や》棄《け》っぱちにでっち上げたイーストサイドの神話的可愛い子ちゃんの目にも凡そ理想的な男達とは映らぬであろう。それに持ち金も三人合せてやっと十ドル。僕達が着いた頃には、何処の酒場ももう静まり返っている。わざわざ入ってみる気にもならぬ。どうしたら良い？　この一夜の底抜けに馬鹿馬鹿しき事、火を見るよりも明らか。此処はいっそバーレスクだと僕達は決めるが、行ったらこれも皆閉まっているので、この冒険ならざる冒険をラトナーズのサンドイッチで締め括る事とした。地下を住処とする者達の奇妙な性質は君にも判って貰えると思う。とにかく何事にも無頓着。どんな厄介も進んで受け止め、結果がどうなろうと知った事かという顔。心配を超越し、興奮も、退屈も超越している。何ものにも根差さぬ事、自分自身を受け容れている事、そして冷《さま》し難い好奇心を抱えている事から生れる完璧な平静。僕自身そういう精神状態に、段々容易に入って行けるようになってきている。全てをあたかも初めて見るかのように見る事が出来るようになってきている。そうなって初めて、自分を囲む全ての物事の神秘を発見出来るのだ。僕はこの時そういう精神状態であったし、今もそうであり、どんなに些細な事物でもその大切さを味わえる境地に至っている。州陸運局を出た後、祖父のアパートメントに戻って荷物を預け、Sに電話して、一緒に夕食を食べようとアップタウンに行った。結局42丁目の、九番街と十番街の間にあるバーレスク劇場へ行ってシヨーを観る事にした。街中で浮浪者が一人僕等にたかって来て、七セント恵んどくれ、ワイン一壜買いたいんだ、そこの酒屋が閉っちまう前に、あのネオンサインが消えちまう前にと言い、恵んでくれたらあんたらを祝して乾杯するからさと約束した。劇場目指して歩いている内にSの度胸は早くも揺いできていて、やっぱりやめて映画にしようぜなどと言い出す始末であった。浮浪者の邪魔が入った事で、決意は益々萎《しぼ》むばかり。四ドル、と値段を聞いてもう決定的となったようで、あれでもし僕が、構うもんか、とにかく入るんだよ、と言い張らなかったらSは回れ右して帰ってしまっていたであろう。Sの事を貶《けな》す積りは無い。あの態度は十分に理解出来る。僕が意地を通したのはあくまで、一度決めた計画は撤回すべきじゃないと思ったからだ。そういうのが癖になるのは宜しくない。という訳で僕等は中に入って四ドルずつ窓口の黒人女性に払った。小さな息子が女性の隣に座って漫画を読んでいた。劇場の中は暗く、人もまばらであった……大半は中年男性で、そんなに見苦しくはない。一人などはBのイニシャルが入った野球帽を被っていた。次のショーまであと四十五分ある。目下のところ映画を上演していて、いわゆるスタッグ・フィルムと言うやつだと思うが殆ど何の興味も惹かない代物で、裸の女がベッドの上で悶えていて、性器が繰返しスクリーンに大写しになるだけ。何とも退屈な盛り上がらぬ出来映えで、客もろくに観ていない。皆館内から出たり入ったりを繰返し、前の方からは鼾《いびき》の音も聞えてきた。やっと映画が唐突に途中で終り(始まりも真ん中も終りもありはしないから、いつ映写機を止めようと構いやしないのだ)、フランス語訛りの女の声が、あと五分でショーが始まりますと伝えた。やっとお目当てが。館内が幾分活気付いてくる。バックステージで生バンドが演奏をやり出し、単調なドラムのビートがやたら目立っていた。再びフランス人の声が、今回は「とっても可愛くてとってもセクシーな燃える《フレーミング》リリー」の登場をアナウンスした。他にも色んな名前があって、僕が覚えている中で特に気に入ったのは琥珀の靄《アンバー・ミスト》、キモノ・トーキョー、サンドラ・デル・リオだ。女の子達は一人ひとり別々に、それぞれ別の芸を演じ、コスチュームもそれぞれ違う。最前列の男達に淫らに話しかける子もいれば、そうしない子もいる。イヤリングを着けている子、手袋をしている子、ストッキングを穿《は》いてる子。それぞれの体が……皆違う。ぽっちゃりした体、瘦せた体、潤いのある体、乾き切った体、綺麗な体、そうでない体。決め手はルックスの良さや踊りの腕前ではなく、観客とコミュニケート出来る力だと思う。気合いの入っていないストリッパーを見る程気が滅入る事も他に無い。それは最も貧しい形態の恥辱である。一方、優れたストリッパーを眺めるのは大きな悦びである。何物も彼女達の魂の豊かさが表面に躍り出るのを止められはしない。自分のセックスの力を此処まで徹底的に楽しめる女性の前に出ると、殆ど勃起してしまう。最高に高揚した瞬間ともなれば、己が携っている芸の屈辱的な制約を彼女は容易《たやす》く乗り越え、驚く程の心の絆《ラポール》を観客と取り結ぶ。目の前の男達を、殆ど母親の如くに理解し、甘やかしてやるのだ。優れたストリッパーは無限の叡智と忍耐を有していると僕は確信する……彼女達の誰かと話してみたい。特に断トツで最年長、司会役でもあったフランス人女性と。ショーが終って彼女が劇場を去る姿を僕はたまたま目撃し、ひどく感心させられたのである。がっちりしたプエルトリコ人のボーイフレンドと腕を組み、まだひどく小さい金髪の娘と手を繋いでいた。冷暖房の効いた豪奢なアパートメントに住み、イーストサイドの高級店に出入りし、手入れの行き届いた美貌を富と威信の紋章の如く身に纏《まと》ったご婦人方とて――慈善に手を出し品良く教養ある声で話し責任ある地位を占め車を運転し芸術を論じ召使に命令する金持ちアメリカ婦人達とて――この色褪せた厚化粧の四十歳女の足元にも及ぶまい。バーレスクショーには些か胸が悪くなったものの、この女性を見た御蔭で僕はぐっすり眠った。翌日はFと落ち合い、一緒にアパート探しに乗り出した。先ずコロンビアの学生課に。何も無し。次に大学院生用の寮について問い合せる。五〇〇人の順番待ち。それから諸新聞に空しく目を通す。段々切羽詰って来る。居住用ホテルまで満室。インターナショナル・ハウスの申込書を貰って記入し始めるが、教授の推薦状、僕の成績証明書、経済状況申告書が必要と判ってビリビリ破いて棄てる。一日は過ぎて行く。まだ一つのアパートも見ていない。けれどFといるのは楽しく、僕の自信は揺いでいない。Sも合流して中華の夕食。話は楽しく食事は美味い、今夜も今一度《ひとたび》ア・ラ・シノワーズ。食べ終えてブロードウェイを北に歩き出すと、ちょっと散歩がしたいなとSが言う。これは僕にもFにも馬鹿気た発言に思える。僕達はどう見ても、既に散歩しているではないか。一頻《ひとしき》りアハハと笑う。道を行く小粋《ダッパー》なダンとその恋人素敵《スイート》なスージー、明るい《ハッピー》ハリーとその恋人クスクス笑う《ギグリング》グレンダ、年配の御婦人方とその犬達に向けた高笑い。特に何の当ても無く僕達はウエストエンドに入って行く。酒場に入ってFと僕はカウンターでヒュー・Sと飲み、一方Sは友達が――女の子である――座っているテーブルに足を運ぶ。向う側にいるクローディア・Tに僕は手を振り、カリフォルニア、アパート、タイプライターを巡ってヒューと話し込み、Fは退屈してきて帰る事にする。暫くしてSが寄って来て、女の子を二人映画に連れて行く気はあるかと僕に訊く（彼の友達はもう一人の友達と一緒だったのである）。僕としてはすぐさま決める気になれなかった……まだビールを飲んでいるのだし些かくたびれた気分だったから、こいつを飲んだらそっちのテーブルに行くよとだけ答えた。話が結構弾んでいてすぐには動く気になれず、だらだら飲み終える。どっちでもいい、というのがその時の気分を言い表すのに一番的確だろうか。Sの友達というのは丸ぽちゃの、綺麗な顔をした、何とサムなる名の女の子であった。もう一人のJはデトロイトの出で――アクセントはデトロイトではなくデトロイトだそうだ――庶民的な訛りが僕の気に入った……女の子二人は映画には行きたくないと言う。僕もそれで構わない。代りにケーキを焼きたいと彼女達は言い出し、あんた達も招待するわよと言ってくれた……通りを何ブロックか歩いてマーケットへ行って材料を買った。レジ係の女の子の名札にはピーウィー・Tと書いてあった。二人の住むアパートは105丁目の日本料理店の上にあり、隣はマダム・ロザリアの美容室。二人の住居には先月から奇怪なドラッグ売人三人組が住んでいる。二人とも夏は殆ど街を離れていたので、又貸しを手配してあったのだがそれが妙な具合になってしまったらしい。この三人を紹介させて貰う。先ずビル。三人の中で最も口数多く最も壊れているこの男がどうやらリーダーらしく、年は見たところ二十歳前後で、髪型は一九五〇年代の暴走族風ダックテール、左耳に大きな金のイヤリングを着け、刺青も幾つか入れていてその一つは生れながらの極道者と字が入っており、戦争に行って朝鮮で脚を撃たれたという。剃刀みたいな目、人なつっこさがいつ暴力に転じてもおかしくない。僕とは恐ろしくウマが合った。無断で軍隊を離れて勲章を剥奪された話をビルは聞かせてくれた。兄が暴走族グループに入った話。酒とドラッグの話。誰かと一緒に「ブッ潰れる」のが何より楽しいとビルは言った。到底全部は挙げられぬ程沢山の話を聞いた。次に、グループ一の美少年ケン。かつて髪を真っ直ぐにしようとした名残を打ち消すために、毎晩髪にカーラーを巻いて寝るそうだ。どうやら彼《か》のマーフ・ザ・サーフ（元サーファー、宝石泥棒、殺人犯）と知合いで、種々の軽犯罪で全米あちこちの州でお尋ね者の身らしい。お終《しま》いに、物静かで自堕落な雰囲気のゲイリー。こいつが三人の内で一番阿呆なのか一番賢いのか、僕にはどうにも決めかねた。皆で寛いで座り、ケーキが焼けるのを待った。ヘンリー・Kが友達を一人連れて現れた。ミシガン大学の林業学部に進学が決っていて、この夏はミシガンの森林キャンプで過し、ヒッチハイクで帰って来たところとのこと。皆で「プレイボーイ」のセックス・アンケートの回答を書き、ケーキを食べ、ワイワイやって時は過ぎて行った。全部で十人位いたと思う。ようやっとヘンリー・Kが帰った。彼の友達も帰った。Sも帰ると言い、僕も一緒に帰ろうとしたところでデトロイト出の女の子Jが、ねえ帰んないでよと僕に言った。あっさりそう言ったのである。という訳で二人でカウチに座り、バーボンを飲みながら、東洋の酒を巡るビルの講釈を聴いていた。これがまた延々と続き、永遠に終らないんじゃないかと思えてきて、酔っていたせいもあってか僕は段々苛々してきて、薄明の直観と言うべきか、Jも同じ事を考えているのだと見抜いた。やがてやっと、ビールを買ってくるとビルが言い出した。僕とJはこれ幸いとカウチの上でキスをやり出した……彼女が下着を着ていないと判って僕は驚いてしまった。ビルが帰って来た。僕は礼儀上一杯だけ付合い、それから、小柄ながら獰猛なるJが……僕を寝室に引っ張って行き、僕達はマットレスの上に横たわった。明け方まで元気良く、何の抑制も無く愛を交した。僕にとっては霊験あらたかな体験であり、四時間眠っただけですっきり明るい気分で目が覚めた。Jと一緒にアパート探しに繰出した。またしても全くの徒労。夕方近くに映画に行き、それから夕食を作ろうと九時頃に彼女のアパートに戻って行った。ビル、ケン、ゲイリーがいて、LSDが大量に売れたからと祝杯を挙げていた。悪いけどどっかで外食してくれないかな、「取引先」がもう一人来ることになっててさ、と言われて10ドル貰ったので文句も言わずに出て行き、93丁目のインド料理店に二人で行って高過ぎる食事を取っていたら新聞売りの男が二度邪魔してきたのだがこの男というのが三つの単語しか口にせず、パンチを喰らって朦朧となったボクサーの声でスクルー《セックス》、キス、ファック。スクルー、キス、ファック。スクルー、キス、ファック。と言うばかりなのだった。食事の後Lの所に行って、一時半位までいた。Jのアパートに帰る途中、アパートを又貸《サブレット》ししてくれるかもと彼女が言う人物の家に寄った。これが三十八歳のドミニカ人の女性で、名はイサベル、スパニッシュ・ダンスの踊り子をしていて、ひっきりなしに笑う、がっしりと太った、話していて実に楽しい人であった。だが生憎肝腎のアパートは、七十八歳の新婚夫婦につい先日サブレットする事が決ったところだという。彼女自身は何日かしたらアイダホに発ち、農場で働いている、コロンビアに一年通った十九歳のボーイフレンドと暮す。Jと一緒に105丁目のアパートに帰ると売人達はもうおらず、アンナというやはり此処に住んでいる若干おつむの弱い子がいるだけだった。非常階段に座ったアンナは見るからに動揺していた。彼女が言うには、アパートにやって来た男を売人三人は警官だと決めつけて叩きのめし——それもこっぴどく、コテンパンに——非常階段から逃げたという。少し経って電話が鳴り、僕が出た。ジョー——コテンパンに叩きのめされた男だ——からで、ビル、ケン、ゲイリーに復讐を誓い、今病院に行ってきて十針縫ったところだ、明日ブラザー達連れてって仕返しするからなとジョーは言った。お前ちゃんと伝えろよ、と僕に念を押した。と、アンナが話を変えた。ジョーが警官じゃない事は三人とも知っていて、ドラッグを売るという口実でアパートに呼んで、金を奪おうと叩きのめしたというのだ。何と安っぽい手口。幸いジョーは、金を一銭も持ってきていなかった。Jはひどく怯えてしまい、何とか落着かせるのに一苦労だった。あの三人、多分もう戻って来ないよ、と僕は請け合った。来たとしても中に入れる必要はないさ、それにジョー達に狙われてると知ったら入ろうともしないさ、と。次の日、ジョーとブラザー達は建物の外でずっと見張っていたが、三銃士は戻って来なかった。また一日アパート探し。今回はサムが運転する車で、マンハッタンの端から端、ロウアーイーストサイドからワシントンハイツまで。再びラトナーズで食事。僕がもはや一文無しで、煙草も切らしたことを知るJは席を立ち、ラッキーズ一箱を手に戻って来た。頼まれもしないのにそうしてくれたささやかな優しさに、心底じんと来た。トラック、ヒッピー、スウェットシャツ、ハイウェイ、車の流れ、埃っぽい廊下。ワシントンハイツでは一人の女性から、クレアモント・アベニューにあるその人の娘のアパートの話を聞いた。娘は今離婚してセントトーマスに住んでおり、新しい人生を始めようとダンススクールを立ち上げようとしている。借りられるかどうか判るまで数日かかると言われた。Jと僕はワシントンハイツを歩き回った。荒れ果てた、寂《さび》れた場所……それから地下鉄で一四〇ブロック分行って、終点のポートオーソリティに着いた。バスが出るまで一時間ある。僕は下痢をしていて、何度かトイレに通っているうちに——こういう所でトイレに通うのは中々辛いものがある、何しろこっちがウンコするのを見ようと個室の隙間という隙間からオカマの連中が覗いているので——この百貨店の如くだだっ広い奇怪な公衆便所で再びヘンリー・Kに出くわした。ニュージャージーに出かけて帰って来たところだという。奴と再会した事で、僕の束の間のニューヨーク滞在に何やら不可解なシンメトリーがもたらされた気がした。もうこの男には二度と会わないものと思っていたのに、こうして三日の内に二回も会ったのだ。二人でJのいる待合室に戻り、皆でドラッグストアへ行って僕はカウンターでブローモを下さいと言った。頭痛ですか、腹痛ですかと訊かれた。どっちであれ、あんなに酷い味はかつて味わった事が無い、ゲロを粉末化したが如き代物である。隣に座っていた年輩の黒人の男が僕の様子を見てひどく面白がりギャハハと笑い転げた。やがて僕達はプラットホームに上がり、別れの挨拶を交した。Jとヘンリー・Kは映画に行くらしかった。僕はバスに乗り、乗っている間ずっと、クスクス笑う女子高生の一団がひたすら成績の話に明け暮れ、僕はヘンリー・ミラーのエッセイを読んだ。「いたるところにいる全てのシュルレアリストへの公開状」。

今は朝。この一段落の手紙を君に宛てて書くのに何時間もかかった。信じ難い程疲れているが、是非とも書き上げずにいられなかったんだ。鳥たちが狂おしく鳴き出した。早朝の歌を、恍惚と共に、声を限りに歌っている。きっと今日は素晴らしい天気だろう。僕は子供みたいにぐっすり眠るだろう。君の気を精一杯長く引き止めたくて、長い手紙を書こうと僕は思ったのだ。愛と、疲労と共に僕は書いた。君がいなくて本当に寂しい。じきに手紙をくれるかい？

それじゃ《ラヴ》、

ポール

アルバム

Album

月にいる人間が実際の人間だと信じることにためらう余地はなかった。

2

同時に、牛が月を跳び越えられるというのも完璧に信じられる話だった。
お皿がスプーンと一緒に逃げることができるというのも。

3
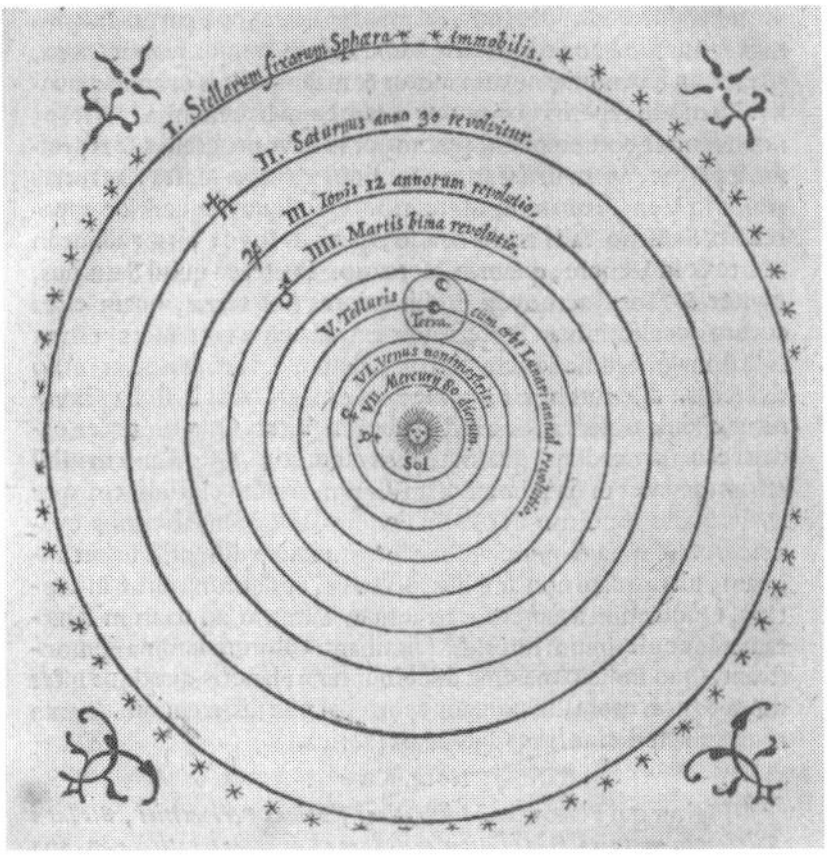

地球は球体なんだよ、太陽系と呼ばれる空間の中でほかの八つの惑星と一緒に太陽の周りを回っている惑星なんだよと説明されるたび、その年上の男の子が言っていることが君には摑めなかった。

4

一方、星は不可解だった。

5

6

7

8

この雑に描かれた白黒の絵姿が、
自分と同じく生きていることを君は確信する。

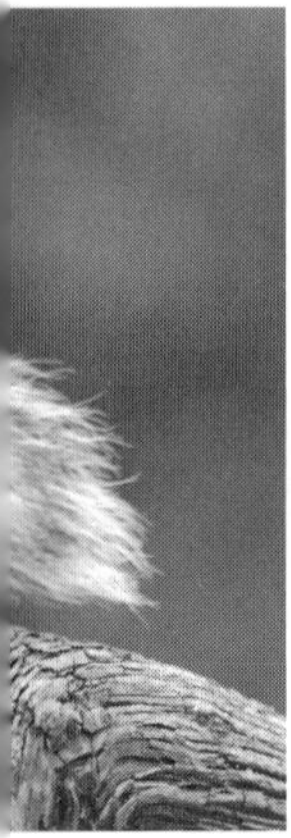

11

……三〇、四〇年代に作られた低予算の西部劇だった。ホパロング・キャシディ、ギャビー・ヘイズ、バスター・クラブ……どれも古めかしい不細工な撃ち合い物で、ヒーローは白い帽子をかぶっていて悪者は黒い口ひげを生やし……

12

9

……リスは君が一番感嘆している動物だったから
——あのスピード！　樫の木の枝から枝へ移る、
死をも恐れぬ跳躍！

10

……その後の人生二十六年半にわたって
君の父は毎年夏になるとトマトの栽培に励んだ。

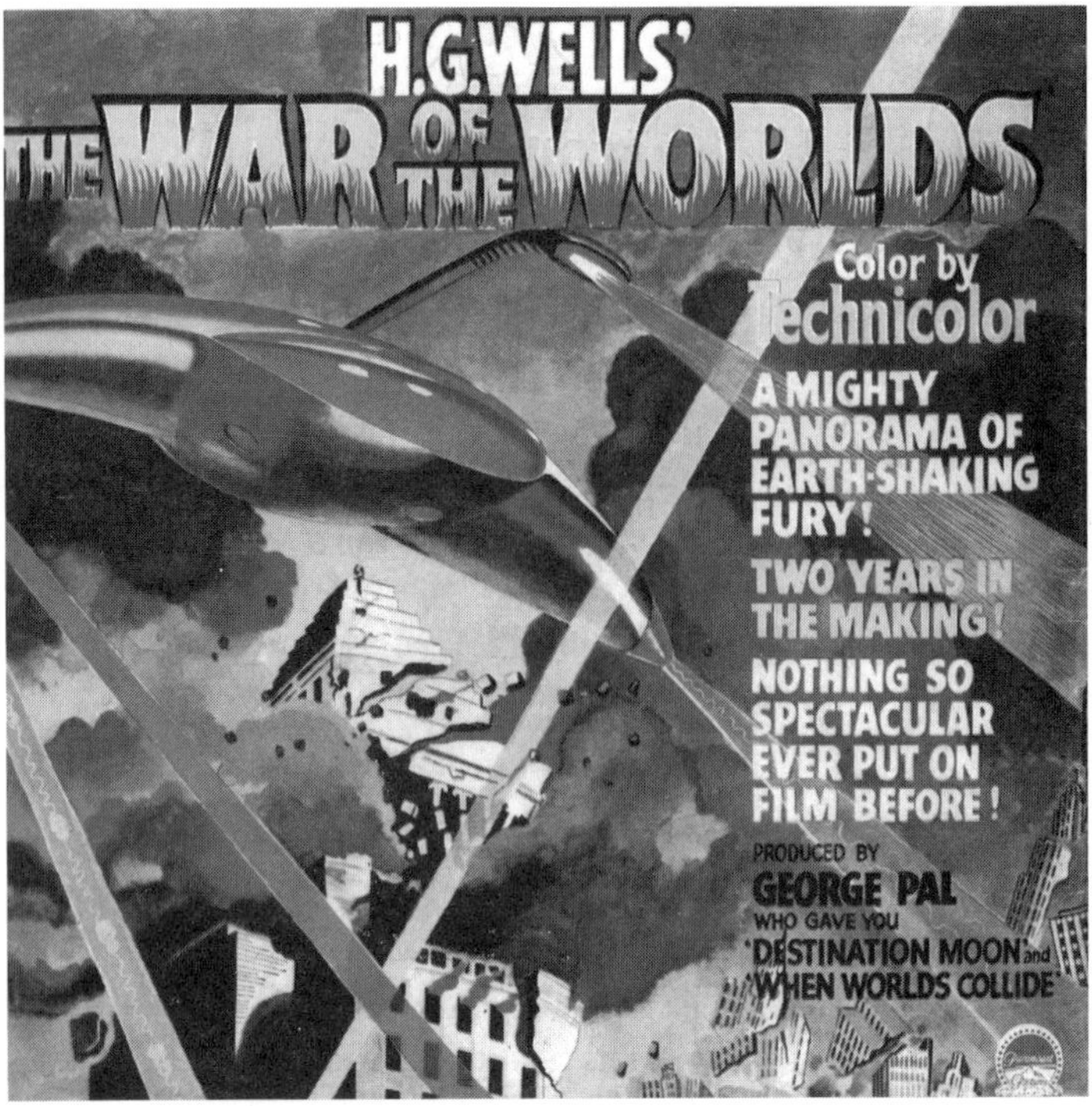

……カラーもいままでに見たことがないほど
あざやかで、その輝き、鮮明さ、強烈さに
目が痛くなるほどだった。

14

……宇宙船が夜空から降りてきて……

15

悪を前にして、神は
最高に無力な人間と
同じくらい無力であり……

16

手が滑ってカップが落ちて割れてしまう朝を
日々恐れて君は生きている。

17

……くっきり黒い影絵ふうの
イラストが盛り込まれた
膨大な伝記コレクション……

試合はつねに、最後の一秒での
タッチダウン・パス……等々で
終わるのだった。

18

19

20

ポーもやはり……九歳の脳が把握するにはその文章はあまりに華美で複雑だった。

次の年、君は生まれて初めて詩を書いた……スティーヴンソン……からじかに霊感を受けて……

21

一人で過ごす時間の大切な仲間、ホームズとワトソン。

22

だが何よりも嬉しく、何より重要で、君とエジソンとの結びつきをこの上なく深い絆にしてくれたのは、君の髪を切ってくれる人物がかつてエジソンのかかりつけの床屋だったという発見だった。

23

24

……郊外住宅の裏庭に集い、ヨーロッパでナチスを相手に、
もしくは太平洋のどこかの島で日本軍を相手に戦うふりを……

25

26

27

28

29

凍傷のことを、朝鮮半島の冬の耐え難い寒さと
アメリカ兵たちが着用させられた
お粗末なブーツのことを母は語り……

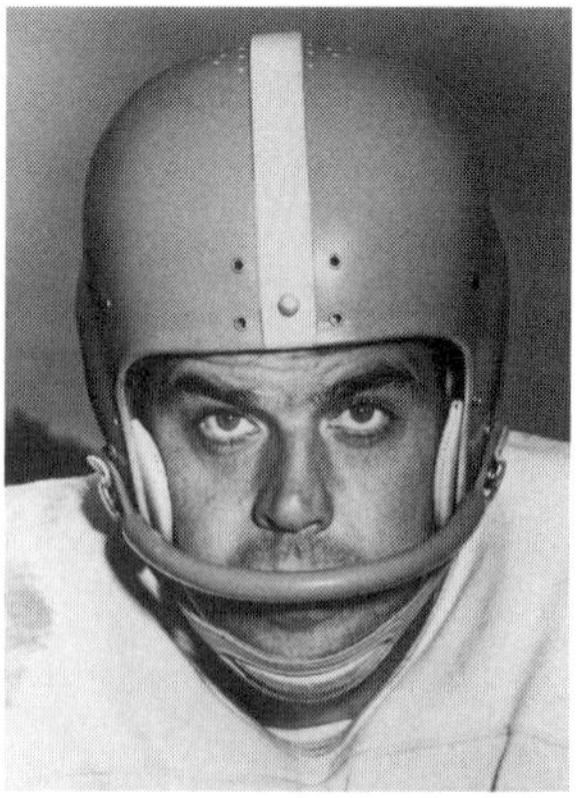

30

……クリーヴランド・ブラウンズのクォーターバック、オットー・グレアムを……君の誕生パーティに招待した。

31

……小僧に一言……

32

……自分がホワイティ・フォードの手を握っているのか誰か他人の手を握っているのか君にはわからなかった。

33

いったい何に取り憑かれて
あの古いフィルコ社製ラジオを攻撃し、
内臓を摘出し、機械を無力にし抹殺したのか？

34

君の記憶ではベーキングパウダーの缶は赤で、インディアンの酋長の堂々たる横顔が……

あたかもすべての男の子が、幼年期に一度は木を
伐ることの純粋な悦びゆえに木を伐るよう
運命づけられているがごとく……

36

とはいえ、むろんジョージ・ワシントンは自身の国の父、
君の国の父であり……

37

……この植民地時代風の白い大邸宅はアメリカそのもの
の中心、合衆国の栄光が鎮座する場なのだ。

38

政治とはたちの悪いスポーツであることを君は思い知った。
それは野放しの乱闘、憎悪に満ちた果てしない取っ組み合いにほかならない。

39

彼らが信仰する大　霊《グレート・スピリット》は温かく人を
迎えてくれる神だと君には思え、
君が想像した執念深い神……とは違っていた。

40

ローン・レンジャーは友の方を向き、
「なあトント、どうやら僕ら包囲されたみたいだな」と言う。
するとインディアンたるトントは、
「どういう意味です、僕らって？」と応じる。

41

当時は冷戦の真っ只中で……

「赤狩り」もそのもっとも
有害な段階に入って……

42

43

……時代精神の中から君の耳まで達するくらい騒々しい音は、
共産主義者たちがアメリカを滅ぼそうとする陰謀を
警告する太鼓の響きだけだった。

44

超音速ジェットが夏の青空を駆け抜け……

45

……銀の閃きが光の中に一瞬見えて……

46

音の障壁がいま一度破られたことを、
噴射された空気のすさまじい爆音が伝えている。

爆弾やロケットが自分に落ちるんじゃないか、
なんて不安になったことは一度もなかった。

48

これは恐怖だった——爆弾や核攻撃ではなく、ポリオこそが。

49

Forward

פאָרווערטס

Vol. LVII, No. 20,410 — Saturday, June 20, 1953 — 12 Pages — PRICE SEVEN CENTS

ראָזענבערגס הינגעריכטעט

いまだにイディッシュ語を話し、
読むものも大半はイディッシュだった
……祖母は、一種異人のような存在だった。

50

……金曜の夜に安息日の食事もしなければ
蠟燭を灯しもせず……

51

……途方もない悪の化身……

……全世界の破壊を狙う非人間的な力……

52

53

……君の夢にはナチスの歩兵隊が現われるようになった。

54

55

……野球界の三名手
(ハンク・グリーンバーグ、アル・ローゼン、
一九五五年ドジャースでプレーしはじめた
サンディ・コーファックス) もいたが、
彼らは例外中の例外であり、人口分布上の
異常、統計上の逸脱でしかない。

56

57

ジョージ・バーンズは元はネイサン・
バーンバウムだった。

58

エマヌエル・ゴールデンバーグは
エドワード・G・ロビンソンに変身した。

59

ヘートヴィヒ・キースラーはヘディ・ラマー
に生まれ変わった。

60

61

……旧約聖書の主要な物語を学んだ。
大半の物語は君を心底ぞっとさせ……

チャック・ベリー、バディ・ホリー、
エヴァリー・ブラザーズが君の
一番の好みで……小さな45回転盤を
太いスピンドルに積み上げ、
誰もいない家で音量を目一杯上げ……

63

64

65

音楽に合わせて踊る、部屋を埋めるティーンエイジャーたちの姿に
君の目は釘付けになっていた。

66

O・ヘンリー短篇選集。少しのあいだそれら
巧妙な作りの、どこかぎくしゃくした、
話が急転しどんでん返しの結末が待っている
物語に君は酔いしれ……

67

『ドクトル・ジバゴ』の英訳が
出ると……さっそく買いに行き……
これこそ間違いなく一級の文学だと信じて……

68

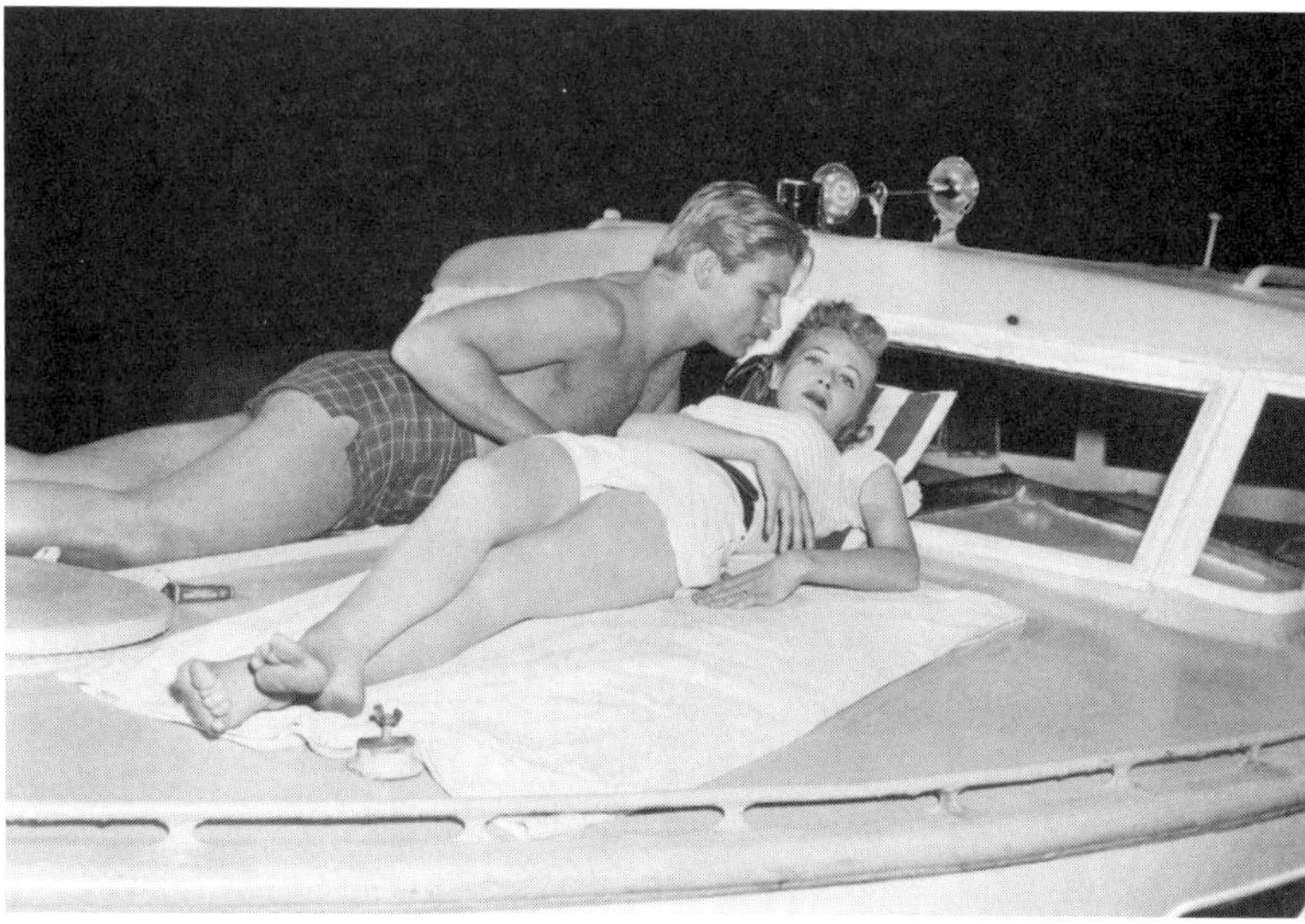

……ケアリーとその妻ルイーズは、キャビンクルーザーのデッキに並んで横たわって日光浴を楽しんでいる。

69

ブラムソン医師はもはやにこやかで自信たっぷりではない。

70

……ケアリーが、世界一大きい肱掛け椅子と見えるものの上に座っている。

71

……彼が手に持っている電話の受話器の巨大さを見て、
君は驚愕する。

十月十七日、身長は九十三センチにまで、
体重は二十四キロにまで減っている。

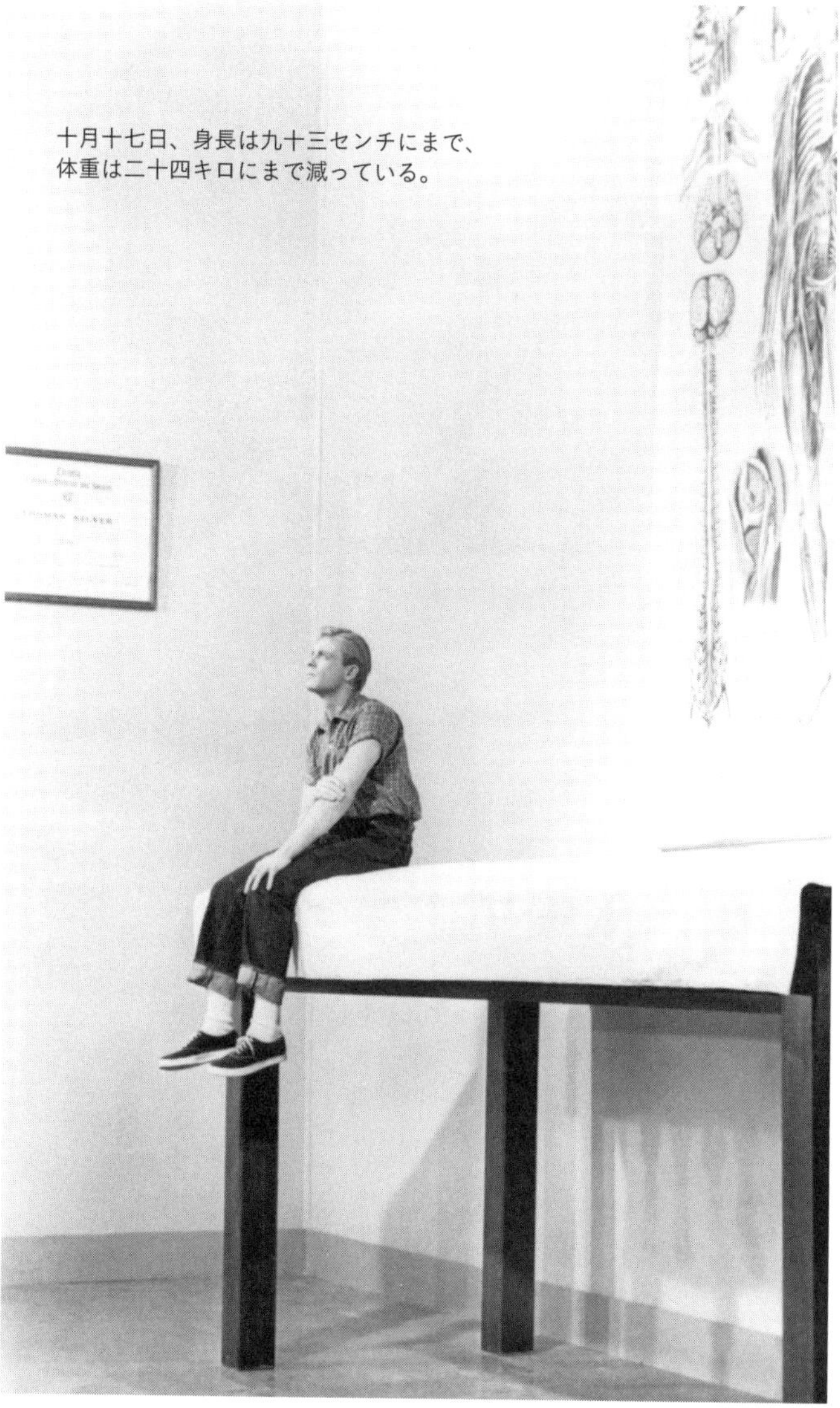

73

ケアリーはドールハウスに住んでいるのだ。
いまや彼は身長八センチに満たない。

74

……鼠の大きさに縮んで……

75

親指大の人間が……死物狂いで駆けていき……

76

……郊外住宅のじめじめした地下室で
手近の品物や食べ物を活用して生きのび……

77

……身ぐるみ剝がれ丸腰にされた人間……

微小のオデュッセウスもしくはロビンソン・クルーソーが、
己の知恵、勇気、機転を駆使し……

79

……長距離バスで南部を旅するフリーダムライダーズが
白人の暴徒たちに暴行され……

80

……アナコスティア・フラッツに〈ボーナス・アーミー〉がキャンプを……

82

アイゼンハワーの忠告（こっちはあの野郎に言ったんだ、
お前なんかあそこへ行く権利はないぞと）を無視してマッ
カーサーが指揮に立ち……

83

……何十という掘っ立て小屋を焼き払い、
余計な口を出す連中は銃を突きつけて追い出した。

やがて、突然すべてが狂ってしまう。

85

囚人たちの境遇は奴隷と変わらない。

86

朝は四時に叩き起こされ、
夜八時まで休みなく働かされて……

87

……灼けるように暑い不毛な土地で大きなハンマーをふるって岩を砕く。

88

……口答えのたぐいは許されない……

89

……夜ごと行なわれるこの気まぐれな刑罰……

90

完璧な計画ではないにせよ、アレンにも一応案は……

91 

 92

堕ちた男に堕ちた女が与える気遣いと情け。　一生出られぬ罠に……

93 

……ふたたびダイナマイトを使って橋を爆破し追跡を断ち切る。

94

ニューアークで暴動が起き……黒人の住民と白人の警察権力とのあいだの
人種間戦争が自然発生し、二十人以上が死んで七百人以上が負傷、
千五百人が逮捕され、建物がいくつも焼け落ち……

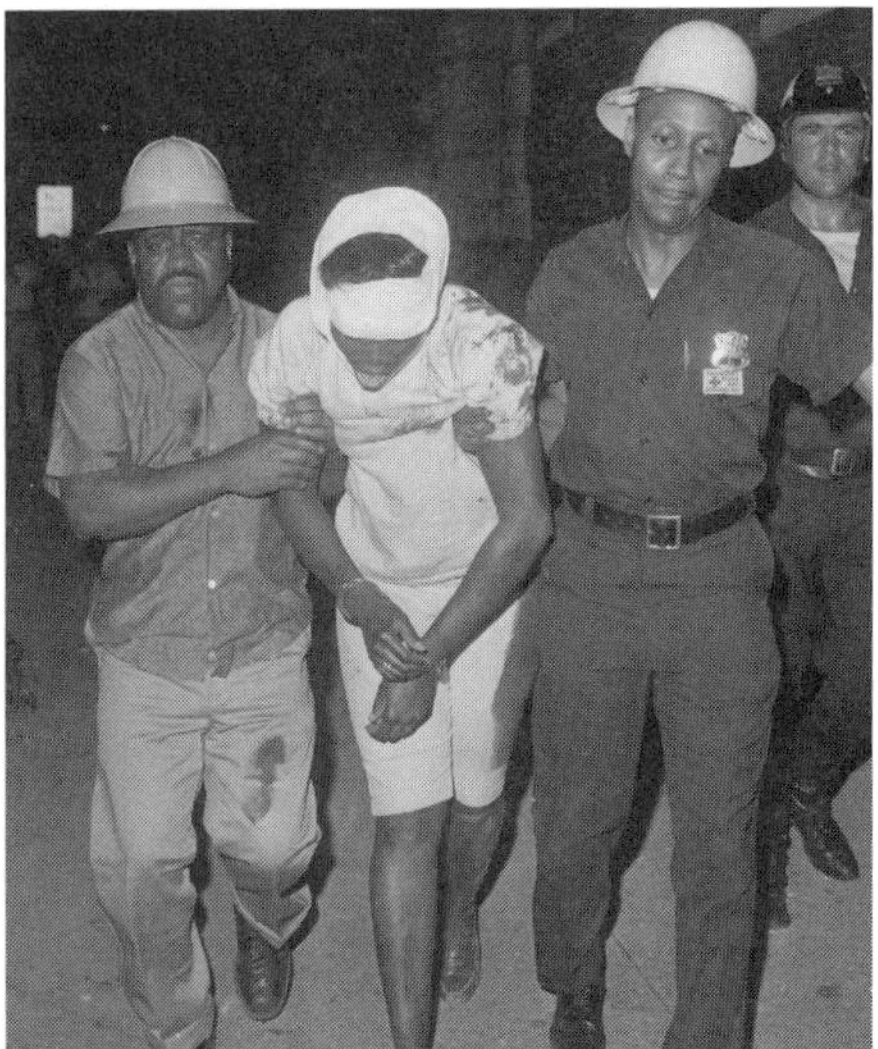

95

J. BEAUTY
GIFTS
Hartley's
LUGGAGE
JEWELERS

「僕は『パリジェンヌ』を喫っている。
４本入りの小さな青い包みが 18 サンチーム……」

「……物乞いってのはあんまり愉快じゃない」

100

101

99

……キャンパスの向かいに住み、
そのキャンパスは翌年四月末には座り込み、
抗議行動、警察の介入等々の戦場と化し……

ASTROLAND
PARK
ASTROLAND
NKS
Bonanza SHOOTING
GALLERY
SHOOTING

CE COLD BEER

「眠れない変質者がたむろする荒涼たる場、
古くもないのにもう始まっている頽廃……」

104

「ネイサンズでホットドッグとクラムを食べた。蛍光灯のギラギラ光る、くたびれた不眠症患者たちの受け入れ場所たる店内で……」

105

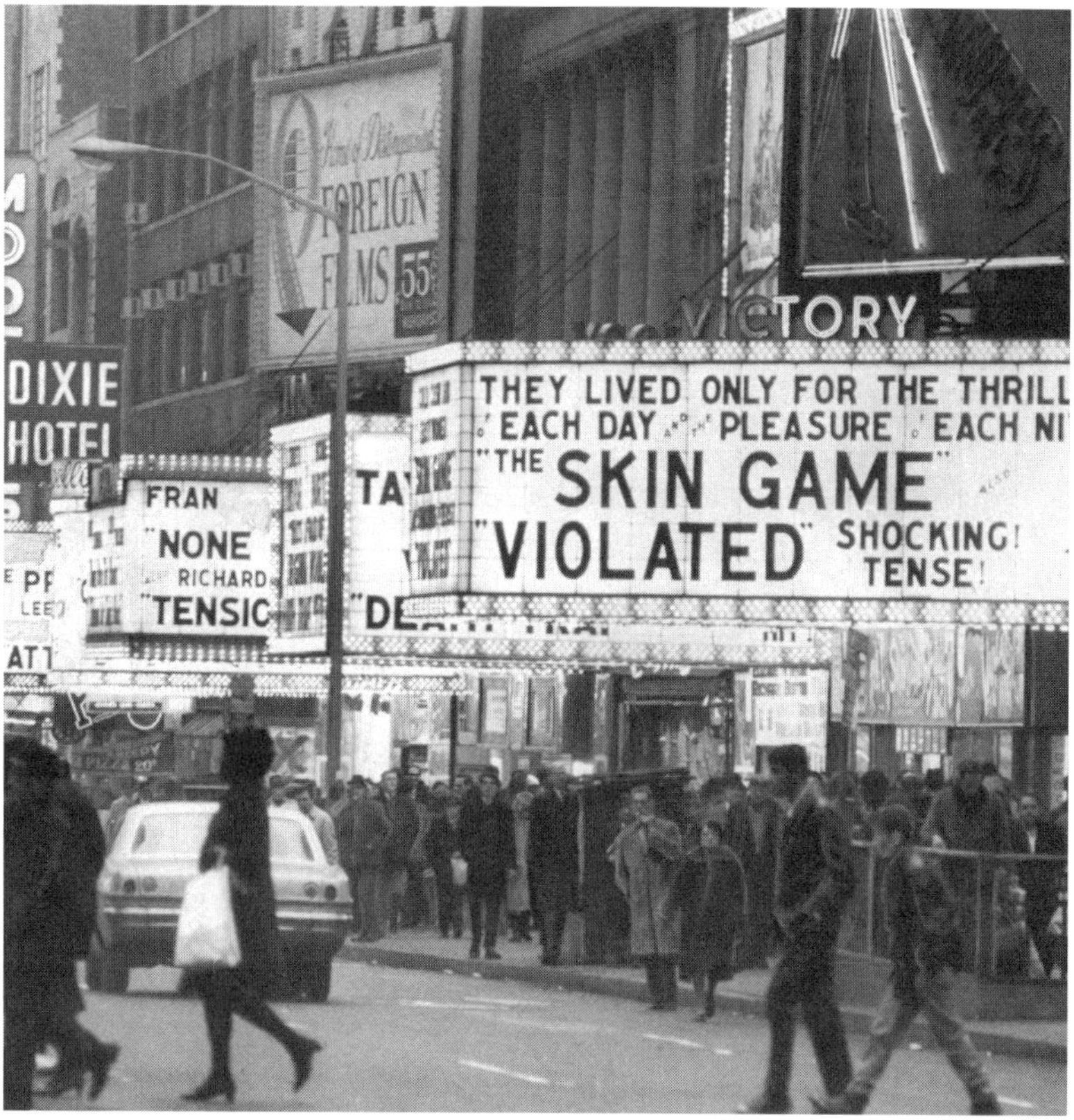

「地下を住処とする者達の奇妙な性質は君にも判って貰えると思う。とにかく何事にも無頓着。どんな厄介も進んで受け止め、結果がどうなろうと知った事かという顔。心配を超越し、興奮も、退屈も超越している」

106

「……この冒険ならざる冒険をラトナーズのサンドイッチで締め括る事とした」

107

訳者あとがき

人は現在の自分からのみ成り立っているのではない。たとえば現在三十六歳のあなたは、三十六歳のあなたの下に二十七歳のあなたもいれば、その下には二十二歳、十七歳、十四歳、十一歳、九歳……のあなたが、ひとつの地表の下にいくつもの違った地層が重なっているように重なりあっている。三十六歳のあなたは、あくまで地表であるにすぎない。

――というような比喩を使って考えたかどうかは知らないが、この本は、そのような発想に基づいて、地表の下に埋もれている過去の自分の地層を明るみに出そうとする試みである。前作『冬の日誌』では、かつての自分の身体に起きていたことを著者オースターは発掘した。そして今度はこの本で、かつての自分の心に、内面に――内面と呼ぶに相応しいものが誕生する以前までさかのぼって――何が起きていたかを思い出し、生きなおそうとしている。ゆえに『内面からの報告書』。

『冬の日誌』では「君」と呼び、全巻ほぼ時間軸に沿ってその「君」の身体に何が起きたかをたどっていたが、この『内面からの報告書』もかつての自分自身を「君」と呼ぶ点では共通しているものの、本全体は四つの章に分かれ、各章でそれぞれ違ったアプローチが採られている。

最初の章「内面からの報告書」では、『冬の日誌』と同じく時間の流れに沿って、ただし十二歳までの時期に限定して、「君」の精神に何が起きていたか、さまざまなエピソードを連ねて綴っていく。これを読んでいて印象的なのは、嬉しかった出来事、幸福だった瞬間ももちろんあるのだが、それよりむしろ、傷ついた瞬間や、自分の思いを人に伝えられずに辛かった体験の方がより直接的で生々しく感じられることである。嬉しい出来事の方は、たとえば大リーグの超一流選手が自宅に訪ねてきても、この人は本当にあの名投手なのだろうか、偽物ではないだろうかという疑念が生じてしまう。生まれて初めて書いた「長篇」小説を教師に褒められ、みんなの前で朗読するよう勧めてもらったことの嬉しさよりも、読書競争で圧倒的一位になったのに教師から嘘つき呼ばわりされたことの悲しさの方が強烈に伝わってくる。もしかしたら、幸福な体験は誰かに聞いてもらうことをそれほど必要としないが、誰にも理解してもらえなかった体験はこうして語られることを通し、読み手が（そのときにはいなかった）理解者になることで、書き手も読み手もなにがしかを得るのかもしれない。

そして、この幼かった「君」がなす最大の発見は、自分がユダヤ人であるという事実だろう。アメリカに生まれたアメリカ人だと思っていたのに、自分がアメリカにいることを望まない人たちがいるという事実を「君」は知った。個人的な話になるが、初めてポール・オースターに会ったとき、あなたにとってユダヤ人であるというのはどういうことですか、と訊くと、まわりのみんなとは違っているということだ、という答えが返ってきたのを覚えている。むろん「まわりのみんな」の中にはユダヤ人も含まれる。だから「君」は、「我々ユダヤ人」という輪の中に安住の場を見出すわけではないし（シナゴーグでヘブライ語や旧約聖書を学ばされる時間は彼にとってもっとも辛い時間である）、現在のポール・オースターにしても「ユダヤ系アメリカ作家」という枠で括られることを好まない。あくまで、周りからずれていることをつねに傷のように抱えている、かつそれが自負のよりどころにもなっているような人間として、オースターにとっての

「ユダヤ人」はある。ここで我々は、きわめてユダヤ的なアメリカ人作家バーナード・マラマッドが言ったことになっている「すべての人間はユダヤ人だ。みんなそれを知らないだけだ」という一言を思い出してもいいだろう。

——などというこわばった理屈をこの本が述べているわけではないことは急いで強調しておかねばならない。あくまで具体的な逸話、物語を魅力的に語り、そこからこのような真理が垣間見えてくるのが、この本に限らず、オースターの自伝的文章の強味である。

周りからずれている人間、というテーマは、「脳天に二発」（Two Blows to the Head）と題された、子どものころ観た二本の映画について詳しく語るというまったく違ったアプローチを採る次の章にも持ち越される。どんどん小さくなっていく男を描いた『縮みゆく人間』と、脱獄囚として不当にも追われる男を描いた『仮面の米国』（原題は *I Am a Fugitive from a Chain Gang* ＝私はチェインギャングからの逃亡者）。一方はSF、一方は社会派の、表面的にはまったく異なった二作だが、主人公が周囲からずれていて孤立しているという点では共通している。そしてこの二本の映画を観ている「君」は、明らかにこれらずれた人間になっている。彼らの苦しみを「君」は生きている。

もちろん、このずれがユダヤ人であることの比喩だなどと言うつもりはない。むしろ、小さくなること、追われることが、虚構の中ではあっても、ユダヤ人であることに劣らず切実な体験になっていると言うべきだろう。あるいはまた、この体験を、アメリカ文学によく見られる「僕はみんなと違うんだ症候群」の表われと捉えるのもフェアではあるまい。少年時代の体験の強味として、そういう症候群にいわば「毒される」前の、派生的ではなく起源的な出来事として二つの映画体験は語られている。

物語を生きることを通して「君」という人間が形成されていく、という点がここでのポイントだろう。そしていつもながら、作品内で別の物語を語る——物語内物語を語る——際のポール・オースターの巧さには本当に感心させられる。『縮みゆく人間』『仮面の米国』、どちらも見応えある映画だが、それをあたかも実際に——「君」と一緒に——観た気にさせてくれる文章がこの章では堪能できる。

「タイムカプセル」と題された三つめの章は、だいぶ趣を異にしている。章の大半が、のちに最初の妻となったリディア・デイヴィスに宛てて若いころ書いた手紙の抜粋と、それに関するコメントから成っているのである。著者たる現在のオースターは、このかつての自分について我々読み手に情報を提供するというより、むしろ数々の手紙を解読しながら、かつての自分という他者を我々とともに発見しているように思える。これらの手紙も一種の物語内物語であるだろうが、ここでのオースターは、いつものように物語内物語を手際よく語るというには程遠く、まとめ難い物語を何とかまとめようと奮闘している観がある。むろんその奮闘には、苦しみよりもはるかに喜びが伴っていて、我々読み手にもそれが伝染するのだが。

最終章「アルバム」は、一種のコーダというか、それまでの三章で綴られてきた文章を視覚的に補足する写真や図版が並べられている。ほとんど大きなお世話かもしれない解説を加えるなら、1の人の顔をした月はジョルジュ・メリエス監督『月世界旅行』（一九〇二）の有名なスチル。36はジョージ・ワシントンの絵画というとまず誰もが挙げる、エマヌエル・ロイツェ作「デラウェア川を渡るワシントン」（一八五一）。41の新聞は一九四九年八月三十日の、ソ連が前日に初の核実験を成功させたことを報じる第一面。43は共産主義の「悪」をラジオを通じて広める資金の寄付をアメリカ国民に呼びかけた広告。「一ドルで百語の真実が買えます」。49は当時は日刊だった、アメリカで発行されている代表的なイディッシュ語新聞「フォワード」一九五三年六月二十日の第一面。66はO・ヘンリーのよく知られている一連の肖像写真とはだいぶ印象が異なるが、ニューヨーク公共図書館所蔵の肖像画である。79のフリーダムライダーズは一九六一年、人種差別に反対してバスで南部を旅し各地で暴力的妨害に遭った活動家集団。

また、最初の章の二十一ページ、『ピーターラビットのおはなし』からの引用は石井桃子訳（福音館書店）を、五十五ページ、カフカ「インディアン願望」からの引用は池内紀訳（白水Uブックス）を使わせていただいた。

いつものとおり、オースターの主要作品を以下に挙げる。特記なき限り拙訳による長篇小説。

The Invention of Solitude (1982)『孤独の発明』自伝的考察（新潮文庫）
City of Glass (1985)『ガラスの街』（新潮文庫）
Ghosts (1986)『幽霊たち』（新潮文庫）
The Locked Room (1986)『鍵のかかった部屋』（白水Uブックス）
In the Country of Last Things (1987)『最後の物たちの国で』（白水Uブックス）
Disappearances: Selected Poems (1988)『消失　ポール・オースター詩集』（飯野友幸訳、思潮社）
Moon Palace (1989)『ムーン・パレス』（新潮文庫）
The Music of Chance (1990)『偶然の音楽』（新潮文庫）
Leviathan (1992)『リヴァイアサン』（新潮文庫）
The Art of Hunger: Essays, Prefaces, Interviews (1992)『空腹の技法』エッセイ集（柴田・畔柳

和代訳、新潮文庫）

Mr. Vertigo (1994)『ミスター・ヴァーティゴ』（新潮文庫）

Smoke & Blue in the Face: Two Films (1995)『スモーク&ブルー・イン・ザ・フェイス』映画シナリオ集（柴田ほか訳、新潮文庫）

Hand to Mouth: A Chronicle of Early Failure (1997) エッセイ集、日本では独自編集で『トゥルー・ストーリーズ』として刊行（新潮文庫）

Lulu on the Bridge (1998)『ルル・オン・ザ・ブリッジ』映画シナリオ（畔柳和代訳、新潮文庫）

Timbuktu (1999)『ティンブクトゥ』（新潮文庫）

I Thought My Father Was God (2001) 編著『ナショナル・ストーリー・プロジェクト』（柴田ほか訳、新潮文庫、全二巻／CD付き対訳版 アルク、全五巻）

The Story of My Typewriter (2002)『わがタイプライターの物語』絵本、サム・メッサー絵（新潮社）

The Book of Illusions (2002)『幻影の書』（新潮文庫）

Oracle Night (2003)『オラクル・ナイト』（新潮文庫）

Collected Poems (2004)『壁の文字　ポール・オースター全詩集』（飯野友幸訳、ＴＯブックス）

The Brooklyn Follies (2005)『ブルックリン・フォリーズ』（新潮社）

Travels in the Scriptorium (2007)『写字室の旅』（新潮社）

Man in the Dark (2008)『闇の中の男』（新潮社）

Invisible (2009)

Sunset Park (2010)

Winter Journal (2012)『冬の日誌』自伝的考察（新潮社）
Here and Now: Letters (*2008-2011*) (with J. M. Coetzee, 2013)『ヒア・アンド・ナウ』往復書簡、J・M・クッツェーと共著（くぼたのぞみ・山崎暁子訳、岩波書店）
Report from the Interior (2013) 本書
4 3 2 1 (2017)

前作『冬の日誌』に引きつづき、編集にあたっては新潮社出版部の佐々木一彦さんにお世話になった。この場を借りてお礼を申し上げる。

本書『内面からの報告書』第三章で扱われている時代である一九六〇年代末に本人が書いていた一連の習作は、九篇がすでに邦訳されている（拙訳、雑誌「MONKEY」第一号「青春のポール・オースター」）。あわせてお読みいただくと当時のオースター青年がどう生きていたかがより立体的に見えてくるのだが、残念ながらこの号は好評につき売り切れてしまった。原文は九篇のうち二篇――"Invasions"と"The Hlumes"――が *Monkey Business* 英語版第三号（A Public Space 刊：http://monkeybusinessmag.tumblr.com/store）に掲載されている。

現在のところ、未訳のオースター作品はこれで残り三冊となった。今後の翻訳予定としては、まず『ムーン・パレス』で語られていた青春時代のよりダークな語り直しとも言うべき *Invisible* を訳して、次にどこかメルヘン的なはぐれ者たちの物語 *Sunset Park* を訳し、そして今年発表されたばかりの驚くべき大作 *4 3 2 1* もできるだけ早く訳したい。八六六ページ、訳すと四百字換算で二〇〇〇枚を超えそうなこの大作について、作者本人は、いままで書いてきた作品はすべてこの作品にたどり着くためだったと述べている。たしかに、自伝的な要素も（あくまでも素材としてではあれ）ふんだんに活用されたこの傑作が書かれるためには、『冬の日誌』『内面からの報告書』の二冊の執筆を通して作者が自分の過去の地層を徹底的に掘り起こすことが助走として必要だったのかもしれない。もちろん素晴らしいのは、その助走自体が美しい、きわめて読み応えのある書物となっていることである。多くの皆さんにその素晴らしさを共有していただけますように。

柴田元幸

二〇一七年二月

Library, Astor, Lenox and Tilden Foundations
54. © Bettmann/CORBIS
55. © Bettmann/CORBIS
56. © Courtesy: CSU Archive/age fotostock
57. © Bettmann/CORBIS
58. George Arents Collection, the New York Public Library, Astor, Lenox and Tilden Foundations
59. Courtesy Everett Collection
60. © Lebrecht Music and Arts/CORBIS
61. © Bettmann/CORBIS
62. © Arte and Immagini srl/CORBIS
63. Harry Hammond/V&A Images/Getty Images
64. © Michael Levin/Corbis
65. ABC Photo Archives/ABC via Getty Images
66. Print Collection, Miriam and Ira D. Wallach Division of Art, Prints and Photographs, the New York Public Library, Astor, Lenox and Tilden Foundations
67. Courtesy Everett Collection
68. Courtesy Everett Collection
69. Courtesy Everett Collection
70. Courtesy Everett Collection
71. Courtesy Everett Collection
72. Courtesy Everett Collection
73. Courtesy Everett Collection
74. Courtesy Everett Collection
75. Courtesy Everett Collection
76. Courtesy Everett Collection
77. Mary Evans/UNIVERSAL INTERNATIONAL/Ronald Grant/Everett Collection
78. Courtesy Everett Collection
79. AP Photo
80. © Bettmann/CORBIS
81. © Bettmann/CORBIS
82. © Bettmann/CORBIS
83. © Bettmann/CORBIS
84. Courtesy Everett Collection
85. Courtesy Everett Collection
86. Courtesy Everett Collection
87. Courtesy Everett Collection
88. Courtesy Everett Collection
89. Courtesy Everett Collection
90. Courtesy Everett Collection
91. Courtesy Everett Collection
92. Courtesy Everett Collection
93. Courtesy Everett Collection
94. Courtesy: CSU Archives/Everett Collection
95. © Bettmann/CORBIS
96. AP Photo
97. Hulton Archive/Getty Images
98. Keystone-France/Gamma Keystone via Getty Images
99. New York Times Co./Archive Photos/Getty Images
100. © Richard Howard
101. New York Daily News/ Archive Photos/Getty Images
102. Anders Goldfarb, v1992.48.22, Brooklyn Historical Society
103. Anders Goldfarb, v1992.48.62, Brooklyn Historical Society
104. AP Photo
105. John Duprey/NY Daily News Archive via Getty Images
106. © Ron Saari
107. © Ron Saari

Photo research by Laura Wyss and Wyssphoto, Inc.

PHOTO CREDITS

1. Courtesy Everett Collection
2. © Bettmann/CORBIS
3. Science, Industry and Business Library, the New York Public Library, Astor, Lenox and Tilden Foundations
4. NASA Photo
5. Felix the Cat in "Oceantics," Pat Sullivan Cartoon
6. "The Window Washers," Paul Terry Cartoon
7. "The Window Washers," Paul Terry Cartoon
8. "Felix in Hollywood," Pat Sullivan Cartoon
9. © Rolf Nussbaumer/age fotostock
10. © Carmen Roewer/age fotostock
11. Courtesy Everett Collection
12. Courtesy Everett Collection
13. Mary Evans/Ronald Grant/Everett Collection
14. Haywood Magee/Moviepix/Getty Images
15. Courtesy Everett Collection
16. Picture Collection, the New York Public Library, Astor, Lenox and Tilden Foundations
17. *Baseball Boy* by Guernsey Van Riper Jr., illustrated by William B. Ricketts
18. *Ten Seconds to Play: A Chip Hilton Sports Story* by Clair Bee
19. Library of Congress
20. Henry W. and Albert A. Berg Collection of English and American Literature, the New York Public Library, Astor, Lenox and Tilden Foundations
21. Mansell/Time Life Pictures/Getty Images
22. Library of Congress
23. © AISA/Everett Collection
24. © Bettmann/CORBIS
25. © Bettmann/CORBIS
26. National Archives and Records Administration
27. © Bettmann/CORBIS
28. © CORBIS
29. © Bettmann/CORBIS
30. © Bettmann/CORBIS
31. Henry Walker/Time Life Pictures/Getty Images
32. Hulton Archive/Getty Images
33. Photo courtesy Ron Ramirez, Philcoradio.com
34. © Laura Wyss
35. Courtesy Everett Collection
36. © Universal History Arc/age fotostock
37. Library of Congress
38. © David J. and Janice L. Frent Collection/CORBIS
39. Library of Congress
40. Courtesy Everett Collection
41. Hulton Archive/Getty Images
42. © Bettmann/CORBIS
43. Image Courtesy of the Advertising Archives
44. NACA/NASA
45. NASA Photo
46. NASA Photo
47. Library of Congress
48. March of Dimes
49. Forward Association
50. © Zee/age fotostock
51. Picture Collection, the New York Public Library, Astor, Lenox and Tilden Foundations
52. Picture Collection, the New York Public Library, Astor, Lenox and Tilden Foundations
53. Picture Collection, the New York Public

カバー写真

Empire State Building Reflected, New York, 1967

装幀

新潮社装幀室

REPORT FROM THE INTERIOR
Paul Auster

内面《ないめん》からの報告書《ほうこくしょ》

ポール・オースター
柴田元幸訳

発　行　2017.3.30

発行者　佐藤隆信
発行所　株式会社新潮社
郵便番号162-8711　東京都新宿区矢来町71
電話：編集部(03)3266-5411・読者係(03)3266-5111
http://www.shinchosha.co.jp

印刷所　株式会社光邦
製本所　大口製本印刷株式会社

ISBN978-4-10-521719-8　C0097

ブルックリン・フォリーズ　ポール・オースター　柴田元幸訳

ドジでも大丈夫。幸せは思いがけないところから転りこんでくる——オースターならではの、ウィットに富んだブルックリン讃歌。9・11直前までの日々。感動の長編。

写字室の旅　ポール・オースター　柴田元幸訳

奇妙な老人ミスター・ブランクが奇妙な部屋にいる——。かつてオースター作品に登場した人物が次々に訪れる、未来のオースターをめぐる自伝的作品。闇と希望の物語。

闇の中の男　ポール・オースター　柴田元幸訳

ある男が目を覚ますとそこは9・11が起きなかった21世紀のアメリカ——全米各紙でオースターのベスト・ブック、年間のベスト・ブックと絶賛された、感動的長編。

冬の日誌　ポール・オースター　柴田元幸訳

幼いころの大けが。性の目覚め。パリでの貧乏暮らし。妻との出会い。住んだ家々。母の死——。人生の冬にさしかかった作家による、身体をめぐる温かな回想録。

天使エスメラルダ　9つの物語　ドン・デリーロ　柴田元幸／上岡伸雄／都甲幸治／高吉一郎訳

リゾート客。宇宙飛行士。囚人。修道女。さまざまな現実を生きるアメリカ人たちの姿が、私たちの生の形をも浮き彫りにする。現代米文学の巨匠による初めての短篇集。

〈トマス・ピンチョン全小説〉
メイスン&ディクスン（上・下）　トマス・ピンチョン　柴田元幸訳

新大陸に線を引け！　ときは独立戦争直前、二人の天文学者によるアメリカ測量珍道中が始まる——。現代世界文学の最高峰に君臨し続ける超弩級作家の新たなる代表作。